司南

神機卷 上

側側輕寒

目錄

第一卷

神機

第一章 路過蜻蜓

一年。

三百六十五日。

四千三百八十個時辰。

三萬五千零四十刻。

聽到太醫艱難吐出的「一年」結論之後，朱聿恆腦中第一時間閃過的，竟只有這些數字。

他將自己的手從太醫的手指下收回，垂下眼整理自己的衣袖。

「你的意思是，本王只剩下，一年壽命了？」

他聲音平淡，神情沉靜到略微僵硬，彷彿剛剛被下了診斷的，不是他自己，而是一個與他毫不相關的人。

太醫院使魏延齡起身後退兩步，跪伏於地，惶恐悲愴不敢抬頭：「微臣……

不敢妄自揣測，但殿下吉人自有天相，定能……定能安然度過此劫。」

因為太過宏偉開闊而顯得空蕩的殿內，宦官宮女們早已被屏退，此時靜得一點聲息也無。

朱聿恆沒有理會那些安慰自己的話。他坐在窗前，太過刺目的陽光從他的身後透進來，塵埃在光芒中靜靜飄浮，但隨即就隱入了陰暗中，再也不見蹤跡。

就像他以後的人生，不知去向何處。

也不知過了多久，朱聿恆才終於開了口。他語調尚算平穩，只是嗓子似被人掐緊，氣息有些短促：「可有醫治之法？」

「微臣……微臣死罪，微臣無能為力……」魏延齡將額頭抵在金磚上，聲音喑啞。

朱聿恆看見他的額頭在地上磕得紅腫，便站起身，一步步走到魏延齡面前，將他攙扶起來：「我自己的身體，我比你更清楚。其實本王心中也早有預感，生死有命，並非人力所能改變……魏院使不必苛責自己。此次召魏院使來，只是讓我肯定此事而已。」

朱聿恆抬起手，慢慢地撫上自己脖頸。

在那裡，一條隱隱浮現的紅色血痕，正從小腿蜿蜒而上，貫穿他的半側身體，直沒入咽喉。

奇經八脈中的陰維脈，自築賓穴而起，一路經沖門、大橫、期門至天突、廉泉，最終扼住他的喉口，如血線橫鎖，無從掙脫。
朱聿恆記得很清楚，這一條血線的出現，是在一個半月前。

四月初八。

尋常的一日，天氣陰霾欲雨，一早便感覺到悶溼。

他如常入宮，替當今聖上——也就是他的祖父，處理公務。

自太祖廢除中書省之後，皇帝便需每日親自批改奏摺，宵衣旰食，夙夜無暇。後來雖設殿閣大學士入宮諮政，但主要還是分理各地雪片似飛來的奏摺。太子坐鎮南京，是以北京日常政務，多交由皇太孫朱聿恆與大學士們商議處理，重要事宜再由朱聿恆呈報皇帝親自裁奪。

四月庚子，和往常一樣，事務冗繁。各部送過來的公文足有四、五百份，饒是朱聿恆批閱速度極快，但等到處理完一切之後，也已是入夜時分了。

天氣陰沉，雷電交加，眼看就要下雨。

回文華殿的路上，朱聿恆正遇到從五軍營巡視回來的皇帝。他略有倦怠，但看見他後便振作了精神，停了車駕向他示意，說道：「聿兒，朕今日心情甚佳，你留下來陪朕用膳吧。」

民間有隔代親的說法，其實皇家也一樣。人人都知道，皇帝可以委派太子去鎮守南京，但這個皇太孫卻是自小就在身邊撫養，連北伐出征都隨軍帶著，片刻捨不得相離。

朱聿恆應了，簡單向身邊人交託了些事情，隨著聖駕進了奉天門。

剛入宮門，忽聽到轟然巨響，天空之中雷電大作。

朱聿恆在奉天門下抬頭看去，宏偉壯闊的紫禁城籠罩在交織的紫色閃電之中，爆裂的火光照亮了整個天際，豔烈的光線在空中灼燒出刺目的痕跡。

三層玉石殿基之上的奉天殿，在紫色的夜空之下，沉靜而肅穆，那巨大的十一開間大殿，如坐鎮中央的璽印，萬古不可動搖。

內宮監掌印太監薊承明見狀，立即說道：「陛下，臣等奉命修造紫禁城，共近萬房屋，無有如奉天殿雄偉牢固者。眼看暴雨欲來，陛下可進奉天殿內暫避。」

皇帝隔窗看了看面前廣闊的丹陛，還未回答，在裂空的雷電之下，又有更加劇烈的聲響傳來——

是遠遠近近的雷電擊落在宮城之內，大地都似在動搖。

「可，進奉天殿吧。」

聽皇帝應了，眾人忙將他從馬車扶下，上了肩輿，沿著玉石臺階快步而上。

三大殿壯美無比，平日只在重大慶典之時開啟使用。見皇帝來了，奉天殿的值班太監忙命打開大門，恭迎聖駕。

奉天殿上一次開啟，還是在四個月之前，紫禁城落成大典時，百官朝賀於此。如今殿內久未開啟，隱約有浮塵氣息。

朱聿恆扶皇帝在殿上巨大的九龍案前坐下，耳邊又聽到一聲巨響，這座本應穩如泰山的大殿，竟也隱隱震盪起來。

隨駕的宦官奉上了熱茶，皇帝端著茶盞，看向門外雷電交加的情形。

就在大殿正前方，幾束巨大的亮紫色雷電正猛擊在殿前鎏金的銅龜銅鶴之上。一瞬間，那兩座龜鶴爆出刺目金光，火花四濺。

薊承明低聲喝止幾個瑟瑟發抖的小太監，令他們趕緊關門。

朱聿恆走到門口，站在簷下抬頭看天空雲層，然後聽到了雷聲之中，不一樣的異常聲響。

他一把按住了正在徐徐關閉的殿門，一步跨出門檻，警覺地抬頭看向頭頂。

巨大的梁柱，由銅製的十八盤金龍密密匝匝環繞，上面是穩固相接的橫梁、層層繪彩的斗拱飛簷。簷下懸掛的巨大宮燈，此時正在風中急急橫飛，險險將墜。

朱聿恆瞇起雙眼，掃到宮燈搖曳的影跡之外，簷後透出的一抹白影。

他一言不發，抬手抓過正在簷下休整的一個禁宮衛的弓箭，彎弓搭箭，拉滿弓弦。在雷電劈下的一瞬，他手中箭矢直直射向斗拱之後，穿過那些繁複的結構，直射向那洩漏出來的一角白色。

嚓的一聲，那一片白色衣角被釘在了後方梁托之上。

朱聿恆正要叫人趕上去看看，但就在這短暫又嘈雜的一瞬間，爆裂的雷電急促響起，他自小養成的敏銳感覺，令他忽然之間脊背發麻——有一種看不見又摸不著，卻彷彿能捲起所有東西升騰而上的力量，將他的頭髮和羅衣下襬微微扯起，散在空中。

那吸力擦著他的肌膚向上湧動，帶來輕微又異樣的麻癢感，令人毛骨悚然。朱聿恆站在大殿門口，看著自己向上飛揚的輕羅衣襬，聽到了周圍細微如蚊的、春河冰消般的嗶剝聲。

那是大殿梁柱上，原本明亮絢麗的五色亮漆，正在紛紛開裂。是那種詭異的力量，正如漩渦吸噬，似要將所有人扯入某一個看不見的死亡圈套之內。

呼吸停了半個瞬息，朱聿恆拋下那條梁上白影，轉身飛撲進殿內，拉住皇帝的手，急促道：「陛下，快走！」

戎馬出身的皇帝反應亦是極快，他霍然站身，茶盞都不曾放回案上，便隨著朱聿恆急奔出殿。

茶杯墜落於地，碎片與茶水一起飛濺。幾乎與此同時，朱聿恆已經與皇帝一起邁出殿門。

左右臺階需要多繞兩步，皇帝沒有鬆開朱聿恆的手，帶著他直接踩著中間玉石雕砌的雲龍浮雕，急奔而下。

凹凸不平的石雕，本不是行走之處，兩人幾步邁下，到第二層殿基之時，殿內宦官才回過神，各個從殿內湧出，順著臺階往下跑。

朱聿恆護住皇帝，送他下了第二層殿基的臺階後，轉頭看向後方。

紫色的巨電擊在宏偉無匹的殿宇之上，在刺目的光線之中，營建完成未足半年的奉天殿，前面的十二根楠木盤龍柱忽然同時燃起巨大火焰。

那火焰噴射向屋簷，他們從下面望去，就如柱上的金龍同時噴出烈火，吞噬了上面巨大的斗拱、粗大的橫梁、燦爛的金色琉璃瓦。

火光熾烈，第一層殿基上還未逃出來的太監們，被猛烈噴出的火舌撲倒在臺階上，一個個帶著火苗骨碌碌滾了下來，哀號聲此起彼伏。

朱聿恆不敢停留，攙著皇帝奔下第三層殿基，兩人在殿前寬闊的地上站定，回頭再望去。

奉天殿和後面的華蓋殿、謹身殿有連接的廊廡，這三座大殿都是落成不久，油漆鮮亮，此時火苗舔舐所到，各處頓時蔓延出大片火光。只聽得密集尖銳的風火之聲呼嘯，三座殿宇幾乎同時被包裹在了火舌之中，熊熊烈火勢難遏制。

宮人們的驚呼聲中，那被火焰吞噬的三大殿，在下一道雷電劈擊過來之時，終究伴隨著隆隆巨響，轟然倒塌。

劇烈的震動，讓腳下的大地久久動盪，如同地震。

在三大殿焚燒倒下的這一刻，火旁眾人都下意識地轉身偏頭，躲開那些橫飛的灰燼和火星。

皇帝的臉色難看至極。他盯著面前那起火的殿宇，太陽穴上青筋暴突，在那憤怒之中，又有無法遏制的悲涼。

他營建了十五年的宏偉宮殿，以巨大楠木構建成廣三十丈、深十五丈的奉天殿，只存在了半年不到，就此毀於祝融。

人力有時而窮。在天意面前，實在太過渺小。

天子不涉危局，在朱聿恆的勸說下，皇帝先行回宮，留下他指揮救火。侍衛與宦官們火速在旁邊偏殿搜集水桶瓢盆等物，在金水河中就地舀水救火。內宮也緊急調集唧筒（註1），取水救火。

然而，如此巨大的宮殿，在起火後怎麼可能依靠區區幾桶水撲滅？朱聿恆率領眾人登上殿基，勉強靠近洶洶火海，站在欄杆邊便感覺到熾熱逼迫。

等唧筒送到，一股股澆向火海的水，還未碰到火焰便嗤嗤連聲地蒸騰成白氣，彷彿千萬條詭異的白蛇向天狂舞。灼熱的水氣激出無數炭灰煙燼，向周圍四散噴發。

耳聽眾人又是一陣驚呼，是搖搖欲墜的一截牆角，被火燒得朽爛，在水浪的衝擊下，向著朱聿恆這邊倒塌下來。

註1　唧筒：用以射水滅火的器具。

眾人四散逃逸，朱聿恆也下意識地連退數步，避開火星。

在灼熱的風焰撲過身邊的一剎那，他看見了，從火中飛出的一點燦爛金芒。

他在火場咫尺，反應極快，手臂一招，便將那一點燦爛夾在了雙指之間。

是一只絹緞蜻蜓。

蜻蜓只有他小指長短，用墨藍緞做身體，四片翅翼用極細的銅絲繃開，懸繫在身體兩側。在此時的風火之勢中，那四片透明薄紗翅翼被火星灼出破洞，不停微顫，如同一隻活的蜻蜓要振翼飛去。

這樣的東西，應該是一件女子的首飾。

可這裡是前朝大殿，天下威勢極盛之處，又自元旦起便封閉未再開啟，怎麼會有這樣的東西出現？

還沒等他想明白，耳邊轟然之聲暴起——不再是外界的坍塌聲，而是他劇烈的耳鳴，彷彿全世界都崩塌了下來。

他心口猛然巨震，整個身軀強烈地激蕩抽搐起來。

隨即，小腿上一點銳痛驟然爆發，經由腹部到左肋、心口、咽喉，似乎有一條灼熱的火光迅疾延燒上來，從小腿至喉口，強烈劇痛，連呼吸都無以為繼。

火光烈烈，呼聲連連。在滿宮的悽惶之中，朱聿恆以巨大的意志力，將火中飛出的蜻蜓塞進自己袖中，然後強行抑制自己近乎痙攣的半側身體，用最小的幅度撞倒在欄杆之上，慢慢地滑倒，倚坐支撐在欄杆上。

如此混亂的時刻，人人都在關注那坍塌後尚在燃燒的大殿，並沒有什麼人注意到，痛苦戰慄的皇太孫殿下，隱入了欄杆後。

他在漫天交織的雷電之中，映著不遠處的熊熊火光，艱難地屈起腳，將褲管捋上去。

熾烈的電光照亮他的周身，他看見自己小腿築賓穴上，一片殷紅的血痕。那血痕自下而上如一條紫黑血箭，猙獰游走入皮下脈絡，直向他的身軀衝上來。

伴隨著他血脈中久久不息的那種劇痛，彷彿是一顆詭異的種子正扎根進他的身體，嗜血的根鬚在他的血脈之中延伸，無可遏制。

鮮妍明媚的初夏花影，在窗外的風中靜靜搖曳。深殿之內，靜得落針可聞。

發病時可怕的一幕，留下的痕跡，尚在朱聿恆身上。

而他按著那條血痕，兀自感覺到那血脈抽搐的隱痛，不曾離去。

「殿下……」面前的太醫院使魏延齡額頭紅腫，神情悲鬱，老淚縱橫。他顫巍巍跪在朱聿恆面前，連連叩首：「微臣相信……太醫院中人才濟濟，天下名醫不計其數，只要殿下悉心尋訪，蒼天不負有心人，九州天下能人輩出，定有人能挽救殿下……」

「不，本王要你守口如瓶，不得對任何人提及此事。」朱聿恆緩緩地、深深地吸了一口氣，盯著魏延齡的眼睛，一字一頓說道：「若走漏了一絲風聲，你自當知道後果。」

魏延齡呆了呆，仰頭看朱聿恆。

朱聿恆的面容略顯蒼白，因此而顯出一種雲石雕塑般的硬朗質地：「本王發病昏迷時，順天府的太醫們，已經診斷出正確結論了。本王不需要其他解釋。」

那一夜，三大殿被雷電焚毀，朱聿恆暈厥昏迷。

等他醒來，才知道自己倒地後，一直不省人事。太醫們施了一晝夜金針，才終於將他救回來。

太醫院使魏延齡當時奉命在外，替已經致仕的老臣診治。皇帝命院中所有太醫齊聚東宮會診，副院使匯聚眾人出具的醫案，認為是皇太孫殿下連月來忙碌疲憊，加上受雷火驚悸，導致陰維脈受損，神智一時出岔。

「陰維脈主抑鬱、入心脈，民間有癲癇病人便以此入手醫治。殿下是突遇劇變，導致陰維脈受損，因此才人事不知，神智陷入昏迷，只要多加休養，便應無礙了。」

按照他陰維脈的受損情況，這一番解釋似確有道理。皇帝擔憂他的身體，讓他免了日常的事務，在萬歲山下宮苑中靜養，又急召魏延齡趕回京替皇太孫診治。

卻不料，最終得到的是這樣的結果。

「本王是因為驚懼所以發了病，聖上也認為是這個原因。除此之外，沒有其他解釋。」朱聿恆說著，目光緊緊盯著面前魏延齡，一字一頓問：「魏院使，你說，是不是？」

魏延齡與他對視片刻後，終於在他面前跪伏下去，低低地應道：「是，請殿下放心，老臣一定，不會洩漏半個字。」

等到魏延齡退下，殿內便只剩得朱聿恆一個人。

在人前強行提起的那口氣，忽然之間就洩了。

他神情恍惚，伸手拉開桌臺的抽屜，將裡面那只蜻蜓取了出來。

被火舌舔舐過的絹緞蜻蜓，翅膀捲曲殘破，但下面極細的銅絲依舊堅固地撐開破敗的翅翼。

它停在他的掌心之中，若不是翅膀殘損，與真正的墨藍蜻蜓毫無區別。當他呼吸稍重時，那四片殘破的薄紗翅翼便在氣流中不停微顫，彷彿要振翅飛去。

他曾查過宮中的紀錄，從沒有出現過這樣的飾物。而那一群匯聚於宮中的能工巧匠，也從沒人製造出這般纖小又這般栩栩如生的蜻蜓。

它從何而來，為何會出現在起火燃燒的奉天殿之內？

它的主人是誰，誰能造出這種精巧近於妖物的東西？為什麼在大殿坍塌的那一刻，它會從火中飛出來？

在抓住它的那一刻，他身上詭異的病情陡然發作，是巧合，還是必然？

朱聿恆握著這只蜻蜓，在陰暗深殿內徘徊，雙腳在機械踱步中變得僵直，身體卻如痲痺，絲毫不知疲累。

一年。

如果魏延齡所言不虛，或許這就是他如今擁有的，僅剩的人生。

等到這個時辰過去，就少了一個時辰。等到這一次太陽落山，就少了整整一天。

等到這一年過去，他便要永遠沉入黑暗之中，被泥土消融了骨血。

可他要做的事情，還有那麼多。他所要面對的一切，鋪天蓋地而來，彷彿要將他淹沒。

他不知道自己遊魂一樣走了多久，直到手上刺痛，他才低頭看去。

是手中的蜻蜓，已經被他捏破。那薄紗翅膀中的銅絲殘破，戳破了他的皮膚，小小一點血珠從他的指縫間沁了出來。

這血色讓他一時控制不住意識，像是火星灼燒了他的心智，他發了狠似地抓住這只刺破自己手指的蜻蜓，一下撕扯了開來。

誰知那兩對薄紗翅膀不只是簡單縫在墨藍緞的蜻蜓身體上，蜻蜓內部有著精巧而細微的機竅，數十個細小無比的構件結合在一起，連接外面的翅膀。如今被他扯開，蜻蜓體內咬合的細小金屬部件全都散落於地，輕微的叮叮聲在死寂的殿內清晰可聞。

而蜻蜓那縫綴著兩顆小小青金石的頭更已脫離了身體，低垂落下，殘破不堪。

朱聿恆將蜻蜓舉到面前，看見已經空了一塊的蜻蜓身體內，黑緞中塞著一個小小的紙卷。

這蜻蜓的身體不到小指一半粗細，誰知裡面竟然還有這麼多機竅。

朱聿恆怔了片刻，抬手將裡面那個捻得小小的紙卷一點一點抽出來。

紙卷極薄，又在撕扯中被機括刮破，已經有些殘損。

朱聿恆極慢極慢地揭開紙頭，緩緩展開。

南方之南，星之璨璨。

寥寥八字，寫在小紙卷上，卻是逸態橫生。

寫字之人學的是王右軍書，而且頗得精髓。字跡雖小，卻是間架亭勻，清氣橫絕，讓人彷彿能從這幾個字中窺見璀璨的星空萬里。

可惜紙卷殘破，這幾個極美的字也受損了。

朱聿恆不知道自己盯著這幾個字看了多久，直到耳邊傳來腳步聲，他抬頭看見貼身宦官瀚泓快步進來，大腦才漸漸如冰雪消融，有了一絲模糊的意識。

瀚泓見他臉色這麼難看，吃了一驚，忙問：「殿下，您可是身體不適？」

朱聿恆沒立即回答，低頭將蜻蜓和紙卷放入抽屜中，才問：「何事？」

「神機營提督諸葛嘉，奉聖上之命而來，正在外候見。」

朱聿恆「嗯」了一聲，定了定神，抬手取過桌上的茶水，一口喝乾。他放緩呼吸，鬆弛下自己的嗓音，命瀚泓將地上散落的零件一一撿拾起來，一個也不要漏掉。

神機營提督諸葛嘉站在廳前等候皇太孫駕臨，清瘦的身軀即使穿著嚴整官服，依然透出一種綽約感。他年未而立，相貌柔美中帶著些脂粉氣，所以他這個提督當得十分鬱悶。

按例，神機營中有兩位提督，一位是皇帝派遣的內臣，一位是朝廷委派的武官。很多人第一眼看見面目姣好的諸葛嘉，都以為他是宮中派來的提督內臣，可其實他是靠著戰功彪炳——或者說殺人如麻，當上提督武官的。

長期被當成太監的諸葛嘉，心理可能也因此扭曲了，操練起營中士兵來狠厲非常。神機營上下叫苦連天，卻誰都不敢忤逆他。

朱聿恆曾與他共同隨聖上北伐，兩人自然相熟，隨意見了禮後各自落座。

諸葛嘉抬頭看見朱聿恆的臉色，在面前晨光中蒙著一層瀲灩的光華，依舊是脫俗的風采，卻似顯蒼白暗淡。

他想起這位殿下前幾日因病昏厥，如今看來精神也不算太好，便長話短說：

「臣等奉聖上之命，調查三大殿起火一事，如今稍有眉目。微臣已將其中案情上稟聖上，聖上說，此事交由殿下全權負責，因此特來向殿下稟報。」

這次三大殿焚燒坍塌一事，朱聿恆身在現場，對當時情形鉅細靡遺盡在眼中，因此皇帝也早已跟他說過，待他在身體好轉後，再仔細查查此事。

朱聿恆問：「此事由你營主持調查？工部、刑部和內宮監呢？」

「聖上欽定，此案由工部牽頭，我營與王恭廠參與辦案。只因在清理火場廢墟時，有疑似硫磺火藥燃燒後的殘渣。而京中熟稔火藥之事的，不外乎我們二部了，故此被調來幫手此案。」諸葛嘉解釋：「不過我營與王恭廠將火後廢墟中搜尋了個遍，發現以殘渣推斷，火藥分量不過三、二兩，是內宮監的人大驚小怪，將雷火劈擊的焦痕也認成火藥痕跡了。」

朱聿恆也深以為然，當日起火原因雖然不明，卻絕非火藥爆炸的情形。

「這幾日本王在此休養，也將起火時的情形一再回想，認為此次起火十分蹊蹺。」在心頭翻來覆去過了千百次的東西，雖掀起過驚濤駭浪，但此時朱聿恆說得緩慢而平淡，似不帶任何情緒。「按理說，雷擊屋頂，應是劈中高處一點燃燒，但本王卻分明看到，那火似是從十二根梁柱上同時開始燃燒的。」

說到這，他頓了片刻。奉天殿十二條金龍盤在柱上一起噴火的場景歷歷在目，太過詭異駭人，令現在的他回憶起來，還沉在那種驚心動魄之中。

諸葛嘉愕然：「這，殿下的意思是，三大殿並非毀於雷火，而是本身存在問題，以至於起火焚毀？」

「至少，奉天殿被雷擊之後，片刻間便燃起如此大的火勢，本王覺得與常理不合。」朱聿恆說著，擱下茶碗抬眼看諸葛嘉。「薊承明呢？他是內宮監掌印太監，監造三大殿也是他的分內事，讓他帶著宮建圖冊來見本王吧。」

「殿下有所不知，薊承明來不了了。」諸葛嘉嘆道：「此次火中遇難共二十三人，有一位便是薊公公。」

朱聿恆倒是沒預料到，嘆息道：「薊承明主持內宮監多年，遷都時本王亦與他頗有接觸，是個能吏，此次殞身火海，是內廷的一大損失。」

「而且，薊公公的死……頗有疑點。」諸葛嘉比劃著手勢，但終究還是放棄了，搖頭道：「他死狀頗為詭異，微臣一時不知如何對殿下描述，不若殿下實地看看，或許能有所得。」

朱聿恆略一思索，站起身道：「既然如此，待本王換件衣服，去三大殿走一趟罷。」

諸葛嘉忙道：「那微臣先去將現場清理一番，以便殿下查看。」

瀚泓自小跟著朱聿恆，知道他如今不喜別人觸碰自己身軀，便讓宮女們把衣服放下後就退出，隨即自己也轉身帶上了殿門。

在空無一人的內殿，朱聿恆解開赤紅的團龍羅衣，輕薄的夏日白色中衣下，透出蜿蜒細長的一條血痕，從他的頸部一直延伸向下，深入衣襟之內。

朱聿恆扯開中衣的衣襟，盯著等身銅鏡中的自己，看著身軀上那條血紅脈絡，雙手不由自主地緊握成拳。

在火海中出現的這條血痕，自築賓穴而起，經府舍、期門、天突、廉泉，一路凝成血色紅線，縱劈過他的右半身，猙獰駭人。

太醫們說，這是血脈受損後留下的痕跡，只要服用活血化瘀的藥物，過幾日自然便會消退。可他卻只看到，這赤紅的詭異痕跡一日日加深，比毒蛇的芯子更為鮮豔可怖。

一年。

他所有不祥的預感，隨著魏延齡的診斷，都已轉成最壞的結果，落定在面前塵埃之中。

天下最好的名醫，在宮中奉詔多年，早已懂得生存之道。但魏延齡明知此事非同小可，依舊選擇了將真相和盤托出，這只能說明一件事——

他的病只是暫時潛伏了，再過不久，必定還會繼續發作。

魏延齡是明明白白看到了他日後這一年的艱辛遭際，又擔心皇帝會一再施壓逼迫，強命他醫治，才會趕在他第一次發作之時，交代了自己的無能為力。

朱聿恆盯著這條纏身的血痕，眼神冰冷如刀。

但最終，他只是抓過架上衣飾，將這錦緞華服披在身上，掩蓋自己身上的致命傷痕。

玄色箭袖袍服被鑲嵌殷紅珊瑚的革帶緊緊束住，玄衣領口略高，擁住脖頸後又被珊瑚扣鎖住。隨著盤領扣輕微地「答」一聲扣攏，遍體銀灰色的祥雲織紋遮沒了所有痕跡。

朱聿恆定定地盯著鏡中的自己，看了片刻。

錦帶玉佩壓住玄衣腰線，密織的雲紋顯出隱淡的華貴。他的身量頎長挺拔而絕不瘦弱，除了神態略顯疲憊之外，他依然是往日那個站在王朝頂端的意氣風發的少年。

誰會相信，他只剩下，極為短暫的一段辰光。

就算是天下最有名的神醫，誰又能保證他不會診斷錯誤？

像是要拋棄鏡中的自己般，朱聿恆用力一揮袖，轉身大步離開陰涼的深殿，不管不顧地跨進了面前的日光之中。

隨扈的龍驤衛已經候在宮門口，一起向他行禮。他略一頷首，快步下了臺階，翻身上馬，馬鞭自空中虛斜著重重劈下，率先衝了出去。

堪堪入夏的好天氣中，馬蹄的起落快捷無比。熱風自兩頰擦過，蒙蔽朱聿恆心智的慘白雲翳蒸騰散開，一些殘忍而堅硬的東西慢慢浮現，如冰雪消解後露出的荒蕪大地，冰涼，黑暗，不可轉移。

像是終於省悟過來，他全身上下忽然一陣冰冷。

一年。

如果真的只剩這點時光，那麼，即使他騎上最快的馬、哪怕他是夸父，也無力追上這太陽，扳轉中天。

過去了一日，便是少了一日。

過去了一年，便是一切終結之時。

冰涼寒氣自朱聿恆的心口一點一點鑽進去，然後順著血液的流動，一寸一寸擴散至四肢百骸，到最後，他全身寒徹，僵直得連指尖都無法動彈一分一毫。

他縱馬向著不可知的未來飛馳，胯下馬太過神駿，竟將身後一群人都甩下了一小段距離。

萬歲山就在紫禁城北面，但朱聿恆選擇了繞護城河而走，畢竟他不便橫穿後宮。

轉過角樓，京城的百姓聚在護城河邊買賣交易，討價還價，一片喧鬧。

紅牆金瓦，人聲鼎沸，天下最繁華熱鬧的地方，就在他的面前。

他彷彿終於醒轉，勒住了馬，僵直地立在河邊等待著跟隨自己的人。

冠蓋滿京華，於他卻是窮途末路。朱聿恆抬起手，擋住了自己的雙眼，擋住那閃爍在眼前的流水波光，也擋住面前的繁華世界。

越升越高的日頭投下溫熱氣息，樹蔭正在以肉眼可察覺的速度，緩慢縮短，讓他無比深刻地感覺到，三百六十天，他的生命中，很快的，又要逝去了一天。

而他站在這急速飛流而去的時間之中，無人可求告，無人可援助，甚至連將這個祕密說出口的可能性，都沒有。

能容許他悲哀無措的時間，也只有這麼短短一瞬。等到身後人追上來，他便再也無法容許自己的臉上，露出絕望與掙扎。

他放下捂住眼睛的手，深深呼吸著，直面眼前的世界。

於是，彷彿命中註定的，他看見了，正蹲在河邊，挑揀著漁民木桶中鮮魚的那個女子。

看見了，她髮間那一只絹緞蜻蜓。

這一刻日光明媚，陽光映著波光籠罩在她的身上。她全身像是鍍上了一層光暈，恍如金色陽光營造的一個虛妄夢境。

夢境的中心，虛妄聚焦的地方，是她髮鬢上那只如同要振翼飛去的墨藍蜻蜓。

絹緞的軀體，四片透明的薄紗翅翼，夏日的微風輕輕自她的臉頰邊掠過，蜻蜓的翅翼便不停地微顫，在她的髮間輕扇不已。

與那只從三大殿的火中飛出來的蜻蜓，一模一樣。

他一動不動地坐在馬上，死死盯著那個女子的背影，掌心沁出了冰冷的汗。

那猝不及防飛向他的蜻蜓，這戴著蜻蜓忽然降臨在他人生中的女子，讓朱聿恆想起他縱馬在草原上，第一次跟隨祖父上戰場時，砍下迎面而來的敵人首級那一剎那。

刀鋒無聲無息，他只覺得手腕上略有遲滯，刀光已經透出對方的脖頸。鮮血溫熱飛濺，那個素不相識的人就此消失在這個世界上。

一瞬間，是存活或者是死亡，擦肩而過勝負立分。

詭譎的命運、迫在眉睫的死亡，卻在不經意間讓他窺見了一線生機。

恐懼而充滿未知的期待。

像是不能承受這種巨大的激蕩，緩了一口氣，朱聿恆的目光從她髮間的蜻蜓下移，然後，看向了她的那雙手。

那是一雙並不算好看的手。手指雖長，但對於女人來說略顯粗大了，上面還有不少陳年傷疤，大小不一，縱橫交錯。

她正蹲在那個漁夫的攤子前，伸手去捉桶中的鮮魚。普通人捉魚，一般捉魚身，而她看準了一條肥魚後，右手張開扎向魚頭，大拇指自魚鰓中掐入，其餘四指張開，制住魚嘴和魚頭，將一條大魚輕易便提了起來，手法既狠且穩。

那條魚試圖掙扎，可鰓部被掐住，無力地蹦了兩下便軟了下來。

她拎著魚示意漁民，說：「就這條吧，幫我穿起來。」

她說話帶著江南口音，聲音既不清脆，亦不柔媚，略顯沙啞低迴，與朱聿恆聽慣的宮女們的鶯聲燕語相距甚遠。

她的頭髮只簡單挽了一個低低小小的髮髻，上面停著那只絹緞蜻蜓，在日光下青光幽然。

她穿著一件窄袖越羅黃衫，肌膚並不白皙，在陽光映照下如透亮的蜂蜜顏色，清澈而潤澤。

她的右手腕上，戴著一只兩寸寬的黑色臂環，上面鏤雕細密花紋，鑲嵌著各色珠玉，珍珠瑪瑙青金石，既雜亂又耀眼。

漁夫拿過兩根稻草，穿過魚鰓，提起來給她。

她接過來，卻又說：「阿伯，你這樣綁魚可不行啊，沒等提到家就死了，魚會不新鮮的。」

說著，她又取了兩、三根稻草，單手幾下搓成草繩，然後俐落地掰過魚嘴，將細草繩從魚鰓穿出，引過魚尾兩下綁死。

整條魚便被她綁成了一個半圓形，弓著魚身大張著魚鰓，看起來無比可憐。

「喏，以後阿伯你賣魚就不用帶桶了，只要捕到魚後這樣綁好堆在船艙裡，偶爾給魚灑灑水，我保你的魚賣一、兩天絕不會死。」

漁民倒是不太相信：「姑娘，魚離了水必死，妳這法子能行麼？」

「魚也和人一樣，要呼吸才能活下去呀。這樣綁的魚迫使魚鰓張開，就算離了水也能張翕，阿伯你信我，下次試試看吧。」

她笑吟吟說著，臉頰微側，似有拎著魚回頭的跡象。

朱聿恆悚然而驚，猛然回頭避開她的目光，還未看清她的模樣，就撥轉了馬頭。

身後，隨扈的人已經趕上來，候在他身後。

朱聿恆垂下眼睫，遮住了自己眼中的一切情緒，催促馬匹，向著東南而去。

龍驤衛一行數十人，跟隨在他的身後，自街心馳騁而過。

那個少女和其他人一樣避立在道旁。等到一行人去得遠了，她才噘起嘴，拍去馬蹄揚在自己身上的微塵，在再度熱鬧起來的街邊集市中，拎著魚隨意閒逛。

在拐向奉天門的那一刻，朱聿恆勒馬回望，看向那個少女。

隨侍在他身後的東宮副指揮使韋杭之，聽到他低低地喚了一聲：「杭之。」立即撥馬上前，靠近了等候吩咐。

他凝視著人群中時隱時現的那條身影，略微頓了頓，抬起馬鞭，說：「穿黃衣服、拎著魚的那個女子，本王想知道，關於她的事。」

韋杭之詫異地回頭看向那個女子，心念電轉。殿下雖已經二十歲了，但因為聖上的悉心栽培，一直奔波在順天府和應天府之間。十四歲就監國的他對天下事瞭若指掌，可或許是因為一直站在權力的最巔峰，讓他過早看透了世事人情，迄今為止，似乎還從未見他對哪個姑娘產生過興趣。

可人群中這個姑娘……韋杭之心中滿懷不解，不明白殿下二十年來第一次產生興趣的姑娘，為什麼是這個模樣，又為什麼會在驚鴻一瞥的瞬間，讓殿下注目。

但隨即，韋杭之便收斂了心中錯愕，低聲應道：「是。」

再無片刻遲緩，朱聿恆率一眾人直出城門，韋杭之獨自下了馬，召來沿途路上的暗衛，讓他們不著痕跡地去查一查那個女子的身分。

那個女子……看起來很普通吧。

接到命令的每個人都忠實地去執行，也都不自禁這樣想一想。

只是誰也不知道，交會時那短短的片刻、朱聿恆停在她身上那匆匆的一眼，將會如何改變九州天下，又會決定多少人的生死存亡。

第二章　南方之南

奉天門外，提督諸葛嘉正率眾將官站在宮牆下，肅穆靜候。

遠遠的，有一騎馬溜溜達達地過來。諸葛嘉不動如山，他身後的眾人卻按捺不住，個個探頭去看，低聲詢問前排的人：「來了嗎？」

「按時間來說，該是來了，但這樣子，可不像啊……」畢竟，那位雷厲風行、律己和律人一樣嚴厲的殿下，怎麼會容許隨扈的人這樣慵懶。

等那匹馬近了一些，眾人看見馬上人的臉，不覺嗤之以鼻：「是那位花花太歲來了。」

順天最著名的花花太歲卓晏，歪坐在馬身上，一手紅豆糕，一手握竹筒喝渴水（註2），散漫又自在。

註2　渴水：指解渴的果子露類飲料。

神機營官員都穿五色團花曳撒，可唯有這位卓大少，把曳撒改得格外緊身，這夏日的薄衣，每一寸都貼著肌膚，更顯得他肩闊腰窄，身軀修韌，簡直不是來應差的，而是來炫耀自己身材的。

慢慢悠悠喝完了竹筒中的渴水，卓晏瀟灑地一轉身，正要下馬，抬頭就看見面前人人肅立、個個垂手，在諸葛嘉的帶領下列隊靜待。他差點被口中的紅豆糕噎住，趕緊滾下馬，縮著身子挨到諸葛嘉身邊，低聲問：「嘉嘉，咱神機營……不是來這兒搜查痕跡的嗎？怎麼一大早全這麼乾站著呀？」

諸葛嘉橫了他一眼，沒理會他，繼續面朝通衢。而旁邊人聽到「嘉嘉」二字，嘴角都是一抽。

這位相貌柔美的諸葛提督，操練起手下將士們極為凶殘，神機營上下無不畏為閻羅。可卓晏這個渾不吝（註3），敢摟著這個煞星的脖子叫嘉嘉，令全營上下聽得都肝兒顫。

「卓把牌。」諸葛嘉終於開了口，聲音冰冷：「這是進宮當差，你怎麼還是這副懶散習性？明日起請準時來點卯，遲到一步，以軍法論處。」

「是。」身為中軍把牌官的卓晏隨口應著，一邊從馬身的錦袋中取出一把泥金扇，刷一下打開扇著風，一臉散漫。「整天扒焦土很無聊的啊，再說扒了快一、

註3　渾不吝：北京方言，形容什麼都不在乎的樣子。

兩百擔的灰燼了，火藥灰加起來夠造兩個鞭炮麼？根本就不需要咱出馬的呀！」

諸葛嘉沒興趣再理會他，卓晏見他那冷若冰霜的模樣，也覺得無趣，便快快地要縮牆角涼快去，卻見東邊六部巷口上蹄聲響起，是數十匹快馬正馳向此方。

對方從東邊而來，背後的日光太過耀眼，卓晏一時竟看不清那群人的樣子，只能瞇起眼伸長脖子去看。

只見騎手們來得飛快，尤其是當先的那人，玄衣黑馬，胯下馬極為神駿，馬上人騎術超卓。馬蹄騰起煙塵，嘩啦啦捲過青石鋪設的道路，幾個呼吸間，那人已經一馬當先，來到神機營眾人面前。

他一勒韁繩，在人立起來的馬上打量著他們，目光在卓晏身上頓了頓。

卓晏仰頭看去。這人飛揚凜冽而來，俯視他們的面容在日頭逆光中看未清楚，但只那顯露出來的輪廓便已足以懾人。

卓晏甚至覺得，完全不關長相的事。是對方的氣場太過強大無匹，導致他出現後，那照臨萬物的日光都彷彿為了他傾瀉而下，臣服在他腳下，令所有人都不敢看清他。

不知怎麼的，一種淡淡的畏懼湧上心頭，優哉游哉混了二十年的卓晏，膝蓋彎就有點打顫。

他心想，這可真不對勁，世上怎麼會有人，只這麼一打照面，便令人心折臣服。

而馬上人卻似乎並不在意自己的威懾力，在卓晏和他目光對上時，他甚至還朝卓晏點了一下頭。

和他凜冽的氣場不太相配的，是他的年紀。二十來歲年紀，錦衣怒馬，面容極為清雋秀挺。他似乎情緒不太好，神情略有憔悴，但那一雙眼睛，看著人時依舊如皎皎寒星，令人畏懼又神往。

不識時務的卓晏挺挺胸膛，笑著湊上前問：「敢問兄臺貴姓？小弟卓晏，是神機營中軍把牌官。家嚴是應天府都指揮使卓壽，家祖乃是定遠侯……」

這祖宗三代都掏出來的架勢，令旁邊的諸葛嘉不由瞪了他一眼，神情錯愕又帶點玩味。

而對方在他這樣偉大的家世面前，依舊只略點了點頭，便自馬上躍下，將韁繩丟給身後追上來的侍從們，朝諸葛嘉一注目：「諸葛提督久候了。」

他聲音略沉，不緊不慢，即使因為急速奔襲而帶上了些許沙啞，依舊有種懾人的掌控力。

諸葛嘉立即上來抱拳行軍禮：「屬下不敢。」

被晾在一旁的卓晏有些鬱悶。這人懂不懂啊，自己都掏光家底了，他卻連個姓都不提。他便有些無奈地示意：「那麼……兄臺貴姓？」

聽他再度出聲，對方終於有了回應，他一壁由諸葛嘉引著往奉天門內走，一壁說：「阿晏，你好大的膽子，居然忘記我了？」

他身形挺拔頎長，走路的姿態舒展迅捷，眼神裡有遮不住的鋒銳，便如一頭剛成年的雄獅，正收斂了利爪在巡視自己的領地，似帶戒備又不可侵犯。

卓晏十分確定肯定篤定，自己不可能見過他。畢竟，這樣的人，縱然驚鴻一瞥，也定會過目不忘。

但見對方與自己一副熟稔態度，卓晏又遲疑起來，還在躊躇怎麼開口圓一圓場，旁邊諸葛嘉終於忍不住了，開口說：「火場雜亂汙穢，請殿下小心腳下，照微臣所帶領的道路行走。」

「好，有勞諸葛提督。」他隨口應道。

「殿下」這兩個字讓卓晏「啊」了一聲，他驚跳起來，瞪著面前人結結巴巴地問：「皇……皇太孫殿下？」

見他終於想起來，朱聿恆才朝他扯了下脣角：「本王還是平生第一次，被別人忘記。」

卓晏腳下一個趔趄，顏面抽搐地腹誹：可是，我們最後一次見面也是十幾年前了吧……那時候我們都是小屁孩啊！

尊貴無匹的皇太孫，對他這個幼年夥伴，卻十分和氣地和他敘起了舊：「說起來，這些年我在順天、你在應天，有十多年未曾見面了。你什麼時候來順天，又什麼時候入神機營的？」

「這個……說實話吧。」卓晏苦著一張臉，訕訕道：「我這麼懶散的人，要不是我爹逼著，我才不去神機營那種打打殺殺的地方。所以平常十天裡有九天是告病在家的，還有一天來畫個卯就走——今天就是準備來應付點卯的。」

「人各有志，既然你不喜歡這邊，以後有機會，我將你調到更合適的地方去。」朱聿恆說著，沉吟了片刻，又說道：「我聽說你在應天這些年混跡煙花，得了個綽號叫『花花太歲』，對風月場所十分熟悉？」

「呃……」卓晏撓撓下巴，不知道自己該露出驕傲的神情，還是應該羞愧一下。

「既然如此，我想向你打聽件事。」朱聿恆的聲音略低了一點，問：「前次有種蜻蜓簪子流入宮中，幾位太妃頗為喜歡，我想採買一些孝敬老人家。」

卓晏頓時大感興趣，笑道：「這個你找我就對了，北邊市面上的簪子以蝴蝶、鳳鳥為多，但江南那邊流行的可就別致多了，蜻蜓、蟈蟈、螞蚱，應有盡有。不知太妃們想要的，是哪一種？」

朱聿恆望著身旁紅牆，說道：「是一種墨藍色的絹緞蜻蜓，大約小指長短。蜻蜓翅翼由黑紗製成，用銅絲繃開，輕薄無比，可以隨風抖動；蜻蜓眼睛為青金石製成。插在髮間時，與活的蜻蜓一模一樣。」

「這個……還真沒見過。」卓晏抓抓頭髮，皺眉道：「我見過金的、玉的、木的，可按殿下所說的墨藍色絹緞蜻蜓可從沒有出現過。殿下您想啊，女子用飾物都是為了好看奪目，哪有人在黑髮間用墨藍色飾物的，這種東西勢必沒人買的。」

說到這裡，卓晏再一想，可能太妃們年紀大了頭髮白了，倒是挺適合這樣的飾物，又不敢說，只能乾笑了一聲：「總之，我一年見過的女孩子沒有一千也有八百，這樣的首飾，絕對沒見過。」

那蜻蜓如此巧奪天工，必定讓人過目難忘，既然卓晏沒記憶，那必定是沒見過了。朱聿恆點了點頭，說：「那你替我留意下，若有尋到差不多的，拿幾個給我瞧瞧。」

「是，我一定留意。」卓晏忙不迭應了。

說話間，眾人進入奉天門。映入眼簾的再不是雄偉壯闊的三大殿，而是一片焦黑廢墟。斷壁殘垣立在被煙火熏黑的殿基之上，在背後鮮紅如血的宮牆映襯下，越顯蒼涼。

諸葛嘉陪著朱聿恆走上臺階，指向後殿尚還立著的半個牆角，說道：「殿下請看，清理廢墟的宮人們，便是在那裡發現薊公公的。」

朱聿恆踩著滿地熏黑破敗的瓦礫與燒朽斷裂的梁柱，走到牆角邊一看，地上一塊一尺四見方的金磚已經不見，露出下面地龍的坑道，向下一望，黑洞洞一片。

順天府冬日嚴寒，滴水成冰，因此各座宮殿下均設有地龍。只是地龍坑道由厚重青磚砌成，地面又鋪設極為厚重的金磚，在起火之時，薊承明是如何在倉促之間打開這極為堅固的地龍坑道避險的，倒是令人意想不到。

諸葛嘉撿起洞旁四分五裂散落的幾塊石頭，用力擦去上面煙熏的痕跡，露出裡面瑩白的玉石質地來：「這本是陳設在內殿的『海內一統』玉雕，薊公公督修宮城時，大約知道這塊金磚下就是砌地龍的青磚接縫不嚴密之處，因此在起火之時，便推倒了旁邊這座玉雕，重擊向這塊金磚，將它連同下面的青磚一同砸開，露出了一個藏身之處。」

朱聿恆自然見過這座玉雕，上面雕的是海浪拍山，足有一人高，重逾千斤，這砸向地面時，別說金磚，哪怕是青石板，恐怕都要被砸得四分五裂。

諸葛嘉回頭看了看，示意卓晏跳下坑道。

穿著極為修身曳撒、身上還飾金佩玉的卓晏，委委屈屈地鑽進坑道，蹲在地龍中晃亮了火摺子。

地龍並不寬敞，他是中等身材，只能勉強容下他的身軀。

諸葛嘉指著下方道：「殿下請看，奉天殿自元旦後便未再開啟，宮中早已將地龍掏淨，入口封閉，只要薊公公沿著地龍往前爬，至少能躲到煙氣熏蒸不到的地方。但奇怪的是，薊公公面對眼前空蕩蕩的地龍，卻一步都沒有爬動，一直跪在這砸出來的坑洞之下，直到被活活燒死。」

蹲在地龍中舉著火摺的卓晏頓時跳了起來，卻忘了自己頭上就是條石，頓時撞得齜牙咧嘴。

他揉著額頭，驚駭地看著地上的瓦礫和炭屑。在破碎的金磚和玉石碎塊中，分明印著燒結在地面上的兩塊黑糊糊的長形印記，顯然就是薊承明當日在火海中，跪在地上的雙腿被燒成焦炭時留下的。

朱聿恆看著那兩塊痕跡，終於開口問：「跪在坑道中？」

「是，當時內宮監都已知薊公公進殿後便未曾出來，因此在清理瓦礫時也是多加注意，結果搜尋到了二十二具屍身，都不是他。直到外殿清理完，到內殿收拾時，才在牆角發現了這個坑洞，扒拉出了屍骨，確認薊公公當時確實是這樣的死狀。」

朱聿恆上戰場之時，見過的屍體不計其數，但看著那兩塊焦黑痕跡，也轉開了眼去，不忍多看。

畢竟，他現在有點難以直接面對死亡。更不敢想像，自己將會殞身於何時何地，又會留下怎樣的，生命最後的痕跡。

他站起身，定了定神，才問：「如此死狀，似與常理不合？」

「是，身在火場之中，煙熏火燎炙熱逼人，薊公公既已砸開地道，自然會下意識地順著它往最裡面爬，離洞口的火越遠越好。」諸葛嘉肯定道：「可為何薊公公跳入了這地龍之中，卻跪在這塊地方一動不動，以至於錯過了逃生的唯一機會，活生生被烈火燒成了焦炭？」

沉吟片刻，朱聿恆又問：「薊承明的屍骨，現在何處？」

「已被內宮監撿拾到骨灰罈子裡了。說是屍骨，其實燒得只剩了幾片渣子，再加上整個大殿的梁柱都燒朽了坍塌下來，將骨架也壓平了，太監們也只能連骨頭帶焦屑都捧進罈子去了。反倒是外殿的屍骨，還比較完整，好分辨些。」

他們在這邊討論著，而下面膽顫心驚的卓晏，哭喪著臉蹲在地龍中，無聊地用火摺子晃來晃去照著下面。

在光線之中，有一個怪異的東西，讓卓晏下意識拿起來看了看。

是一塊掌心大的彎月型木頭，被火燒過之後已是徹底焦黑。奉天殿所用木材自然最為上等，木質堅韌，兩個尖角雖然被燒得略有殘缺，但大體還殘存著原來的形狀。

「月亮？這是幹什麼用的？」卓晏捏著它端詳著，卻發現上面刻著一個極淺的痕跡。

他便將這燒焦的新月拿到眼前，眯起眼仔細審視著。

「那是什麼？」朱聿恆在上面注意到他的動靜，問他。

「好像是一只蜻蜓。」卓晏答道。

蜻蜓。

朱聿恆心口陡然一震，目光移向那塊木頭。

卓晏見他關注，忙將焦木舉高，呈到朱聿恆手中。

果然，在這塊焦黑的千年榫上，淺淺刻著一個痕跡，並不明顯，但仔細看，確實可以看得出來。

上面一個斜斜的「×」，下面一豎，宛然是一只蜻蜓。

諸葛嘉在朱聿恆身後看著，出言道：「這應是一個榫卯，為連接木材之物。這種兩頭彎彎上翹者，名為千年榫，因為形如彎月，又名新月榫。這種大小的榫卯，應當是橫椽或者托梁上用的。」

朱聿恆問：「它有何獨特之處，能號稱千年？」

諸葛嘉指著上翹的兩頭，說道：「這種榫兩頭向上彎翹，一旦將榫頭拍入雙方榫槽之中，便會牢牢咬合。因為萬物都有重量，被連接的木頭亦會下墜壓住這個榫，除非千百年後朽爛了，否則被連接的木頭絕不可能鬆脫。」

朱聿恆反問：「照這麼說，在屋頂坍塌之時，除非有一種力量，能將被千年榫結合的梁柱向上用力提起，才能自下而上地將它從千年榫的彎角中拔起？」

「是，否則這千年榫，必定會被坍塌的力量折斷。」諸葛嘉用修長的五指做了個向上抓取的動作，疑惑道：「可這個千年榫，儘管邊角稍有殘缺，但，確確實實是完整的，沒有折斷的痕跡……奇怪，這世上又有誰能有這種巨力，將奉天殿的屋頂提起掀翻，讓這千年榫完整脫出呢？」

朱聿恆沒有回答，只因在這一瞬間，他眼前忽然閃過了那一晚的情形。

在他走出殿門口，向梁上那條白影射出一箭後，他看到，自己的髮絲與衣服，全都被一種怪異的力量輕輕扯起，向著空中飄浮。

還有，大火剛剛燃起的剎那，他在第二層殿基上回頭望去，十二根盤龍柱上烈火飛捲升騰，彷如十二條巨龍同時在噴射出熊熊烈火。

似一種恐怖的力量，自下而上湧出地面；又似天降龍掛，倒吸地上萬物，傾下了這樣一場將三大殿毀於一旦的災禍。

風捲起灰燼在他們周身瀰漫，面前這塊燒焦的千年榫似乎還散發著那夜的灼熱氣息。

朱聿恆只覺胸口憋悶，他強抑心神，從諸葛嘉手中取過那個千年榫，一邊看著，一邊繞過了後方的斷垣，沿臺階向下方走去。

卓晏趕緊從地龍裡爬出來，也不管身上錦衣蒙塵，隨便拍了兩下就快步追上了他們。

諸葛嘉見朱聿恆一直看著那個千年榫沉吟不語，便又道：「微臣想，或許是外面的木頭沒有中間榫卯木質堅硬，因此被燒得朽爛了，摔下來時粉碎散落，便只剩下了中間這個完整的千年榫。」

「嗯，也有這種可能。」朱聿恆端詳著上面那個淺刻的標記，聲音略帶喑啞：「那麼，這是什麼標記，諸葛提督可知道？」

諸葛嘉面露遲疑之色，道：「這個……請殿下容微臣再調查幾日。這東西或許是……木作匠人覺得參與修建三大殿是他畢生榮耀，因此想暗地留個標記，也未可知。」

痕。

朱聿恆搖了搖頭，只沉默地將千年榫橫了過來，放在眼前看了看那個模糊刻

這只蜻蜓，與火中飛出的那一只，是否有何關係？

「我倒認為……」朱聿恆緩緩說道：「如果是匠人有意為之，不至於刻得如此凌亂倉促。你有沒有想過，除了匠人之外，這掉在地龍中的東西，還有一個人也能接觸到？」

諸葛嘉大驚失色，脫口而出：「殿下的意思，這是薊承明臨死前，刻下的印記？」

朱聿恆沒有回答，只將千年榫遞還給了他，說：「讓內宮監的人好好查一查，薊承明生前接觸過的，有沒有與這標記相符的。」

候在階下的小太監，趕緊舀起大銅缸中的水，讓朱聿恆洗去手上的灰燼。

諸葛嘉低下頭，目光正落在朱聿恆的那雙手上。

澄澈的水流過他的手背與十指，那修長的手指如同白玉凍在琉璃中，在淡淡日光下瑩然生輝，不可直視。

這位殿下的手，當真舉世罕見。

諸葛嘉正在恍神間，朱聿恆已經接過巾子擦乾了手，問：「既然是五部合查此案，那麼其他部門的人呢？」

諸葛嘉四下看了看，一指謹身殿廢墟中一條佝僂的身軀，說：「那位就是王

恭廠的卞存安卞公公，只是這人脾氣古怪，微臣與他亦不太熟。」

卓晏一聽，撒腿跑到臺階邊攏手對著那邊大喊：「卞公公，皇太孫殿下駕臨！」

那條人影沒理會這邊的喊話，依舊伏在焦黑廢墟中撮土。燒黑坍塌的廢墟如阿鼻地獄，這位卞存安居然能趴在火場廢墟中如此細緻撮土，著實令人佩服。

卓晏又喊了兩聲，那卞存安終於聽到了，直起身看了看這邊，拱手朝著朱聿恆行了一禮，也不過來拜見，很快就物我兩忘地繼續刮焦土去了。

朱聿恆打量這個卞存安，見他四十不到年紀，穿著件顏色褪暗又沾滿灰跡的薑黃色曳撒，皮膚黧黑又灰頭土臉的，但那專心致志盯著手中活計的樣子，令那矮小枯瘦的身軀頗有種倔傲的氣質。

「那便不要打擾卞公公了。」朱聿恆示意龍驤衛們整頓起身。「你們若有什麼發現，隨時知照本王。」

「是。」諸葛嘉應了，又命人奉上一個托盤，向朱聿恆稟告：「此次我營新研發了一種小火銃，由中軍坐營武臣與拙巧閣聯手研製。這種小火銃精緻小巧，更可拆解折疊。殿下若有興趣，用以日常傍身再好不過。」

他這倒是投其所好，朱聿恆對新奇強力的武器確有興趣，便欣然接過。

小火銃入手沉重，是精鐵所鑄，前方是中空的管身，後方是略微隆起的藥室。火銃通體鍍銀，更以錯金法在銃身上鑲嵌出龍虎紋飾，精美異常。

朱聿恆打開火門和藥室看了看，諸葛嘉正想要教他如何拆解，但他已經將小火銃收好了，說：「等我有空了，自行折疊拆解試試吧。」

諸葛嘉知道這種小事斷然難不倒這位殿下，便只送上了一小袋適配這支小火銃的彈丸和火藥。

「這般方便攜帶的東西，不知道是否可以批量製造？」

「此物機括微小，準頭難以調控，是以製造極難，目前一共只有三支面世。」諸葛嘉解釋：「如今拙巧閣那邊的人也說難再多造了，殿下若需要，怕是還要再等等。」

「無妨，等你有了大量製造的眉目，再告知我便是。」朱聿恆翻身上馬，走了兩步後，又回頭指了指那個千年榫，說：「諸葛提督，或許你可以查一查，這世上有沒有什麼力量，能托舉重物拔地而起，脫離這千年之榫？」

諸葛嘉面露猶疑之色，仰頭看向馬上的朱聿恆，卻見他神色慎重，絕非輕言，便恭謹垂手，應道：「是，微臣定會用心細查。」

龍驤衛隨扈，朱聿恆剛出午門，韋杭之已經在城門口等待他。

朱聿恆也不問話，與他到了戶部衙門後，便看起了緊急調來的卷宗。

本朝戶籍管理極嚴，尋常生面孔在城內出現，必然遭受多次盤查。一個膚色微黑、不似出生在京城的女子，要在順天居住，一定會有路引。就算她自己不來衙門報備，各街坊里長也會記錄在案，按月匯報到戶部衙門。
普天之下，莫非王土。
只要出現在本朝的土地上，她就必然會處在他的視野之中。
不到半個時辰，送來的午膳尚且溫熱，他想要尋找的人，已經出現了。

短松胡同水井頭，六間房東起第三間，三月十八日賃於一女子。寓居女客自稱阿南，年可十八許，身長五尺二寸，膚色微黑。自言從南方而來，尋親未遇臨時落腳。孤身一人，並無親眷。日常或在街衢閒逛，偶有荒誕形態，大約南方蠻荒不識禮數，但並無逾越律法之舉。

自南方而來，名叫阿南。

短短數言的報告，寫在各坊市的例行奏報上，夾在黃冊之中，平平常常。可朱聿恆盯著這張簡簡單單的紙，看了許久。
南方之南，星之璨璨。
直到凝滯的呼吸讓胸口憋悶，他才將這頁抽出放在一邊，抬頭問侍立在旁的韋杭之：「既是租賃的房屋，房東何在？」
韋杭之回答：「屬下已經傳喚他了，現在外面候著。」

朱聿恆點頭示意，於是片刻後，房東便穿著一身漿洗得板正的細布長衫，站在了他面前。

雖不知道朱聿恆的身分，但畢竟第一次來衙門，又見他氣度絕非凡人，老頭誠惶誠恐，連手腳都不知道怎麼放。

「老人家坐吧。」朱聿恆將那頁抽出來的紙按在手邊，等韋杭之出去了，才問：「租賃了你房屋的那個阿南姑娘，你可知道來歷？」

老頭忙點頭：「是三月十八來的，老朽上報過里長，一切情況確實相符。」

「她為何孤身一人來順天，日常行為如何？」

「阿南姑娘是拿著廣州府出具的海客路引來的。老朽聽說，她原是海邊人，因意外墜海折了手腳，所以來應天投靠親戚，順便治病。但年深日久，親戚尋不到了，便先租了老朽的房子住著。這些天她確有去巷口魏院使那邊醫治過幾次手腳，不過她當初來租賃房子的時候，我看她手腳靈便，也沒什麼太大問題的模樣。」

「是海外歸客麼？」自三寶太監下西洋之後，海外時有客商往來，但這樣孤身一人的女海客，倒是聞所未聞。「除此之外，她可有什麼奇異舉止嗎？」

「這……」房東努力想著，惶惑道：「這位姑娘日常三教九流什麼人都結交，我們這短松胡同近胭脂胡同，她竟與那邊的姑娘混得十分熟悉，這……算嗎？」

朱聿恆搖搖頭，問：「其他呢？」

「其他……雖然一個姑娘家獨居一個小院，膽子太大了些，但她性子倒挺大方爽朗的，日常確實看不出來有什麼怪異……」

朱聿恆等了片刻，見他再說不出什麼來，便淡淡說道：「老人家，你既然進了衙門，想必知道輕重。」

老人悚然而驚，趕緊躬身道：「是，老朽一定守口如瓶，出了這個門，就不會記得貴人所問的任何事。」

朱聿恆抬手示意他可以離開了。

室內只剩下他一個人，坐在案前，凝視著那張寫了寥寥數行的冊頁。

阿南。南方之南的南。

日頭已經西斜，時間流逝得如此之快。斜斜穿進窗櫺的日光，漸漸照到了他的手指。

彷彿被沸水燙到，他的手猛然收緊，然後，像是下定了決心，他驟然起身，將那張紙折好塞入袖袋中，向外走去。

韋杭之如影隨形，跟在他的身後。朱聿恆大步出門，翻身上馬。

見殿下上馬，就地休整的龍驤衛忙急著站起身，想要跟隨。然而朱聿恆卻只勒住馬回身看他們，馬鞭自空中虛斜著重重劈下，示意他們不許上前。

所有人都立即住了動作，不敢再跟隨這位殿下。

朱聿恆居高臨下喝令：「所有人在此待命，沒有本王允許，不得擅自窺測行蹤！」

眼看他只帶著韋杭之，一騎快馬絕塵而去，消失在街道盡頭，護衛們只能徒勞地望著馬蹄揚起的塵土，心中苦悶無比——當年殿下隨聖上北伐，連聖上都沒法阻止他孤軍深入敵軍後方。如今像他們這些小蝦米，又有誰敢螳臂當車，阻攔這位殿下？

他們唯一能做的，也只是在心裡暗自祈求，希望殿下快去快回，不要引起宮中的注意。

立朝六十年，如今正值盛世。剛剛整修落成的順天府，嶄新整齊，人家林立。

夏日午後，行人寥落，唯有朱聿恆與韋杭之兩騎快馬馳過。

胭脂胡同外倚在牆角邊等待生意的幾個姑娘，抬頭看見馬上人的模樣後，都是精神一振，個個擺出嬌媚姿態，朝他們輕笑招手。

朱聿恆勒住馬韁，低聲對韋杭之道：「你去前邊虎坊橋等我，我稍後就來。」

韋杭之震驚了，他看看那幾個姑娘又看看皇太孫殿下，難以啟齒道：「殿下，這……聖上一再叮囑屬下，要時刻保護殿下安危……」

「這邊能有什麼安危，去！」朱聿恆說著，抬手抽了韋杭之的馬一鞭子，催促他的馬飛奔而去。

幾個姑娘歡喜不已，搶著要幫他繫馬，他卻並未瞥她們一眼，催促馬步，逕自穿過胡同而去，直奔旁邊的短松胡同，只留給她們馬蹄揚起的些微塵土。

姑娘們頹然放鬆了身軀，靠在牆上嗑著瓜子抱怨，直到後面又從巷子中轉出條高挑的身影，她們才再度興奮起來，揮著帕子大喊：「阿南，阿南，快來這邊！」

阿南。

這一聲呼喚讓已經拐往短松胡同的朱聿恆頓住了馬。他回過頭，在柳蔭的遮掩下，看向那幾個女子。

前方快步走來的，正是他早上在鬧市中驚鴻一瞥的女子。

她身量頎長，穿著淡黃的窄袖衫子，頭髮隨意挽了個小髻，上面依然插著那只墨藍絹緞蜻蜓——原本顏色深暗的墨藍緞，在日光下中泛著燦爛的紫色光華，是以讓朱聿恆遠遠便看到了。

那瀲灩的光彩，讓他的眼睛變得暗沉。他將馬繫在路邊樹上，悄無聲息地用道旁密密匝匝的垂柳掩飾身形，向著那邊走去。

只聽得姑娘們笑道：「阿南，來吃瓜子，剛炒好的。」

「真的，還冒熱氣呢。」阿南的聲音略低啞，和一群嬌滴滴的姑娘們迥異，一下子便可辨認出來。她手中正握著一把蓮蓬，笑吟吟給她們拋了幾個，又抓了把瓜子嗑著，滿意地點點頭。「哇，劉大娘炒的吧，火候剛好，我能嗑兩斤！」

朱聿恆隱在垂柳之後，冷冷打量著遠遠那個阿南。

其實她五官頗為明豔，只是時下士人追捧的是雪膚花貌柔弱美人，她那雙滴溜溜的杏眼就顯得凌厲了些；高挺的鼻梁也不帶半分溫婉氣；濃如燕翅的眉毛並未如其他人般絞得纖細；蜜糖色的肌膚也不夠白皙。尤其與胭脂胡同這些嬌柔的鶯鶯燕燕站在一起，大相逕庭。

「兩斤？噯，阿南妳矜持點嘛。」穿紅衣的姑娘剝著蓮蓬，笑道：「妳看妳，身量這麼高，又不肯好好梳妝打扮，這走路虎虎生風的樣子，哪天讓我們姊妹以為是男人來了，白白害我們做許多俏媚眼！」

「哪有虎虎生風，妳們這樣形容一個十八、九歲的姑娘，良心過得去嗎？」阿南直接往街邊條石一坐，蕩著一雙天足，姿態毫不端莊。

紅衣姑娘教導她說：「喏，先把妳的腳裹一裹嘛，好歹走路的姿勢得搖曳多姿吧，不然妳這樣子怎麼嫁得出去哦？」

「我從南方蠻夷之地來，不裹腳的。」阿南滿不在乎地晃著自己的腳，笑道：「再說了，我有喜歡的人啦，他敢不娶我試試？」

「騙人吧，整天就見妳一個人獨來獨往的。」一群姑娘嘻嘻笑著，無情地揭發她。「而且妳這雙眼睛，遇見清俊的男人就放光，總要多看兩眼，比我們還不怕羞。」

阿南笑道：「真奇怪，平時路上看見好看的花花草草也總要多看一眼，怎麼街上有好看的人，我就不能多看了？我剛才買蓮蓬，都要挑幾個齊整漂亮的呢。」

「嘖嘖，這理直氣壯。」姑娘們笑成一團。其中一人想起什麼，對阿南說道：「講到好看呢，剛剛過去那個男人長得是真好，一路騎馬過來，所有的姊妹都招呼他，可惜他理都不理，真是氣人。」

「氣人是氣人，可好看也是真好看呀。年少矜貴，鮮衣怒馬，咱們在順天府混了這麼久，何曾見過這樣的少年郎？」另一個黃衫姑娘揮扇笑道：「噯，阿南，妳可以跟去看看，保不準以後就沒興趣看其他人了。」

「有這麼好看的人？」阿南剝著蓮蓬好奇地問：「他去哪兒了？」

幾個姑娘的手一起往短松胡同一指：「喏，那邊。」

一直靜立在垂柳之後的朱聿恆，沉心靜氣聽她們東拉西扯了這麼久，才驚覺她們說的有可能就是自己。

眼看阿南拍拍裙子，站起身真的向他這邊走來，他下意識地背轉身，見身後就是一家酒肆，便閃身進內。

街邊酒肆，裡面一片吵吵嚷嚷，有人喝酒划拳，有人鬧酒起鬨，一股市井氣息。

當壚的老闆娘一看見朱聿恆的模樣，立即就快走幾步，趕在他前面拉開了一扇透露祥雲蝙蝠的屏風，殷勤笑道：「公子請雅間坐。喝什麼酒？是一個人還是約了人會面？」

「最烈的酒。」他只給了她四個字。

老闆娘快手快腳把酒送進去，剛掩上門，阿南就從門口進來了。

打眼一瞧，店內依然是坊間那群大叔阿伯們，阿南挑挑眉，這哪有什麼格外出色的人物？

老闆娘支頤靠在櫃檯上對著她笑：「阿南，妳一大姑娘，怎麼老往我們酒肆鑽？」

「無聊嘛，除了妳這邊，我能上哪兒消磨去？」阿南指指櫃檯上的牌子，讓老闆娘給她來一盞木樨金柳丁泡茶。她一雙眼睛在店內掃了一圈，朝老闆娘笑道：「其實是外間幾位姊妹指引我來看景致的。」

「她們這群犯嫌的姑娘家。」老闆娘給她一個白眼，俐落地調好茶水，朝著屏風隔開的雅間努努嘴，臉上掛起了意味深長的笑。

阿南就這麼端著茶杯，施施然向那雅間走了過去。

雅間外陳設著雕鏤流雲五蝠的木屏風，從空隙中可以看出裡面坐了個穿玄色越羅直身的男人，但那臉卻剛好被大片流雲擋住了，一點模樣都未曾洩漏。

阿南有點遺憾地放低目光，就看見了他那雙手。

木樨金橙的香氣暗暗襲來，在這樣嘈雜喧鬧的酒肆中，阿南一瞬間有些許恍惚，移不開目光。

那雙手被窗外透進來的陽光照得瑩白生暈，十指修長得有些過分，修得極為乾淨的指甲泛著粉白的光澤，指骨瘦而不顯，微凸的骨節顯得這雙手充滿力度。

當他的手指伸展開，就擁有最為優美的弧線，從指尖到手背，顯露出來的線條如塞北起伏連綿草原平闊，舒緩自如。當他的手指彎曲緊握，便如江南遠山近水峰巒群聚，線條清峭。

而這雙手屈伸張握時，又絕不拖泥帶水，每一下動作都毫不遲疑，穩準快中帶著一種充滿自信的強硬力度。甚至因為太過決絕快速，使得他的動作顯出一種迷幻的節奏感，讓看見他的人便有一種想法，覺得這雙手的主人，足以掌控世間所有一切大小事務、難易局面，永不落空。

就像在沼澤裡看見一朵純白蓮花綻放，阿南就這麼端著茶杯拿著蓮蓬，在喧囂的酒肆之中，透過屏風的空隙，駐足凝視著他的手，久久無法回神。

他其實是在拆解拼裝一樣東西。一根手掌長的鍍銀圓筒，裝搭好後，前方是中空的管身，後方是略微隆起的藥室，連接的把手上，纏繞著鹿皮。

普通人肯定看不出這是什麼。但阿南的手慢慢地碰了一下自己右手腕上那個鑲嵌各色寶石的臂環，感覺它還紋絲不動地約束在自己腕上，才安心地輕揚起脣角來。

一支可拆解的小火銃。

這個長著特別迷人一雙手的男人，在這種魚龍混雜的小酒肆，把一支小火銃拆了又裝，裝了又拆，這是無聊到什麼程度了——

不，仔細一看的話，他的手雖然很穩定，但偶爾凝滯的動作，讓她看出了遲疑的意味。

這個人，不是在排遣無聊，而是藉著拆解火銃，用機械的動作，來驅逐內心的緊張與惶惑。

這個習慣，和她當年真像。

只不過，這把可拆解折疊的火銃，她偏偏就是這世上為數不多知曉的人，因為，她是參與研製的人之一。

「是拙巧閣的人，又來找我了？」阿南微微一笑，計算了一下角度，然後走到了樓梯邊，從後方幾個雕鏤出來的洞口中，企圖看清裡面那個男人的容顏。

但從斜後方的角度看，只能望到他的半側面。

他的側面線條清雋凌冽，窗外日光穿櫺而來，自他耳後燦爛照耀，使得他半側的面容明暗分明，懾人心魄。

即使還沒看清他的長相，但阿南已經在心裡想，這張臉，可真對得起這雙手。

想想也是啊，混在胭脂胡同的那群姑娘，全順天府的公子哥兒該見了千兒八百個，可這種凜然超卓的人物，哪是可以尋常見到的。

一滴茶水濺在她的手背上，木樨甜膩的香氣和柳丁清冽的氣息混雜在一起，讓她忽然覺得心裡沉了沉。

一時之間，她就不想知道他具體的模樣了。

反正，她的心裡，已經有了最好看的那一個人。

無論她看見什麼樣的人，她總是拿來和心裡的他比一比，然後發現那個最獨特的地方，依然是那個人的，永遠不可轉移。

就算她看遍了世間所有好看的男人，那又怎麼樣，其實都沒有意義。

所以她默然笑了笑，不聲不響就轉過了身體，坐在了樓梯下的一個小角落裡，蜷起雙腿，剝著蓮蓬喝自己的茶。

老闆娘給她端了一碟蠶豆來，一邊瞥著雅間那邊，問：「看到了？怎麼樣？」

阿南趴在桌上，懶洋洋地說：「還可以。」

「只是還可以？」老闆娘嗤的一笑，掐著腰正要說什麼，一轉頭瞥見門口進來一個熟客，忙堆笑迎了上去：「李二哥，你可是好久沒來了，最近在哪兒發財呀？」

「發個屁的財！三月剛在五城兵馬司謀了份火丁（註4）的職位，上月就被調去宮裡救火，結果差點沒斷送在那裡。」李二哥是個中年漢子，罵罵咧咧地取下網巾，給一眾熟人看自己被燒禿了的頭髮，嚷著自己這次真是死裡逃生，非要眾

註4　火丁：類似消防員。

人請他喝酒。

眾人趕緊喊老闆娘上酒，要給李二哥去去晦氣。

李二哥喝酒跟喝水似的，放下碗卻咧嘴笑了，說：「晦氣是真晦氣，不過運氣也不算差到家，你們猜我在宮裡救火，是誰指揮的？當今皇太孫啊！」

「皇太孫」這三個字一出來，酒肆裡眾人頓時就來了精神，趕緊追問：「李二你哪來的好運氣？咱們活了幾十年，可連七品以上的大老爺都沒見過！」

也有人撟舌難下：「好傢伙！火海險地，皇太孫也去？」

「去！不但去了，還親自到殿基近旁指揮我們救火。咱這群人都是臨時被調集的，第一次進那種地方，能不怕嗎？不瞞各位，我當時看見這麼大的皇宮，這麼凶的火勢，嚇得腳都軟了！但皇太孫往我們面前一站，我們上百人立馬心就安定了。各方隊伍被他指揮得紋絲不亂，他站在火海前那氣度，那架勢，真叫人心折！」

「那皇太孫長什麼模樣，你趕緊給我們形容下？」

「說到皇太孫，那長相可不得了！只見他身材魁梧，天姿豐偉，站在火海前就似一根定海神針，金光耀眼，閃閃發亮……」

周圍人一聽就不對勁，紛紛斥責：「少胡扯了，說實話，說實話！」

李二自己也笑了：「說實話，那個火海之中煙塵滾滾，我眼睛都睜不開了，哪看得清模樣？模模糊糊只見最高的臺階上站著一條人影，個子比身邊人都高出一個頭，不動不說話也格外威嚴，那樣子……總之我嘴笨，說不出，就是一看絕非凡人了！」

阿南剝著蠶豆，忍不住笑了出來：「李叔，你看見個位高權重的人就這樣。得虧是皇太孫呢，要是當時皇帝親臨，你是不是看一眼就飛升了？」

李二抓抓頭，和眾人一起大笑出來。

酒肆內有個穿著件破道袍的老秀才拈鬚說道：「可惜啊，聽說聖孫在這次救火中生病了，大概是被熱氣侵了聖體，不知如今好些了沒有？」

又有人插嘴說：「那必定早就沒事了，當今聖上不是早說皇太孫是『他日太平天子』嗎？這可是要為天下開太平盛世的未來天子，必定是身體康健，萬壽無疆了！」

在笑聲中，那酸秀才又搖頭晃腦道：「難道『好聖孫』是平白無故說的？端的是文武雙全，機敏異常，把天下所有人都比下去了才叫『好聖孫』啊！聖上文韜武略，太子仁厚淳正，又有聖孫天縱英才，我朝盛世已開，萬民福祉不盡矣……」

「劉秀才你說話這一套一套的，怎麼鬍子都白了還沒中舉？」老闆娘忍不住在爐邊發問。

又是一片熱鬧笑語，氣氛熱烈的眾人就開始講起皇太孫出生時，當時還是燕王的聖上夢見太祖將一個大圭賞賜給他，並說「傳世之孫，永世其昌」。等聖上醒來後，正值皇太孫呱呱墜地。

三年後聖上登基，而這位皇太孫殿下，也沒有辜負祖父的期待，長成了朝臣們交口稱讚的「好聖孫」。他十三歲受封皇太孫，十四歲代父祖監國，十五歲跟隨聖上北伐，親歷戰陣。去年遷都順天，因為聖上忙於政事，太子肥胖多疾，也是由他牽頭主持遷都事宜，把這舉國大事完成得乾淨漂亮，令所有人都心服口服。

「這可是遷都啊！咱們十幾、二十歲的時候，搬個家都茫然失措呢，人家輕輕鬆鬆就遷了個都！這能是普通人嗎？」

談到這位皇太孫，大家都不由自主地愉快起來，老闆娘的酒都多賣了三、五升。

唯有被屏風隔開的雅間，依舊一絲聲音也無，裡面的人似乎也沒有出來湊熱鬧的打算。

阿南撐著下巴，看著裡面那雙手。

他已經停止了拆卸火銃，將它裝好後擺在面前，並未離開。

在眾人的笑語和關於皇太孫的那些傳言之中，他靜靜地坐著，沒有出聲也沒有動彈，唯有那極好看的一雙手，擱在桌上，越收越緊。那亭勻的骨節都幾乎泛白，呈現出輕微的青色來。

阿南剝了顆豆子丟在口中，心想，看來那位讓天下歸心的皇太孫，也不是人人都喜歡他嘛。

比如說這雙手的主人，比如說，她。

眼看天色漸晚，那個男人也沒有出雅間的意思，阿南便起身去付帳。

老闆娘看見她低側的鬢髮，咦了一聲，說：「阿南，妳戴的這個蜻蜓可真好看，就跟真的一樣，哪兒買的？」

「還是阿姊妳有眼光，其他人都嫌太素，說要花啊、蝴蝶啊才好看。」阿南輕輕晃一下頭，任由蜻蜓在自己髮間展翅欲飛，笑道：「本來是一對，後來送了別人一只。」

老闆娘恍然大悟：「哦，原來是定情信物！」

阿南只笑了笑，沒再說什麼。

第三章　天命神機

黃昏燦爛的晚霞，映照得整個順天城殷紅明亮。

阿南生活習慣不太好，也不回家做飯，在街邊吃起了烤鵪鶉和糯米圓子，就當晚餐了。

尾隨她至此的朱聿恆，站在石牆後，靜靜等待著。迴異於平靜的外表，他的心思很亂，不知道該如何對付這個阿南。

若有可能，他不想驚動任何人，若能悄悄將這件事解決掉，那將是最好的。

畢竟，他的命運，不屬於他自己。

祖父曾經屬意的太子，並不是他的父親。在勇悍的二皇子和機敏的三皇子對比下，朱聿恆的父親雖穩重端方，但肥胖臃腫又有心疾、足疾，尚武喜功的皇帝著實不喜歡這個大兒子。甚至，他曾當眾對二皇子漢王說，你兄長身體不好，以後天下之事，你要多加努力。

皇位之爭，殘忍過世間所有。只需皇帝一念，父親會失勢，母親會流落，他的弟妹會全部葬送在東宮之中。

所以這二十年，朱聿恆一步步走來，負擔沉重，艱難無比。然而在這超出負荷的壓力之下，因為天生的驕傲，他卻執意努力，做得比所有人期待的，還要更出色、更完美。

他是父母的希望，也是朝廷的期望。東宮一切的安定平衡都著落在他的肩上，禁不起半分折損。

所以——朱聿恆佇立在黑茫茫的窮途末路之前，深長地呼吸著，心頭卻比冰雪還要冰涼清明——他不能死。

他的父母需要他，他的弟妹需要他。他一定要活得很好，才能保住東宮這看起來尊貴極致的一切。

就算只剩下一年，他也必將直接面對這一切，斬殺面前所有障礙。

阿南慢悠悠地吃完晚餐，起身沿著高牆往短松胡同行去。

即將夜禁了，街上行人寥落。她拐入巷道，兩旁的高高院牆遮擋住了夕陽餘暉，陰暗籠罩在她的身上，竟像是一拐彎就入了夜。

阿南腳步輕快，在走到巷子口的時候，還扯了一朵野花，拈在手中嗅了嗅，心情很好地哼著小調。

朱聿恆目送她進了家門，站在路口樹下靜靜等了一會兒。

四下寂靜無人，她家的閣樓窗口亮起了燈。

朱聿恆伸手入懷，將諸葛嘉今日送的那柄小火銃取出，喀答一聲拉開，填好火藥，裝好火繩，握在右手中。

他的左手攏在袖中，緊緊握著第一次北伐時，祖父賜給他的匕首「龍吟」。

一瞬間，他又覺得有些可笑。

一間平平無奇的屋子，一個街坊四鄰都證實獨居的女子，有什麼必要值得他這樣如臨大敵？

於是他放開了那柄火銃，隱著龍吟，在昏黑下來的夜色中，翻進了她的院牆。

這是六開間的連廈中的第三間，左右牆連接著鄰居，只在各家院子中間用一人高的院牆圍住自家院落。

小院不過兩丈見方，進去就是堂屋。堂屋內除了一張几案兩張圈椅外，空空如也，一片寂靜。

朱聿恆抬頭看向二樓，考慮著是直接闖進她的閨房，還是將她引到樓下來。

還沒等他決定，樓梯口亮起了一點微光。

是阿南提著一盞燈，從樓上下來了。

前堂一覽無遺，朱聿恆下意識地閃身，避到了後堂。被木板隔開的後堂，立著六個高大櫃子，依次排列在屋內。

此時他也顧不上思量這奇怪的格局，快步躲到了一個櫃子後。

黑暗中，燈光在堂屋停了停，移向後堂而來。

她出現在門口，燈光明亮地流瀉在她周身，但畢竟無法照出各個櫃子後面的情形。

朱聿恆靠在櫃子上，聽她在門口低聲笑問：「是不是你呀，鄰居家的小貓咪？敢偷偷進入我的地盤，我可不會放過你哦。」

在此時的暗夜中，她低沉清冷的嗓音，氣息拖得悠緩，如同耳語般溫存。

朱聿恆屏住了呼吸，面前的黑暗凝固一般死寂。

「嘖嘖，叫你出來還不聽，真是不乖。」她說著，再停了片刻，便將手中的燈輕輕一轉，那上面的罩子如同蓮花般旋轉著關閉。

燈光驟然熄滅，周圍頓時陷入黑暗之中。

在一片黑暗內，阿南把燈擱在旁邊桌上，然後抬起雙手，「啪啪」拍了兩下手掌。

隨著她的掌聲，天花板上忽然有細微的光屑散下，籠罩住了整個後堂。

朱聿恆錯愕地抬眼看去，黑暗中，那些發著光的微塵均勻地靜靜散落，如同降下一屋細薄的雪花，恬靜無比。

靜閉的室內，微塵半浮半沉，因為太過輕微，飄落的速度也慢得令人詫異，彷彿那些光屑可以永遠懸浮在半空中一般。

他一動不動地望著面前這如夢似幻的詭異場景，屏息靜氣。

而她也並不急躁，靜靜等待在黑暗中。

許久，朱聿恆終於忍耐不住，用袖子捂住口鼻，輕輕呼了一口氣。

那薄霧一般的微塵中，因此出現了極其細微的一條波紋。被擾亂的熒熒微光，自他藏身的第二個櫃子後，向著前方微微蕩去。

但就是這麼微小的一縷螢光，呈現在周圍的黑暗中，便十分鮮明。

阿南抬起左手，手指滑過右手臂環上一顆靛青的寶石，疾揮而出。

一道新月般的弧光，自她的臂環中急速滑出，在黑暗中閃了一閃，向著光屑輕微波動的地方，旋轉著飛了過去。

新月帶著彎轉的弧度，在空中拐了一個彎，向著櫃子後斜斜飛了進去。

只聽得錚一聲輕響，朱聿恆萬萬沒想到，她射出的那彎新月，竟折拐入了櫃子後方，射入了他的肩頭。

驟然受襲，肩膀劇痛，饒是他竭力忍耐，壓抑的低呼聲還是自他口中洩漏了出來。

他揮臂以龍吟去斬那彎新月，新月脫離他的肩頭後，帶著流光迅疾縮回，輕微地喀一聲，帶著他的鮮血，回到了她的臂環之中。

阿南抬手取過旁邊的燈，嚓一下轉開燈罩。罩子上自帶的火石蹦出火星，再度點燃了燈焰。

她提著燈，一步一步向著第二個櫃子走去。

朱聿恆強忍肩頭劇痛，卻無法忍耐自己的呼吸。空中的螢光變得紊亂無比，一波一波自櫃子後往前翻湧，如波瀾繚亂。

他靠在櫃子上，握緊龍吟，等待著她過來的那一瞬。

阿南的腳步，隨著燈光漸漸近了。然而她走到櫃子邊，卻停了下來。

只聽得「嚓嚓」兩聲輕響，她右手一揮，一條流動的光線自臂環中射出，在前側的櫃腳上轉了一轉，便立即縮回。

然後她抬起腳，狠狠踹在櫃上。

整個櫃子頓時向後方倒了下去，原來剛剛流光那一閃，靠向朱聿恆那側的櫃腳已經被她射出的線斬斷。

櫃子後，本就已經受傷的朱聿恆被傾倒的櫃子砸中。

幸好朱聿恆反應極快，將倒下的櫃子一把掀翻，連退數步，免以被櫃子壓倒在地。但也因此他的傷口被劇烈動作撕裂，鮮血迸出，溼了半肩。

他急促的喘息聲，讓阿南微微笑了出來。

她手中提著的燈照亮了她的容顏，臉頰上唇角愉快微揚，一雙眸子深黑透亮得令人心驚，就像一對黑色寶石浸潤在冰水中，射出寒月般的光華。

「真可惜啊，你的身量怎麼會這麼高？我算準了要割你脖子的，結果只傷到了肩膀。」她聲音輕緩，腳步輕捷，就像一隻貓，輕輕巧巧地向著朱聿恆走來：「你是什麼人？來我家中做什麼？」

朱聿恆不再答話，伸手從腰間取出火銃，對準了她。

阿南還未看清是什麼，但隱約折光讓她立即察覺到那是金屬器具，可能是一件武器。她果斷一揮手，將手中的燈向他狠狠砸了過去，同時閃身避到了一個櫃子後面。

朱聿恆反應也是極其迅速，她砸過去的提燈瞬間被他反踢了回來，摔在她的面前，油花四濺，地上頓時升騰起兩、三朵火苗。

他不再躲避，謹慎而小心地慢慢向她藏身的櫃子靠近。

而躲在櫃子後的阿南早已調試好了自己的臂環，她的手指搭在了臂環上小小的一顆黃玉上。

瀰漫的光屑已經落地，時明時暗的火苗照得屋內影跡扭曲，暗潮湧動。

就在距離櫃子僅有三尺之遙時，朱聿恆踏出了一大步，斜身向著她撲來。

阿南抬起右手擋在了面前，手指一動，臂環中有瀰漫的光噴射而出——是一張網，用極細的金屬絲編織而成，暗淡的火光下，恍如一蓬金光籠罩住朱聿恆全身，隨後立即收緊。

朱聿恆的上半身被籠罩在網中，卻在她收網的一剎那，將右手的武器對準了她，晃亮了左手的火摺。

「解開。」他冷冷說道，火銃口從網孔中突出，直指向面前的阿南，而他的火摺即將進入火門。

「這東西……我好怕啊……」阿南站在他的面前，並未收回手中的網，看著他手中巴掌長的小火銃，臉上滿是玩味。

朱聿恆隱在黑暗中的面容上，一雙眼睛鋒利而冰冷：「解開。」

「好吧，不過我勸你最好不要動手哦。」阿南抬手一揮，籠罩在他身上的網頓時收縮撤走。「你可知道，拙巧閣替神機營做這小銃的時候，是誰攻克了最難的一步，讓它可以在折疊收縮的同時，填充火藥的藥室依舊嚴密封鎖？」

拙巧閣——朱聿恆迅速在記憶中翻出了這個名稱——諸葛嘉將這支小銃獻給他的時候，曾說過，這是由中軍坐營武臣與拙巧閣聯手研製的。

他心念電轉，不答反問：「是妳？」

「當然是我啦。而且悄悄告訴你一個小祕密，因為我並不想替姓傅的做事，所以這小火銃的藥室雖然嚴密，可強度是不夠的。試射可能沒問題，但後面就無法再嚴密閉鎖承壓了。你用過幾次了？千萬別點火，隨時會炸膛的。」她慢慢地扯著細網，捏成指甲蓋大小一坨，重新塞回了臂環中，問：「還有，你能這麼早就拿到這東西，是拙巧閣的，還是神機營的人？」

他沒有理會，手中小銃依舊穩穩地指向她，鋒利如刀的目光看向她髮間的蜻蜓：「跟我走。」

阿南挑挑眉：「不信我說的？」

朱聿恆含糊地說道：「我對妳……還有鬢邊的蜻蜓，有點興趣。」

「喔，是嗎？」阿南含笑抬手，撫上了自己鬢邊的蜻蜓，然後取了下來。「這個？」

蜻蜓裝在一支細釵上，她雙指輕按，蜻蜓與下方的釵身頓時分裂開來。在淡薄的火光中，蜻蜓顫動的翅翼如要振翅飛去。

唯一令人詫異的是，這只完好的蜻蜓尾巴上，有一條細細的金線，短短一截自體內拖出體外。

他的目光一瞬不瞬地盯著她，聲音低沉而有力：「卸掉臂環，跟我走。」

「好啊，那你先把蜻蜓拿走。」她唇角微微一揚，左手輕拈蜻蜓身體，一手把尾部的金線扯住，輕輕一拉。「接好了哦，不要眨眼。」

只聽到輕微的「嗡」一聲，蜻蜓的翅膀立即揮起，脫離了她的雙手，展翅飛向了空中。

在即將燃燒殆盡的火苗暗光映照下，蜻蜓在他們頭頂映著火光飛翔旋舞，一派舒展自然的姿態，飄搖輕逸，久久盤旋。

它薄紗的翅膀畫出輕微的金線軌跡，在他們之間掠過，那曲線簡直令人著迷。

恍如一場幻覺。

他的目光不由得跟著這只飛翔的蜻蜓，從阿南身上移開，看向了斜上方。

就在這一瞬，阿南當即轉身，飛撲著撞向了旁邊牆壁，將牆上一條繩索一拉。

她一動，朱聿恆的手上也隨之砰的一聲巨響，火光冒出，赫然已經發射出了火銃。

然而，阿南剛剛說的話，是對的。

就在火藥被點燃的一剎那，彈丸並未從槍管中飛出，小銃炸膛了。

巨大的衝擊讓朱聿恆的火銃脫手飛出，猛砸在了牆角。而他整個人被震得連退數步，後背重重抵上了牆壁。

就在此時，天花板上的翻板打開，上面有大桶的水沒頭沒腦朝他傾瀉而下。

他下意識地緊閉上眼，抬手擋在自己臉前。

而阿南轉過身，右手輕揮，臂環中新月般的流光再次閃動，向著他疾射而去。

那鋒利的刃口，飛速旋轉著，眼看就要割開他的喉口。

地上的火苗，終於被水花激起的氣流捲滅。

最後光芒一閃即逝的瞬間，照亮了朱聿恆擋在臉上的那雙手。

這雙她一眼難忘的手，被炸膛的火銃震得流了血，瑩白的手背上，被水沖洗成淡珊瑚色的幾道血痕，卻讓他這雙手有了更加怵目驚心的衝擊感。

這新月一旋一轉後，世上就再也沒有這樣完美的、合乎她所有夢想的一雙手了。

這念頭如同閃電一般，在她的心中掠過。

腦子還沒反應過來，手已經下意識做出了反應。

她收束了臂環。

新月在朱聿恆的下頷輕微地一閃即收，鋒利的銳口只在他的下巴上劃了小小一道口子，便飛速回歸了她的臂環之中。如同鴿子千里跋涉終於回到自己的小窩，輕微的「答」一聲，鑲嵌回屬於它的那道小小縫隙，嚴絲合縫。

朱聿恆自然知道，自己在生死之間，已經走了一個來回。

他怔了一下，慢慢地放下手，靜靜看著她，並不說話。

而阿南在黑暗中揚起手。那只蜻蜓終於停止了在空中的旋舞，隨著舒緩下來的氣流，靜靜落在她的掌心中。

她將它重新安裝至釵頭，插回自己髮上，說：「你走吧。」

朱聿恆站在黑暗中，任由殘存的水滴落在他的身上。他用一雙深黑得幾不可見底的眸子盯著她，聲音喑啞地問：「為什麼？」

「不為什麼。趁我沒改變主意，你快走吧。」阿南提起燈，打了個呵欠。「要是你有良心的話，幫我收拾好屋子。」

朱聿恆並沒有良心。

他拋下阿南狼藉的屋子，騎快馬到虎坊橋。一直在這裡等待的韋杭之，看見皇太孫殿下如此狼狽地到來，震驚惶惑不已。

而朱聿恆唯一一句話就是——

「把諸葛嘉叫過來。」

臨近午夜，急促的馬蹄聲答答響在街上，踏破順天府的夜禁。

神機營提督諸葛嘉，率七十二騎精銳直入順天。

韋杭之已候在城門之內，看見他們到來，便打了個手勢，示意他們跟著自己走。

松明子照亮了黑夜的街衢巷陌，被馬蹄和火光驚動的百姓有幾個膽大的，偷偷開一條窗縫張望一眼，便立即將窗戶緊閉，落好窗栓。

「是神機營的人，好像領頭的還是那位諸葛提督！」

這位凶名赫赫的神機營提督，縱馬直奔短松胡同而去。

七十二名精銳在巷口下馬，團團圍住六間平平無奇的連廈，各自備好火銃，裝藥實彈。大部分人拿著短銃、長銃，另外有四個身材魁偉的提著碗口銃，就地尋找支架，將碗大的銃口對準房門。

韋杭之看這架勢不妙，便壓低聲音對諸葛嘉說道：「殿下的意思，他要活口，務必。」
諸葛嘉點頭，吩咐下去，碗口銃先不動，僅作威懾，其餘長短銃依舊荷實，對準門窗不准挪移。

「好吵……」阿南嘟囔著，扯過被子捂住自己的頭。
那個沒良心的男人離開後，阿南苦哈哈清理好屋子，剛剛躺下，還沒來得及進入夢鄉，就被吵醒了。
但隨即她就清醒了，一把掀開被子，凝神靜聽外面的聲響。
馬蹄由遠及近，直奔短松胡同而來。很快，她家前後門都傳來了吶喊聲，火把的光隱隱透進窗縫來。
阿南跳下床，赤腳跑到窗前，稍稍推開一條窗縫向外張望。
她租賃的房子與隔壁五戶人家連在一起，外邊數十人馬將連棟的人家一律圍住，但那些人的目光，都落在中間這一間——也就是她住的房子上。
阿南皺起眉頭，想起那個潛入自己家的男人，不由得鬱悶至極：「小沒良心的……你是朝廷哪隻鷹犬？我都放過你了，你居然還叫這麼多人來殺我？」
再一想，她就更鬱悶了——不能早點來嗎？早知道還有一場大鬧，她為什麼要累死累活收拾屋子？
松明子照亮了黑夜的巷陌，也照亮了圍困短松胡同的那群人。

青藍布甲白銅釘，每個人的腰間都帶著火銃、錫壺和短刀。

阿南的目光落在領頭的那人身上。火光投在他的面容上，鳳眼薄唇，肌膚蒼白，清秀中透著一股狠戾，正是南直隸神機營提督諸葛嘉。

阿南不由得苦笑出來：「嘖嘖……不得了不得了，我何德何能，值得這位諸葛提督大駕光臨啊？」

像這種大人物，深更半夜率眾來擒拿她這樣一個孤身女子，真是太看得起她了。

而且他居然連攻城掠地時用的碗口銃都拿出來，對準她窗口！阿南思索著，抬手抓過梳妝檯上的蜻蜓釵子看了看，皺起了眉頭。

還沒等她理出頭緒，隔壁傳來嗷的一聲尖叫，隨後就是重重摔倒的聲音。大概是鄰家那位年邁的阿婆受不住刺激，嚇暈過去了。

這聲響彷彿是揭開序幕，被圍住的其他幾家，老弱婦孺們紛紛哭喊出來。畢竟，深更半夜一睜眼，看見碗口大的火銃就架在自己家門外，誰能承受得住這種心理壓力？

在周圍一片鬼哭狼號的聲響中，阿南淡定地用蜻蜓釵挽好頭髮，合攏了窗縫，落好窗栓。

屋外諸葛嘉一揮手，旁邊一個壯漢站了出來，聲如洪鐘地大喊：「屋內所有人，統統出來，不許攜帶任何東西！否則，格殺勿論！」

同。

旁邊幾戶人家趕緊抱起孩子、扶著老人，踉蹌出了門，遠遠逃出了短松胡同。

唯有中間阿南所住的那一間，悄無聲息，連燈火都不曾亮起。

扛碗口銃的人避開一條路，讓其餘人攜帶短刀與火銃進入屋內。但那碗口大的銃口始終對準阿南的屋子，火繩也依舊在黑暗中無聲無息地亮著。

諸葛嘉看向各處埋伏，所有人握拳表示準備完畢。

一聲呼哨響起。扛著木樁的兩個彪形大漢率先撞破了大門，牆頭上的人同時輕捷地翻入院牆，破開前堂大門湧入。布置在後院的人也一起躍入，闖進後堂。

松明子照亮了堂屋所有角落，裡面空無一人。

諸葛嘉邁入院內，環顧四周。一個士卒將耳朵貼在板壁上停了停，確認了聲響後，踹開東廂房的門。

漆黑的屋內，有一道白色人影快速閃過，衣衫下襬一晃，就隱入了角落之中。

火把的光隨即照入，眾人湧進屋內待要抓捕，卻看見屋內空無一人，牆角只立著一個博古架，緊貼著牆壁，根本不可能藏人。

諸葛嘉示意士卒們慢慢靠近，他們將博古架從上至下敲擊了一遍，確認沒有任何機關手腳之後，才將架子挪開。

牆角一顯露出來，眾人就看見了懸縮在牆角的一件白色衣衫，被黑線拉著，長長一條懸垂在那裡。原來黑線連接在門上，線上用活結繫上衣服，等他們一開門，衣服便滑進了博古架後，讓他們以為屋內有人藏在了後面。

持火把的一個士卒忍不住問：「對方這樣做的目的何在？」

諸葛嘉還未回答，伏在簷下的阿南忍不住輕笑出聲，說：「當然是為了把你們引到這間屋內呀。」

她聲音不大，語調輕鬆愉快，和當下這緊張的氣氛簡直格格不入。

神機營所有衛士齊齊打開銃上火門，點燃火繩，呈包圍守護陣型將諸葛嘉護在中間，銃口對準了上方各處。

長長的火繩緩慢地燃燒著，被夾在每一個士卒的手指中。只要有需要，火繩立即便可塞入火門，引發一排亂射。

「這麼多火銃，好嚇人哦！」阿南笑語盈盈，卻並不現身。「我勸你們還是趕緊走吧，這樣大家都能好好的，平安回家不好嗎？」

「需要保平安的人，是妳吧？」諸葛嘉沉聲道：「現在屋內屋外對準妳的，一共有五十柄火銃、十柄連珠銃、四架碗口銃。只要我一聲令下，所有的火藥彈丸會全部打在妳的身上。勸妳不要負隅頑抗，躲躲藏藏沒有用，立即給我現身！」

「哎呀，你們一群大男人半夜闖入我閨房，人家可是未出閣的大姑娘，羞都羞死了，怎麼敢現身？」她語帶笑意，似在調戲諸葛嘉。

諸葛嘉臉色陰沉，緩緩抬起右手，又竭力控制住自己，不要揮下去。

畢竟，殿下要的，是活口。

見諸葛嘉不動，潛藏在簷角的阿南笑了一笑，瞥了窗外那群正用各式火銃對準自己小屋的人，同情地「嘖嘖」了兩聲：「準頭和殺傷力這麼差的東西，諸葛提督，你爭點氣，好好改進改進再拿出來對敵吧。」

說完，她並不對他們發動攻勢，只向外一揮手。一線流光直射斜對面的高牆，她拉緊臂環一收一放，火光中只見她身影掠過短松胡同，沒入了黑夜之中。

如夜梟橫渡，一閃即逝。

縱然門外有零落的一、兩個人倉促放了火銃，但也根本來不及對準她的身影，也不知射向了何處。

只聽到她的笑語，漸漸遠去：「聽我一句勸，真的不要動我的屋子，趕緊走吧！」

聲音漸遠，小院內外只剩下一片死寂。

諸葛嘉頓了片刻，緩緩放下自己的手，深吸一口氣道：「先撤出去。」

眾人依舊呈戒備姿勢，一群人警惕地舉著火銃，慢慢向著門口移去。走了不到三步，抬頭關注上方的一人忽然失聲「啊」了出來。

眾人抬頭看去，一條小小的黑影正從梁間竄過，迅捷無比。

不知是誰的手下意識一動，手中點燃的火繩霎時進入火門，轟的一聲，火銃擊發，直射向那道黑影。

只聽得「喵」的淒厲一聲，黑影已經躍上了屋梁，原來是一隻貓。彷彿被火銃震動，梁間忽然簌簌落下大片的粉塵，迅速籠罩了整個屋內，如同白色的霧氣瀰漫，所有人被包圍在內。

眾人先是個個捂住口鼻，以為是毒煙。但隨即發現，那些沒完沒了落下的粉塵，似乎只是普通的麵粉。眼看麵粉越落越多，瀰漫了滿屋，眾人都下意識地去拍頭髮衣服，口中抱怨。

唯有諸葛嘉腦中一閃念，頓覺額頭冰涼。門被前面的人堵著，他第一時間向窗口撲去，同時大吼：「滅掉火把，快跑……」

話音未落，轟然聲響，整間屋子已經爆炸開來。

劇烈的氣浪將整間屋子震得坍塌，斷裂的木頭磚瓦鋪天蓋地埋掉了留在屋內的所有人。

只有諸葛嘉及時衝破窗欞撲入了外面小院。窗下正是一口小池塘，他在巨震中狠命撲向了水浪和淤泥。

身體陡震，轟然落水，諸葛嘉口鼻中頓時冒出血來。他張口想要減輕耳鳴劇痛，卻忘了自己正撲入水中，淤泥頓時湧入他的口中，臉頰也被水拍得高高腫了起來。

泥塊磚瓦在空中飛了一會兒，才劈里啪啦從天而降，重重砸在身上。諸葛嘉卻沒感覺到疼痛，因為他眼前一片昏黑，整個頭顱都在嗡嗡作響，根本已經失去了任何感覺。

留在屋外的人也被震得口鼻流血，趴倒在地，甚至有人暈了過去。

諸葛嘉吐掉口中淤泥，許久才慢慢恢復了神智，看到火光在黑暗中漸漸顯現出來，世界依稀有了淡薄而扭曲的輪廓。

神機營那些熟悉的將士們的臉也終於一一呈現在他面前，嗡嗡作響的耳中湧入黑夜中婦孺的啼哭、人群的喊叫。五間房同時被震塌，整條巷子的住戶都在驚恐吶喊。

諸葛嘉勉強起身，靠在牆上，看著下屬們拚命扒著瓦礫堆，救助被壓在下面的同袍。

劇痛讓他大腦陷入空白。過了許久，他才看到一隻遞到面前的手。在火光的映照下，他的手指極為修長，即使虎口處裹著繃帶，依然無損整雙手的堅韌穩定。

諸葛嘉不敢去握，只受寵若驚地碰了碰，然後用嘶啞的聲音勉強道：「請殿下降罪，微臣……辦事不力，有負所託！」

「是本王大意了。」朱聿恆沒有怪罪他，只輕按他的肩膀，示意他不必行禮。「就是知道她不好惹，本王才特意宣召你們神機營，因為其他人，可能更不是對手。」

畢竟，若沒有那毫釐之差，他或許已喪生在她那抹流光之下。

諸葛嘉聽著他的話，狠狠地從牙縫間擠出幾個字：「請殿下放心，微臣一定會抓到那個女人，千刀萬剮，以洩心頭之恨！」

朱聿恆卻緩緩搖頭，聲音堅決：「不，本王要她活著。」

諸葛嘉愣了下，不得不低頭應了：「是。」

朱聿恆抬手按住突突跳動的太陽穴，疲憊地靠在後方斷壁上，又問他：「你傷勢如何？營裡的將士呢？」

「微臣只是被爆炸震暈了，恢復幾日就不打緊。至於營中兄弟，在短松胡同死了八人，傷了……四十餘人。」

「還真是想來就來，想走就走。」朱聿恆眼神漸斂，嗓音變冷：「爆炸是怎麼回事？民間向來不許囤聚火藥，是否能徹查她的火藥來源，追尋蹤跡？」

「不……不是火藥，是麵粉爆炸。」諸葛嘉喉嚨有些發緊，解釋：「最普通的、做吃食用的麵粉。被我們的火把引燃了紛飛的粉塵，然後就……」

「麵粉？」

「是，之前卞公公來神機營送火藥時，曾對屬下提過，說即使不是火藥，其他粉塵——比如麵粉，瀰漫飛揚時也十分危險，可能產生爆炸。但因屬下未曾想過真有人將這東西拿來傷人，因此事發之時反應不及，沒能迅速決斷，導致行動失敗，還請殿下降罪！」

「不必自責，她確實是個棘手的對象。」月色晦暗，映照得朱聿恆的面容半明半暗。他沉吟片刻，才說道：「你和神機營受傷的兄弟們都好好養傷吧。此次行動中殉職的將士給予厚葬，照顧好家小。」

「是。」諸葛嘉恭謹應了。

「還有，今日本王拿到的那種可拆卸小火銃，你說一共製造了三支，那麼除去本王那支之外，其他小火銃現在何處？」

諸葛嘉忙回答：「除殿下這一支之外，另有一支封存營中備用，餘下那支正要送呈聖上。」

「不用送了，這東西得全部檢驗徹查一遍，尤其是……」他頓了一頓，才緩緩說：「為了方便拆解，導致零件強度不夠，使用幾次之後就會變形，導致炸膛。」

諸葛嘉看著他的虎口，終於明白了他傷口是怎麼來的。這一驚非同小可，後背的汗迅速滲出，霎時就溼透了身上中衣。

他立即伏首請罪，聲音嘶啞顫抖：「微臣死罪！微臣身為神機營提督，卻將此等危險物事進呈給殿下，以至於損傷聖體，臣請殿下從重責罰，臣……萬死難贖其罪！」

「只是些許損傷，沒什麼大事，諸葛提督不必太過自責。」朱聿恆好生安撫他，目送神機營將他攙到旁邊樹下休息，才走到阿南消失的高牆前，抬頭看了看。

韋杭之稟報道：「殿下，如今正在夜禁之中，順天城門封閉，相信對方插翅難飛。只要在城中搜捕，必定可以將人犯擒拿歸案。」

朱聿恆卻沒回答，回頭看著或倚或坐的傷兵們，思索道：「插翅難飛倒也不見得，眼下她就有個大好機會，可以堂而皇之出城去。」

韋杭之還未明白他的意思，他已經大步向著巷子口走去：「走吧，我們要送給她一個好機會。」

天色即將破曉，銀河橫亙於天，顏色淡薄。

阿南站在河畔柳樹下，遠遠聽著短松胡同那邊傳來老老少少的哭聲，嘆了一口氣：「貪圖美色果然誤大事，要是剛剛直接把他殺了，也不至於被神機營的人找上門，害得左鄰右舍這麼悽慘。」

再一想，她又覺得自己冤枉死了——連對方的臉都沒看清，她貪圖啥美色了啊！

她這幾個月布置房子，各種添購、改造，好不容易弄得稍微舒服了些，這麼一下化為烏有，簡直損失慘重。懊喪間，她瞥見後方火光閃動，人聲隱隱。看來，神機營的人不肯放棄追蹤，大有把順天府翻過來搜尋她的架勢。

如今還在夜禁，根本無法出城。就算在城內躲到天亮，各城門又肯定會嚴密搜尋，恐怕留在順天，會有麻煩。

阿南思索著，一個翻身隱在了樹杈上，盯著下面疾馳而過的神機營將士。神機營的人在附近街巷大肆搜尋，但最終無果，只能放棄。

他們清點人數，將被壓塌在房梁土牆下的傷患救出，安置在巷中。受傷的士卒有十多個，被震傷的有二十多個，或昏迷或呻吟地靠在巷牆上，等待著救治的人到來。

阿南從巷牆後欺近，聽到諸葛嘉中氣不足的聲音：「阿四，去看看營中人怎麼還沒來，不是叫他們快點抬縛輂（註5）來，把傷患抬回去救治嗎？」

一聽到抬傷患的縛輂就要來了，阿南眼睛一轉，立即就繞到巷子後方。探頭一看，躺在地上的每個人都有輕重不同的傷勢，一片混亂中，根本沒人注意到巷子盡頭這些傷兵。

她將躺在最末那個昏迷的傷兵肩膀搭住，一下就拖進了巷子拐角，然後剝下他的衣服。

誰知衣服才脫到一半，那傷兵的眼睫毛顫了顫，居然有醒轉的跡象。阿南當機立斷，一掌砍在他脖子上，那傷兵還沒睜開眼，又軟了下去。

阿南把他捆好塞在角落，套上那套布甲，又抹了傷兵身上的血汙在自己臉上手上塗抹。想了想，她把髮釵拔下來，取下釵頭那只蜻蜓揣進懷中，只用一根釵

註5　縛輂：類似擔架。

身挽好了頭髮，套上頭盔。

然後，她悄悄爬回巷子口，往地上一躺，假裝昏迷。

折騰了一夜有點累，神機營的人趕來時，阿南都快睡著了。夜色濃黑，火把的光在她身上照得並不分明，神機營的人探了探她的鼻息，見她滿身血汙神志迷糊的樣子，立馬將她抬上了縛輦，往城外神機營大營送去。

阿南半瞇著眼睛，躺在縛輦上被人抬著往前走，覺得要不是衣服上血腥味太臭，這待遇還是挺舒服的。

神機營執行公務，守城的人自然不敢怠慢，趕緊替他們開啟了城門，恭送出城。

出皇城門一路向南，大片開闊平地中正是神機營所在。阿南和傷患們被魚貫抬進神機營，因為人太多，一群人被放在軍中醫館前空地上等待。

在周圍的呻吟聲中，阿南見左右無人注意自己，便假裝艱難地撐起身，趔趄地摸向後邊。

旁邊士卒一看她那樣子，立即呼喝道：「別亂放水！到後頭茅廁去！」

「哦哦，好……」阿南壓低嗓音胡亂應著。等一走到無人看見的地方，她立即就直起身子，尋找出去的路徑。

神機營校場十分廣闊，周圍遍布幾十棟軍營，第一次到來的阿南一時找不到通往大門的路。

她正在四下張望，尋找出路，忽然聽到有人在她身後問：「你在這裡幹什麼？」

她轉頭一看，一個肥胖身影出現在她的身後。

黎明前最黑暗的時刻，無星無月，校場旁邊四下無人，亦沒有燈火。只有依稀的天光從他的背後投來，讓她辨出對方身材極胖，似有兩百來斤。

她心裡暗叫不好，正猜不透對方的身分，卻見他目光在自己身上停了片刻，說：「原來是營中士卒，那你跟我來，替我做件事。」

阿南捂著胸口，含含糊糊粗著嗓子回答：「屬下……屬下剛剛在巷子中被爆炸震傷，現在胸口痛得很……」

「那你該在醫館外等著治療，到這邊來幹什麼？」他聲音有些古怪，壓得極低，卻也難掩尖銳音色：「看你還撐得住，走吧。」

阿南無奈，只能跟在他的身後，一路往前方走去。

他一邊往前走，一邊問：「叫什麼名字？」

「小人……劉三兒。」

「來營中多久了？」

「有兩年了。」

「你上司是誰？」

阿南心中把這個突然冒出來的麻煩鬼罵了一百遍，口中說：「小人是諸葛提督麾下。」

「呵……神機營不都是諸葛提督麾下嗎？」他似在冷笑。

阿南裝傻：「哈哈哈，是啊。」

一路行去，兩人已經走到中軍營附近，他卻拐向了另一邊黑咕隆咚的巷道。

阿南跟在他的身後，越走越覺得不對勁。正考慮著是否要把他幹掉好逃跑時，忽覺周圍陡然一暗，已經失去了那個胖子的身影。

阿南立即抬手按上了自己的臂環，警惕地看向四周。

暗夜中，輕微的喀答聲響起，然後，便是吱——喀——幾聲拖長的聲音。

她還未懂事起就浸淫在機關術學之中，對這聲音何其熟悉，這分明就是機括啟動的聲音。

她下意識地轉身，環顧四周。

沉悶的喀喀聲響起，數根柱子攜著風聲自地下鑽出，柱頂上的機關飛速啟動，地面急劇下陷，周圍巷道的牆壁瞬間與梁柱拼合，向她壓下。

阿南自然不會坐以待斃。眼看自己即將被困，她按下臂環勾住上方橫梁，足尖一點便躍上了正在拼合的牆壁。

時間太過急迫，她躍起時從間隙中一張，發現了外面黑暗中有一條淡薄的影子，便立即側身抓住那正在徐徐闔攏的牆壁，向著那條影子射出了一道絲綸——

只要給她一個借力點，她就能趁著機關尚未關閉時躍出，第一時間逃離。

可惜，就在絲綸纏上了那道影子的時刻，她才發覺那並不是可以借力的東西。

那是負手立在巷道外的一個人。

懸掛的燈火從樹叢後隱約透露，她依稀只辨認出對方穿著赤紅的薄羅衣，豔烈的紅色因為他的身材而顯得格外端嚴。

但也只是這麼一瞬間，機關已經啟動，巨大的力量裹挾著阿南的身軀，往後疾退，重重向下墜落。

而獨自站在空地外的朱聿恆萬萬沒想到，他只不過是想觀察一下她如何落入神機營的困樓之中，便遭受了無妄之災。

猝不及防，他只來得及向身後的韋杭之打了個少安勿躁的手勢，便被她和機關的重力拖了進去。

絲綸收縮，朱聿恆重心失衡之際趔趄斜飛，眼看即將重重撞在正要閉攏的牆壁之上。

幸好他機變極快，腳尖在牆壁上借力，半空中硬生生又騰挪了一尺半上去，堪堪從正在關閉的縫隙中躍了進去，免去了在牆上撞得頭破血流的悲劇。

然後他在黑暗的機關內狠狠墜落，順著絲綸的軌跡，撲在了阿南身上。

剛撐起半個身子的阿南，一下又被他壓倒在了地上。

「你……要死啊！」阿南捂著自己的肋骨痛罵一聲，一把將他推開，急忙抬頭向上看去。耳邊已傳來喀答一聲，周身頓時陷入一片漆黑——四壁已經徹底關上了。

機關立即啟動，伴隨著輕微的喀喀聲，他們周身輕微震盪。

阿南摸出袖中的火摺子，嚓的一聲點亮，查看周邊情況。在微弱的光線下，只見左右兩邊牆面正在緩緩推進，向中間擠壓過來，雖然速度很慢，卻沒有停止的意思。

阿南立即去按住牆壁，指尖快速從牆上撫摸過，然後將耳朵貼在正在向內擠壓的牆壁上，屈起食中二指敲擊了幾下。

牆壁是厚實的松木拼接而成，敲擊時阿南聽了聽聲音，足有三、四寸厚。而且，敲擊的回聲沉悶中帶著些異常的金屬回音，外面應當有厚實青磚，還包著鐵皮。

她抬頭看向上方，封死的實木板，估計和牆壁材質是一樣的。

舉著手中光線暗淡的火摺子，她回頭看向朱聿恆。而他坐在黑暗中，她手中的光線照不清他面容，只看見他端坐在地上的姿態，沉靜舒緩，似乎早已習慣了身處險境。

阿南正要說什麼，牆壁的移動陡然加快，撞在她的手肘上，火摺子啪一聲掉在地上，熄滅了。

密閉的空間內，一片漆黑，只聽到她和他的呼吸聲，伴隨著機括啟動聲，輕微交織。

阿南蹲下來摸了幾下火摺子，但機關內動盪不寧，圓筒狀的火摺子早已不知道滾到哪裡去了。

她幾次摸不到，心頭火起，惱怒非常，摸黑衝過去狠狠踹向他。

朱聿恆雖然在黑暗中，反應卻十分敏銳，她第一腳踹到了他，第二腳便被他伸手抓住了小腿。

阿南用力縮了兩下腳，可他的手掌堅實有力，她竟無法掙脫開他的手。她恨恨一咬牙，一旋身用另一隻腳去踢他，他聽到風聲，俐落地再度伸手，抓住了阿南另一條小腿。

雙腳被他一扯，阿南情知無法脫身，乾脆借勢往前傾去，重重坐到了他的腰上。

朱聿恆沒想到她會這麼厚顏無恥地直接坐在自己身上，愣了一下後，鬆開了她的腿。

阿南「哼」了一聲，拔出釵子就對準了他的咽喉：「放我出去！」

見她壓在自己身上不下去，他頓了頓，將頭偏向一邊，避開她纏繞在自己臉頰上的呼吸：「出不去。」

「怎麼可能有出不去的機關？」

「這是神機營的密室，名叫困樓，是諸葛嘉按照家傳絕學布置的，我從沒進來過，怎麼知道如何出去？」

阿南想想也是，抬手給了他一巴掌：「那就快點給我叫人！叫大聲點！」

啪的一聲，朱聿恆平生第一次被人扇了巴掌。

他不敢置信，憤恨惱怒正湧上頭來，黑暗中聽到風聲，她似乎抬手還要給他一巴掌。

他伸手一把抓住了她的右手，冷冷地反問：「叫什麼人？」

阿南用力扯自己的手，可他的力量那麼大，她沒能成功，便哼了一聲，任由他抓著自己的手，說：「神機營的人。知道裡面有自己人陷在當中，他們不會不過來看吧？」

他握緊她的手，任她如何拉扯，也不曾放鬆分毫：「沒人看見我進來。而且操縱機關的人在旁邊牆外，這困樓密閉封鎖，誰能聽得見我呼喊的聲音？」

他說的有理，阿南無法反駁，無奈翻了個白眼，想要甩開他禁錮著自己的手。但握著她的手掌很有力，即使他被她壓在身下，依舊不曾顫動分毫。

她正想要從他掌中抽回手，又忽然間察覺到不對。於是她乾脆伸手，將自己的另一隻手也撫上了他的手掌，重新撫摸了一遍。

略薄卻極為有力的掌心，薄薄的皮膚下優美起伏的骨節，比一般人都要長的手指，約束別人時那乾脆俐落又極為穩準的力度……

摸著這雙天下無匹的手，她遲疑了片刻，再抓起他的右手摸到了虎口處包裹的布條，頓時失聲叫了出來：「是你！」

他知道她已經從自己受傷的手上認出了身分，手略鬆了一鬆。

「說吧，你們為什麼要抓我？」她迅速收回了自己的手，抱臂冷笑。「我跟你無冤無仇，可你卻先潛入我的家中要殺我，又叫來神機營的人抓我，現在還把我困在這裡。一晚上三次置我於死地，你挺狠的啊！」

他見她認出了自己，便說道：「因為妳的蜻蜓。」

阿南便問：「我蜻蜓怎麼了？」

黑暗中，看不見他臉上的表情，只聽得他聲音極為平靜：「兩個多月前，順天府宮中大火，有人撿到一只絹緞蜻蜓，聖上讓查一查來歷。下午我看到妳佩戴的蜻蜓，覺得很像，便跟妳回家，想仔細看看是不是一樣，誰知妳不分青紅皂白，直接就攻擊我。」

「正常人看到家裡進賊，都會攻擊的吧？」

他冷冷道：「正常人會報官。」

她嗤笑：「正常人想要看什麼東西，為什麼不求借一觀？」

「正常人的東西，怎麼會與宮中大火有關？」

阿南無言以對，惱羞成怒地用膝蓋狠狠撞了他的側肋一下。

距離太近，她撞他的力度自然很小，他彷彿沒有察覺，只撐起上半身問：

「所以，妳那只蜻蜓，哪裡來的？」

阿南怒道：「我在街上買的！我在集市買的！我在你大爺攤上買的，行不行？」

「我大爺早沒了。」他冷哼。

阿南無言以對，唯有夾緊膝蓋再次狠狠撞向他的肋骨。

可惜這一次，她的膝蓋還沒來得及觸到他身體，便被他直接絞住，往側面一分，她還沒來得及叫疼，兩人已經換了個姿勢，他自上方壓住了她，抬手虛按在她的咽喉上，湊近她一字一頓地道：「束手就擒吧！」

阿南才不怕他，拔下自己的釵子，直接衝他刺去。

輕微的「噗」一聲，他低低地呻吟了一聲。

阿南記性很好，就算在黑暗中，她也準確地刺中了他受過傷的左肩。要不是髮釵卡在了鎖骨間，她還恨不得在裡面攪一攪他的肉。

傷上加傷，他痛得身體直打哆嗦。手臂一鬆，他的頭壓在了她的肩窩上，壓抑的喘息噴在她的脖頸和臉畔，頓時讓她雞皮疙瘩都豎了起來。

這……兩人這姿態，有些……不對勁啊！

徹底的黑暗中，他身上羅衣輕薄，所以她敏銳地察覺到，他寬厚的胸膛下是收窄的腰身，小腹肌肉結實，而自己正張著雙臂被他壓在身下，甚至，雙腿還夾著他柔韌細窄的腰身……

一股溫熱的血直沖腦門，阿南還以為自己臉皮夠厚了，卻在瞬間覺得自己的臉頰連同耳根都發起燙來。

她下意識地抬手，狠狠推開朱聿恆，將他掀到旁邊去，然後將髮釵在他衣服上抹掉了血，把自己頭髮緊緊挽好。

手腕擦過肌膚，她摸到了自己滾燙的臉頰——沒想到，這麼厚的臉皮，也抵不住這尷尬局面啊。

她定了定神，問黑暗中的他：「你還有空抓我？這牆壁待會兒壓過來，我們都會被擠死在裡面！」

在黑暗中衣服窸窣，應該是他坐起了身，疼痛讓他的聲音微顫：「妳怕了？」

「怕你個鬼。」阿南悻悻一甩手，就撞到了牆壁。

她愣了一下，再也顧不上他，抬手試探了一下剩餘空間，暗自皺眉。

那牆壁竟然已經移到了她周身六、七尺開外。他們活動範圍已經很小，而且還在不斷收縮中。

在一片黑暗中，阿南敲著牆壁，叫朱聿恆：「喂，牆壁在動，我們都要被擠成肉餅了！現在咱們是拴在一條線上的螞蚱，跑不了你也跑不了我，還是暫時先同舟共濟比較好吧，你說是不是？」

見他沒動彈，局勢緊迫，阿南也沒空和他聊下去，只拔下自己頭上的釵子，順著木頭接縫紋理，一路摸到榫卯相接處。

厚達三、四寸的松木壁，接湊處兩兩相對，用楔釘榫接合。她用手摸了一回，木頭厚實無比。再用尖銳的釵尾刺入木頭的相接處，探了探那邊的鐵皮，她頓時心頭安了下來。

所以她將釵子插回頭上，回頭問那男人：「想不想逃出去？」

「帶妳逃出去？有什麼好處嗎？」

阿南聽他這波瀾不驚的聲音，就氣不打一處來：「行了行了，螻蟻尚且偷生，能多活幾天是幾天，總比現在就死在這裡好對不對？現在如果你不肯和我合作的話，最多一刻鐘，我們就要被擠成肉餅。你就說你想不想死在這裡吧？」

他沉默了片刻，終於站起身，緩緩向她走了過來。

「這就對了嘛。」她滿意地說：「是這樣的，之前我的手受了點傷，後來到順天後，才找到魏院使替我醫治。現在好得差不多了，但有些複雜的手勢和特別需要力量的動作，我還沒法做到。好在你的手很不錯，分寸把握得很準確，而且夠穩定，也夠有力。我剛剛已經查看過了這個困樓的主要構造，只要你按照我的話去做，我們一定能夠順利脫困，我保你不會出事。」

朱聿恆知道她住在短松胡同是為了醫治手腳的，也並不奇怪，只問：「要我做什麼？」

阿南抬手測了一下牆壁間僅存的距離，知道時間快到了。她深吸一口氣，活動了一下手腕。

用手摸到牆上之前確定過的位置，她用釵子在縫中一撬，迅速順著縫隙滑下來，將釵子插入縫隙中，竭力釘了進去。

雖然木頭無比厚實，但任何楔釘榫的構造，在她眼中都只是紙糊屏障。楔釘榫，即是以一根楔子作為鎖扣，搭住兩根木頭，接扣在一處。只要那根鎖扣橫在中間，兩根木頭就如同天生結合在一處，牢不可分。

黑暗中，阿南翻轉手背，用指甲一路彈去，聽辨木頭的聲音，立即就確定了榫釘所在的地方。

她試著用釵尖一探，再用指尖細細撫摸，發現製作這道木板壁的木匠手藝非凡。那一根楔釘並不是直接打進去，而是卡扣在兩條木頭之上，只露出小指甲蓋大的一塊，其餘部分完全隱藏在了木頭之中。

然而，面對這樣的難題，她卻在黑暗中露出了笑意，輕快地喃喃：「小把戲。」

她將手中的髮釵旋擰出一截。精鋼打製的釵身，卸掉了外面一截空殼後，露出了裡面的尖端，呈流暢的螺旋型。

她將螺旋型的釵身按在楔釘之上，抬手將它重重地旋轉著擰了進去。等到釵子沒入大半，確定已經接牢，她輕輕吸了一口氣，抬手觸到他之後，順著他的手臂滑下，拉起他的手。

兩人雙手交握，她引導他緊握住自己的髮釵，說：「來吧，找一找角度，當你感覺到手感不一樣時，就立即向左右扳動卡住角度。最重要的，是找到那個手感。」

伸手不見五指的黑暗中，她掌心的熱意透過他手背上纏繞的布條，溫溫地熨燙入他的肌膚之中。

他皺起了眉，淡淡「嗯」了一聲。

他被她指引著，將手按在了牆壁之上，覺得自己的手握住了細長的一枚精鋼打製的長釘，有些滑溜，不太好使力。

但他自小習武，臂力非同小可，握住她給自己的鋼釵後，用力向外拔了幾下。木質的楔釘已經被釵子旋牢，隨著他向外拔出的力量，緩緩被起了出來。

木板擠壓得很緊，楔釘起出的速度很慢。

這麼厚的牆壁，外面還砌著厚實磚塊，包著厚鐵皮，她真的以為能從這麼小的一根木條之上擊垮？

他不以為然，便乾脆聽從她的指揮，在她的掌握之中收緊三指，依照她施力的方法，左右輕微扳動，尋找著受擠壓最小的角度。

他並不知道她所謂的手感是什麼，但在輕微扳動的過程中，在一個刁鑽的傾斜角度，他敏銳地察覺到了略微的卡滯。

於是，他停下了手，維持著那個角度，問她：「找到了，接下來怎麼做？」

她頓了頓，問：「你確定？」

「對。」他聲音很輕，卻不容置疑。

阿南選擇了相信他，握著他的手帶著他往外斜抽那枚榫釘。

輕微的喀喀聲中，兩堵牆壁越靠越近，靠在一起的她和他也被迫地貼近了距離。

兩個人靠得如此之近，就像他將她圈在臂彎中一樣，而黑暗更加重了這種曖昧的情愫。

她的手緊握在他的手上，掌心貼著他的手背，而他的胸也自然地貼上了她的背。

看不見卻摸得著的身體、用力的姿勢，讓他身體略微顫抖，和低沉的呼吸一起緊貼著她，而她靠著他的身體也不自覺地繃緊，讓兩人都在黑暗中不自覺地起了一種異樣的感覺。

阿南鬆開了他的手，有些彆扭地轉開了頭，避開他的呼吸。

而他也察覺到了兩人之間的氣氛不對勁，在幾乎已經沒法騰挪的空間裡，還是竭力地將身體往後傾了傾，避免與她肌膚相親。

她貼在牆上，脣角不由自主挑了挑，心想，真難得，這沒良心的混蛋居然還是個君子。

輕微地「喀」一聲，楔釘徹底取出，榫卯立即鬆動。還不待兩塊木頭咬合，阿南摸到相接處用力一拍一轉，木頭立即鬆動。

她抓住鬆動的那根木頭，抬腳狠狠蹬去，哐哐好幾聲，終於將第一根三、四寸厚的方形木條卸了下來。

還沒等他意識到她在做什麼，她已經如法炮製，拆掉了另外幾根木頭。第一根鬆動之後，擠壓的力量消失，拆卸另外幾根木頭輕而易舉。至於磚塊就更容易卸掉，只需要她以釵尾撬掉中間黏合的灰漿，便可以一塊塊分開取出了。

而外面的鐵皮，因為裡面木頭和青磚已經十分厚實，與她剛剛測算過的一樣，鐵皮並不算太厚。

困樓已經收縮得只剩兩尺寬，他貼在牆上，雖然黑暗中看不清，但聽著木頭落地的聲音，他立即了然：「妳在拆牆壁？」

「對，趕緊幫忙多拆幾條吧。」她舉起臂環，對準後面的鐵皮，將稜形箭頭發射出去。「畢竟你出去需要更大一些的洞。」

奪奪奪三聲，鐵皮上出現了呈三角分布的三個小洞。她一扯臂環，將箭頭收回來，然後再次發射。

藉著小洞中透出來的光，他看見她繞著三個中心點，在鐵皮上打出了三個品字形均勻分布的三角形，一共九個點。

牆壁並未停下，在輕微的喀喀聲中，牆壁越貼越近。

阿南卻恍如毫無察覺，抬手又在鐵皮上打出的三角加了幾個洞。

他貼在牆上，皺眉嘲諷道：「這鐵皮這麼厚，妳打出這些小洞不過米粒大，難道我們要化成風吹出去？」

「化什麼風，這是生鐵，硬，但也脆，這是我們逃生的機會。」阿南說著，帶他將拆卸下來的厚實木條撿起來，卡在了中間。

木條的一段抵在鐵皮上，正好對準被她打出來的三簇小洞中心；另一端則壓在後面逼上來的牆壁上。

在輕微的喀喀聲中，牆壁越貼越近，粗大的木頭被抵在中間，壓得吱吱作響。

他這才驚覺，問：「妳是要用困樓自身的力量，破開外面的生鐵？」

「猜對了。」阿南笑道。

話音未落，只聽到噗哧幾聲，木頭已經在牆壁的巨大壓力下，從鐵皮間穿了過去，沿著她打出的小洞，三根木頭都將鐵皮掀出了一大塊。

壓過來的牆壁已經越來越近，空間只剩兩、三尺見方，他們兩人完全緊靠在一起，甚至連轉身都已經很難。

三個被木條頂出的洞，絕對不足以讓他們出去。他藉著剛打出來的空隙間透進來的細微光線，看向被木頭以品字形圍著的中間那塊桶口大小的地方。

果然，阿南讓他用力將三根木頭扳轉，聚攏斜卡在中間連接的地方，然後抬頭看他，說：「來，踹一腳。」

透進來的光線太稀薄，一條條刺在黑暗中細如銀針。他看不見她的模樣和表情，但卻分明地看見了她眼中一抹亮光。

他悚然而驚，沒有按照她的吩咐，反而抬手抓向了她的肩膀，要將她控制住。

可她機變極快，反手搭住他的手，借力整個人騰起，向三根木頭的相接處雙腳踹去。

沉悶的一聲響，厚實的木頭撬開了中間的鐵皮，牆上豁然開了個大洞，光從桶口大的破口處驟然射進來。

朱聿恆沒想到，她這一腳居然真的能在牆上破開大洞，一時倒怔了怔。

而阿南當機立斷，雙腳先邁了出去，然後撐著腰，整個身體以拱橋狀小心地避過尖利的鐵皮斷口，眼看就要鑽出去。

他猛然抬手抓向她，但剛抓住她的衣服，她就立即抬手一拉衣帶，鬆脫外面那件暫時披上的髒汙布甲，整個人就像褪去了蟬衣的一隻蟬，輕輕巧巧就借勢滑到了困樓外。

原來她先過雙腳而不是先過上半身，就是因為要防著他。

只是她沒注意到，被她拆下來塞在布甲中的那只蜻蜓，也在布甲脫掉時隨之滑落了出來，輕微無聲地落在他的腳邊。

他站在已經擠得無法轉身的困樓內，提著布甲，盯著這只蜻蜓，一時忘了自己該說什麼。

而她戲謔輕快的聲音從外面傳來：「嘖嘖嘖，剛剛還同舟共濟呢，一破陣你就翻臉啦？」

他將那件布甲摜在腳下，厲聲道：「站住，不許走！」

「才不呢，我最討厭憋悶的地方了。」阿南輕笑的聲音從外面傳來，手還故意在那個洞口招了招。

裡面傳來的呼吸聲越顯沉重，顯然他也知道自己要眼睜睜看著她跑掉了。

「你也趕快把洞口再弄一弄吧，不然你這麼高大，恐怕擠不出這個洞。」阿南愉快的聲音再次從外面傳來。「對了，最後問一下，你衣服熏的什麼香？挺好聞的。」

他停頓了片刻，終於像個被登徒子調戲的大姑娘一樣，氣急敗壞地大吼：「放肆！」

那崩潰的模樣讓阿南笑了出來，不過立刻就停止了。外面居然有神機營將士在，察覺到了有人破壁而出的聲音，立即奔來查看。

大機括中最不缺的就是藏人的空間，阿南選擇突破口的時候，早已確定好了位置，所以她立即縮到了梁柱和橫梁之間，藏身在了死角內。

剛剛躲好，她就看見之前那個身材肥胖的男人惶急地帶人進去啟動機關，復原密室。

隨即，身負重傷的諸葛嘉也強撐殘軀，被人攙扶著來到了這邊，看著破了個大洞的困樓，氣得一邊咳嗽一邊吐血。

阿南冷眼旁觀，心中思量著，一向下手狠辣的諸葛嘉，之前沒有動用碗口銃直接把自己連房子轟成渣，現在又把困樓調得如此緩慢，似乎目的只是想捉她，確實沒有下殺手的意思。

是在忌憚自己，還是在忌憚……

她看著從大開的困樓中走出來的那個男人，通明的燈火蒙在他身上，那背影清瘦頎長，又自帶威儀。

這男人……

阿南快氣炸了。看來，他被自己拖進來的時候，早就有了預謀，其實是想和自己在困境下，套話來著。

一想到被他們炸掉的小院，阿南頓時惡向膽邊生。

她一般有仇直接就報了，絕不願意背負隔夜仇的，免得日後貽患無窮。但，如今時間有點緊急，而且——

也不知道是那悶熱的黑暗中，他身上清冷暗澀的香讓她覺得舒適呢，還是因為她壓在他身上時，心中湧起的異樣感覺……

害得她又努力想了想自己的心上人，才鎮住了心猿意馬。

「小沒良心的，再放你一馬吧。免得給公子惹來麻煩。」

天色漸亮，她也懶得調戲神機營這群可憐人，偷偷摸到了馬廄。

先拉了匹自己看得最順眼的馬，再揮手用流光在梁柱上一劃一切，便飛身上馬，當著那些正早起操練的士卒們，橫掠過大校場，衝出了營門。

士卒們面面相覷，還在疑惑為什麼營裡會衝出個騎馬的女人，後面將官已追了出來，命令立即堵截她。

可惜神機營日常訓練時，雖然拿著火銃，但只用作操練，不填藥不裝彈。等一群士兵匆匆忙忙去領了火藥填裝好火銃，那匹馬早已跑出了火銃的射程。

而跑到馬廄牽馬準備追趕的人，剛一拉扯馬韁，欄杆牽動了被阿南動過手腳的梁柱，棚頂全部塌了下來。

上百匹馬驚慌失措，跟炸了馬蜂窩似的，在營內橫衝直撞，真正是人仰馬翻，兵荒馬亂。

唯有始作俑者，正愉快地騎著馬，一路朝南而去。

前方朝霞鮮豔，一輪紅日正從雲海中噴薄而出，遠山近水全被鍍上一層燦爛金光，整個世界熠熠生輝。

阿南縱馬從溪澗躍過，清涼的水濺溼了她的裙角。半夜顛沛，又在密室中困了這麼久，她又渴又累，跳下馬甩掉那雙沉重的馬靴，脫掉襪子，光腳踩在了溪水中。

她俯身捧起水洗去臉上手上殘餘的血汙痕跡，仰頭看藍天白雲。朝陽照在林木之上，初夏的花草星星點點，交織在一起混合出一種令人無比愉悅的香氣。

美好鮮亮的世界，讓她忽然又想起了他身上的氣息。

黑暗中，氤氳而溫柔，清冷而靜謐，像靜夜一樣籠罩著她，卻又無從捉摸。

不知不覺，阿南的脣角就微揚了起來。

她想，下次要是再遇見他，一定要好好看看他到底長什麼樣子。

第四章　霧迷津渡

阿南輕鬆愉快，赤腳跋涉過清涼的溪水。那雙骯髒又不合腳的靴子，她乾脆就不要了，溼漉漉地光著腳上了岸。

剛剛上岸，她又立即縮回了水中，折下一支蘆葦含在口中，捏著鼻子潛進了水裡。

岸上，搜尋她的人已經發現了那匹被她放走後朝著山路往前奔跑的馬。此時一部分人去追馬，另一部分人在查看溪中動靜。不過很快的，他們就隨著那雙漂走的靴子，追往下游去了。

阿南在海島長大，會走路時就學會了游泳，此時潛在水中悄無聲息，直到四周除了山風沒有任何聲息了，才浮出水面，順水向前游去。

只穿一件窄袖貼身的白色中衣，她在水中就像一條銀魚，斬開水面飛速向前，只見一條水線在湖面上細細綻開，漸漸蕩為無形。

游累了，阿南就仰躺在水面上，看著頭頂的藍天白雲，聽著耳邊水聲鳥鳴，順水漂流。

前方水面逐漸開闊，時近中午，五月中旬日光溫熱，晒得水面微燙，所有的魚都伏在岸邊石縫安安靜靜。阿南也略微動了動手腳，靠近了水邊，在樹蔭間漂流。

不防有個聲音在水面上傳了過來：「娘，娘，有人落水了！」

阿南偷眼一瞥，看見遠遠的一艘小船從柳蔭下划出，船頭上一個七、八歲的小女孩急得指著她這邊喊叫，船尾有一個船娘搖著櫓，飛快地朝她過來。

這麼熱心善良的小女孩，不能讓人家失望啊。

於是阿南乾脆動了動手腳，假裝自己有氣無力在水中掙扎。

船娘靠近她，伸手讓她抓住自己的手，和小女孩一起竭力將她拉了上去。

阿南趴在船舷邊，裝模作樣吐了兩口水，然後氣若游絲地向這對船娘母女傾訴：「我爹娘沒了，狠心的叔嬸要把我賣掉。我被人追到這邊，走投無路只能跳了河……幸好遇到了姊姊救命，大恩大德，我一定會報答的！」

船娘聽她這麼說，眼圈就紅了，從艙裡拿出一件洗得乾淨的粗布衣服給她，說：「妳先披上吧，我正運貨到應天府，妹子妳準備去哪兒？我送妳去。」

阿南披上衣服，隨口說：「我有個遠房親戚在開封府，請阿姊幫忙捎我到徐州，到時候我自去投靠他們。」

船娘滿口答應，那個小女孩看著阿南落湯雞似的可憐樣，便從口袋中摸出兩顆糖，遞了一顆給她，說：「姨姨吃糖，吃了糖就不傷心了。」

阿南撫撫她的頭，接過糖看了看：「是高粱飴啊，這糖好甜的。」

「是啊，甜甜的，軟軟的，阿爹買給我的。」小女孩開心地說。

阿南覺得這糖太膩，但見她見牙不見眼的可愛模樣，便笑著放入口中慢慢抿著，問：「妳爹怎麼沒有和妳娘一起撐船啊？」

「阿爹欠了很多錢，別人來抓他，他就跑了，不知道什麼時候才能回來呢。」

阿南「咦」了一聲，又問了問，才知道她那個爹嗜賭成性，欠下賭債後逃之夭夭，剩下母女倆生計無著。幸好母親娘家是跑船的，幫襯著她們賃了條船，順天到應天來回撐船運貨，風裡來雨裡去，也只夠母女倆勉強生活。

阿南靠在船壁上，幫小姑娘扯些麥稈編繩子，一邊問：「小妹妹，妳叫什麼名字呀？」

「阿爹阿娘叫我囡囡。」

阿南不由得笑了：「那咱們真有緣，以前我叫阿囡。」

其實南方的女孩子，都叫阿囡或者囡囡，她們只是其中最普通的兩個。

囡囡睜著明亮大眼睛看著她，問：「那妳現在叫什麼？」

「我現在啊，不叫阿囡了。」她望著粼粼照進船艙的波光，微微而笑，輕輕地說：「我有個很喜歡的人，他給了我一個名字，阿南。南方之南的南。」

神機營一番混亂，直折騰到中午，卻終究一無所獲。士卒們陸續回營，唯一帶回的消息是，犯人可能墜河了。

一個海外歸來的人，怎麼可能不會游泳。朱聿恆寫了張手書給工部，讓將京郊大運河的各段主事都召集過來，有要事交代。

見皇太孫殿下勞累了一夜，還要去工部，諸葛嘉拖著傷體一再請罪，朱聿恆只能好生安撫他，說道：「無須擔心，本王並無大礙，只是你們那困樓，可能還得多加改進。」

一說到改進，諸葛嘉當即道：「這機關研製之初，便說可大可小。大者，可用於行軍打仗、兩軍對戰，小者，可用於儲藏機密文件，又可用以刑訊威懾。只是之前都是用牛馬做實驗，就算牠們力大無窮，各個被困住後都是無從逃脫，不知此次……如此厚實的牢籠，怎麼會讓那犯人逃脫的……」

朱聿恆神情淡淡的，說道：「人與牲畜自然不同，何況天下有些人智計無窮，足以上天遁地，困不住她也是無可奈何之事。」

「殿下所言甚是，困樓發動需要時間，裡面的人確有機會動手腳逃脫。」諸葛嘉遲疑了一下，終究還是恭謹道：「其實，微臣之前與刑部商議過，是否能用死刑犯來代替牲畜，用以試驗機關。但聖上將奏摺留中至今不發，不知聖意如何，殿下若有機會，是否可幫我營詢問一二？」

侍立於旁的韋杭之聽著，頓時眼皮都跳了跳，著意多看了諸葛嘉一眼。

但見諸葛嘉長長的睫毛覆蓋著一雙鳳眼，肌膚白皙面若桃花。之前聽說他算順天府第一狠人，未曾與他有過多接觸的韋杭之還有些不信。但這一刻，聽到諸葛嘉提議用活人來試驗機關的這一刻，他信了。

朱聿恆不置可否，白皙如玉的五指持著白瓷壓手杯，手指似比白瓷的質地還要瑩潤。他沒有喝茶，只垂眼看著手中的茶水，低垂的睫毛壓著幽深的雙眸，沉靜似水。

諸葛嘉尚不死心，又繼續道：「殿下……」

朱聿恆終於開口，制止了他：「不必詢問了，留中是本王的意思，這樣的摺子，下次別再呈上來。」

諸葛嘉應了聲「是」，雖沒再說什麼，但朱聿恆一看就知道他不服，覺得要是聖上的話，或許不會反對。

「將活人投入這困樓，萬一機關出了差錯，一時控不住，怕是會將人活生生擠成肉餅吧？」那黑暗的困樓內，危機寸寸逼近的焦灼感還在身上，朱聿恆一時感覺不適。「諸葛提督若有自己的見解，不妨說說看。」

「臣以為，就算會出差錯，可死刑犯反正是要死的，早死晚死，都是一死。還不如拿來試機關、武器，替我朝做點微末貢獻，何至於白白浪費了那一具身軀，苟活那些日子又頂什麼用？」

早死晚死，都是一死。

死。

這一個字，讓朱聿恆的心頭狠抽了一下，如同淋漓的傷口被人撕開，連耳朵都嗡的一聲作響，瞬間失了世間所有聲息。

他一言不發，慢慢將茶盞放回桌上，手指輕輕敲了桌面兩下。

雖然什麼也沒說，但看著他陰沉的神情和鋒利的眼神，諸葛嘉和神機營一眾官兵立即跪倒在他面前，齊齊禁聲。

朱聿恆強行抑制自己艱難的喘息，過了許久，他才緩緩說道：「都起來吧。」

卓晏正想起身，一眼瞥到諸葛嘉還跪在身旁一動不動，眾將士更是個個低頭大氣都不敢出，只能也低著頭維持著一臉沉痛的模樣。

停了片刻，朱聿恆才又開口：「縱然是死刑犯，該怎麼死，也有怎麼死的規矩。人乃是世間至矜至貴之物，士大夫薨逝、百姓辭世、烈士死節、囚犯受戮，各得其所，都得讓天下百姓心悅誠服。斬首示眾與試驗機關，雖然都是死，但若擅自逾矩，便難服天下萬民之心。是以規矩得立在那裡，任誰也不得擅改。」

諸葛嘉趕緊應了一聲「是」，俯首垂眼，神情恭謹。

「當權者制定刑罰，並非嗜殺，用以震懾後來者，樁樁條條律法有定，就算是死，也得死得名實相符，死得明明白白。」

說到這裡，朱聿恆的聲音漸漸緩了下來，頓了頓，他起身示意龍驤衛起駕，並對諸葛嘉說道：「我看你這困樓，該多琢磨琢磨的不是拿什麼人試驗，而是如何改進才是正經。比如說，把鐵皮加厚鑄造在裡面，或許被困者逃脫的機會，就沒這麼大了。」

順天府周邊河段不少，京杭大運河中大小船隻往來何止千百。到了九河下捎天津衛，河道更是加倍繁多。

就在同一天，各河段的主事們接到了工部的命令，讓他們仔細關注、篩查河面各來往船隻的情況，尤其是神機營附近河段，務必要將每一艘船都查得鉅細靡遺。

最終，是通惠河關口的幾個河夫，報告了一個微不足道的細節——

他們相熟的一個船娘，駛一艘平平無奇運貨南下的小貨船，吃水多了三寸半。

「那些河夫常年清理河道，多是光棍鰥夫，因這船娘長相不錯，因此日常就頗為關注。據他們說，這艘搖櫓貨船只有一個船娘，她帶一個小女兒，總是謹慎裝貨，絕不會超過吃水線的舊痕。」河道主事在河上數十年，對於船隻再熟悉不過。「何況，三寸半，剛好是多帶一個人在這種小船上的重量。因此在船娘等候過橋口時，有個河夫就著意往艙內看了看，果然發現貨物當中，露出了一片衣角。」

「那就先盯著，看看那艘船究竟要去往何方。」朱聿恆吩咐道。

旁邊領著主事過來的工部侍郎忙應了：「是，已經命人盯緊，另外其他船隻的排查也依舊在進行。請殿下示下，等那艘船到北運河段時，是否派人上船搜檢？」

朱聿恆搖頭道：「沒必要，此人滑溜異常，在水上絕難捉捕，何況若打草驚蛇，恐怕下次尋找不易。你們只需把她的行程時刻匯報過來就行。」

待二人應了退下，瀚泓從殿外進來，神情似有不安：「殿下，魏院使那邊的診籍（註6）已拿到了，確有一位女病人阿南，來治手腳舊傷的。」

朱聿恆抬手接過，掃了一遍。

女病患阿南，海客歸來，重金求診。

疾見：手足筋絡為利刃挑斷，又經接駁後重新續上。故雙手雙足常於陰雨日抽痛顫抖，不可遏制。患者又訴十指不復靈活，願以任何代價換得雙手如初，但確已回天無力，憾矣。

配丹皮赤芍煉蜜丸內服，紅花血竭活絡油外敷，長年調理，三、五年或有微效。

註6　診籍：病歷表。

朱聿恆將這薄薄兩頁診籍按在桌上，想起在困樓之內，她讓自己幫忙起出楔釘榫的時候，說過她的手受過傷。看來，她確實是在魏延齡那邊治療雙手。

「只有這些？」

「是，奴婢只在那邊找到這些，畢竟……也沒法詢問魏院使了。」

「哦？他怎麼了？」朱聿恆眉頭微皺，抬眼看他。

瀚泓嘆氣道：「真是醫者無法自醫啊！魏院使昨日給殿下看病完畢，回家時忽然跌了一跤摔到了頭，他給自己配了副藥，結果當晚就中風倒下了！如今躺在病床上，口舌歪斜，手腳僵死，除了眼珠會轉外，整個人只會呵呵發聲，連便溺都拉撒在床上了，真叫人痛惜。」

朱聿恆垂眼看著案上的鈞窯筆洗，沉吟不語。

瀚泓見他沒表態，似對魏院使的病情毫無興趣，便搬了摺子離開，口中自言自語：「也不知道魏院使，什麼時候能恢復呢……」

一年。

普天之下，大概只有朱聿恆知道這個答案。

魏延齡大概是想要用這樣的決心，來向他表態。他這下，確實能做到對朱聿恆的病情守口如瓶，就連皇帝，也無法從他的口中撬出這個祕密了。

但他這舉動卻並未讓朱聿恆覺得安心，相反的，只讓他覺得心口那焦灼的火，燃燒得更為熾烈了。

哪怕是絕望中的一點點希冀，他對魏延齡診斷結果，其實是抱著一絲僥倖的，或許……或許呢？

可就在這一刻，因為魏延齡對自己決絕的手段，他看清了擺在自己面前的，最終的裁決。

可他無法告知任何人，無法求助於任何人。

他唯一能做的，只是苦守這個祕密，孤立無援地自救。

三萬里弱水浩蕩奔湧而來，他即將沒頂，除了阿南、除了那一再出現的蜻蜓或蜉蝣，他已經沒有其他能抓住的稻草。

四天後，徐州的消息終於傳來，阿南離開了那艘船，有個少年已經僱好車在等她，兩人一起往開封去了。

朱聿恆手邊正有一封加急送來的奏報。開封地勢低窪，今年入夏後，黃河上游降雨頻仍，河堤難守。

一旦河堤失守，周邊受災百姓將何止萬戶。朝廷自然得派人前去督察，如今工部正上報了人選，請聖上選定。

朱聿恆略加思索，在上面加上了自己的名字。畢竟，歷年河堤資料，他都有所涉獵，就連工部主事也沒有他精通。

臨出發當日，他去宮中辭別聖上。

祖父勃然大怒，惱恨道：「工部這麼多官吏，難道真的無人可用了？天下這麼多事，一樁樁一件件，你哪兒忙得過來？再者你剛休養月餘，就要跋涉險地，此事，朕不贊成！」

朱聿恆忙笑著安慰祖父，說：「天下之大，萬事紛紜，陛下忙碌大事，孫兒就略微幫您幹些小事，本是分內事。何況孫兒將養月半有餘，身體早已大好，陛下不必掛懷。」

皇帝端詳著他，又問：「你身體真大好了？唉，那個魏延齡，朕本來對他抱以厚望，誰知也是個庸醫，竟一劑藥把自己給弄倒了！」

朱聿恆隨意道：「孫兒也聽說了，大約是摔到頭了，這種事畢竟無可奈何。」

皇帝眉頭緊鎖，面露煩躁之色，似還要反對他去開封之時，外面有太監匆匆進來，站在殿門口低頭向他們行禮。

皇帝心情不好，喝問：「什麼事慌慌張張的？」

「啟稟陛下，王恭廠……出事了。」

「出事，又炸了？」皇帝拍案怒斥：「這群人怎麼管火藥的，三天兩頭出事！前幾月出事不是剛換了個內臣太監嗎？這回是誰？」

「是……王恭廠內臣太監卞存安，正在殿外請罪。」太監戰戰兢兢說出了那個倒楣蛋的名字。

「讓他滾！滾去受死！」

太監嚇得屁滾尿流，退下時哀求地看向朱聿恒。畢竟滿朝都知道，當今聖上發怒之時，除了這個孫兒，誰也無法平息他的雷霆震怒。

朱聿恒想起自己與卞存安的一面之緣，便說道：「陛下息怒，這卞存安辦事穩重，之前還叮囑過諸葛嘉，連麵粉飛揚都要注意的，應當是個謹慎之人。此次事故或另有隱情，就讓孫兒替陛下去瞧一瞧吧。」

「你又攬事上身。」皇帝煩躁地揮揮袖子，說：「還要去開封呢，你就少費心管這些了，好好收拾行裝去吧。」

「是，多謝陛下！」

朱聿恒出了宮門一看，門前跪著一個身材枯瘦的太監，正是卞存安。

上次只遙遙望了他一眼，如今朱聿恒仔細打量這個人的模樣，不由得微皺眉頭。

宮裡稍有地位的太監都十分注重修飾，熏香描眉的都大有人在。可這人不但不修邊幅，連臉都沒洗乾淨，上面還有灰黑的火藥煙熏痕跡，又被汗水沖出黑一道白一道的溝壑，幾乎是張大花臉了。

他還穿著上次那件顏色褪舊的薑黃色曳撒，手肘袖口處都磨出毛邊了，衣上還被燒出幾點黑洞，顯然王恭廠這次爆炸，他就在現場。

朱聿恆示意他跟自己走，一邊問：「卞公公，你擔任王恭廠的內臣太監有多久了？」

卞存安口舌似不太靈便，說話僵硬，聲音也有點嘶啞：「今年二月底接手的，之前的內臣太監曲琅因掌管火藥出疏漏貶職，奴婢就頂上來了。」

「哦？那你之前在何處？」

「奴婢之前在內宮監，前年被派去採石場看他們開採石材時，王恭廠的匠人把火藥放多了，奴婢就多嘴說了幾句。曲大人見奴婢略懂此事，便與內宮監商議，將奴婢調過去了。」

「短短兩年就能接手王恭廠，想必卞公公你在這方面確有才幹。」朱聿恆說著，又問：「你在內宮監時，如何知曉火藥之事？」

「奴婢不幸，十三歲便被亂軍脅迫裹挾，後來朝廷剿滅了亂軍，奴婢因是受迫參軍的，便與其他一些年幼的少年一起被淨了身，送入了宮中充任奴役。在亂軍中時，奴婢曾受一位管火藥的士卒關照，常與他相處，故此知曉一些火藥之事。」

這個卞存安，不僅外表骯髒，語言也甚是無趣，似乎與人多說一句都不情願似的，一板一眼，語言都少有起伏。

朱聿恆也不再與他多說。

二人到了王恭廠一看現場，不大不小的一件事故。

說大吧，就是一個火藥庫爆炸，震塌了三間庫房。但要說小吧，又確實不小，出了兩條人命，其中一個是內宮監的太監。

「此事說來，就是我們王恭廠倒楣！」

朱聿恆還未進院子，就看見已經被貶為二把手的曲琅，皺著苦瓜臉一臉晦氣，指著停在院中的一具屍身破口大罵：「混帳東西，仗著自己當初與卞公公認識，居然上門來討要火藥。這東西進出都是有帳目的，誰敢私自給他？結果他被卞公公拒絕後，還偷拿鐵鍬自己去挖，這不火星子蹦出，直接把自己給炸死了！依本官說，他死得可真不冤！」

朱聿恆轉頭看向卞存安，問：「是這麼回事？」

卞存安垂頭道：「是，此人名叫常喜，奴婢當年在內宮監時與他相識，但也並無多大交情，忽然來討要火藥，奴婢自然是不允，結果……唉！」

仵作驗屍的結果也已經出來了，確是被當場炸死的。

死者的情況也很快報了過來：「死者是內宮監太監常喜，認了內宮監掌印太監薊承明為乾爹，因此手上也有點小權，是內宮監木班的工頭。」

內宮監負責宮內一應營造修繕事務，能做到木班工頭的，也算是個肥差了。

朱聿恆問：「他一個木班的，來索要火藥幹什麼？」

「正是因為不知，所以卑職等不肯給。」曲琅梗著脖子道。

朱聿恆見旁邊仵作似有話說，便示意道：「屍身有何異常麼？」

仵作忙稟報道：「屍身確屬被炸死無疑。只是……在死者懷中，小人找到了這個……」

他將用白布包好的一本東西，呈到了朱聿恆面前。

是一本被炸得破爛的冊子，想必常喜生前將它放在了懷中，因此在火藥爆炸之時，他的衣襟和懷中冊子首先被炸到。

此時冊子已經殘破稀爛，又被火燒得只剩線裝的那一條邊，上面殘存最大的紙片也只有鵝蛋那麼大一片了，其餘的或如指甲或如魚鱗，簡直慘不忍睹。

朱聿恆看了一眼，只看得出是本蝴蝶裝的冊子，殘留的紙上也沒有字，只有幾條橫平豎直的線，似乎是本畫冊。

他本不以為意，但目光落在那最大的一片殘頁上，看見了工筆細線繪製的，半條龍身層層盤旋繞在柱上的畫面。

因為殘缺，這條龍和它所盤的柱子，已經沒有了上面的梁托和下面的柱礎，但普天之下，能用這種十八盤金龍的，唯有紫禁城奉天殿。

這是，奉天殿的工圖摹本。

朱聿恆盯著這殘頁焦黑的焚燒痕跡，眼前恍然又出現了那一夜，在雷電豔烈的夜空之下，十二條盤在金絲楠木柱上的金龍，一起噴出熊熊烈火的可怖情形。

「把現場好好查一查。」朱聿恆站起身，走到坍塌的庫房面前，看著那一地的狼藉，緩緩道：「尤其是這本冊子，上面如果還有殘餘的碎片，全都要集起來，一片都不能少。」

雖然大事小事不斷，但該去的地方，終究還是應該要去。

瀚泓打點行裝，朱聿恆將一應朝廷事務交託完畢，即將出發之時，新任內宮監秉筆太監萬振翺也將薊承明生前接觸過的人事案卷送了過來。

「奴婢奉命查探薊公公與那千年榫上的刻痕關係，如今已有眉目，恭呈殿下覽閱。」

翻開卷宗，朱聿恆第一眼看到的，便是一只蜻蜓模樣的圖樣。

猝不及防，他的睫毛微顫了一下，頓了頓才查看旁邊標注的字樣。

蜉蝣。

原來那刻痕，不是他要尋找的蜻蜓，而是一只蜉蝣。

朱聿恆再細看那圖樣，確實與蜻蜓有所不同，蜉蝣的第一對翅膀較大較長，後面那對翅膀卻偏短偏小。

他回憶薊承明身死之處出現的那個千年榫，上面如同翅膀的交叉的痕跡，確實也是兩條較長，兩條較短。

這朝生暮死的蜉蝣，與阿南鬢邊撲扇的蜻蜓，不是同類。

片刻的驚詫，驟然的落空，他心緒於大亂中起伏，只覺胸口憋悶難受。

勉強鎮定心神，他繼續看下去。

正月初九，玉皇誕日，薊承明於祭殿後牆見羅浮葛仙翁登仙圖，大笑拍牆，叫：「蜉蝣，蜉蝣，原來如此！」眾皆不解其意。

十三，薊承明探訪京郊葛仙觀，回來後面有得色。臣等於今亦尋訪葛仙觀主，詢問得知：葛仙翁即晉葛洪，薊承明當日去往觀中，詢問葛洪後人何在，家學如何。觀主告知：二十年前，葛家後人獲罪，全族流放雲南充軍，只餘一個外嫁女留存。

朱聿恆看到這裡，抬頭問萬振翺：「此事可信度如何？」

「奴婢聽說，觀主當年曾親訪杭州葛嶺，此事應該不假。」

朱聿恆見後面已沒有什麼要緊記載，等萬振翺留下東西退出後，命人立即去刑部，將杭州葛家當年的案宗調取來。

東晉兩位葛仙翁，一位是葛玄，另一位便是葛洪。後人為杭州葛嶺和廣東羅浮兩處。

其中，葛嶺一脈因二十年前靖難之役時，為逆軍統管火藥器械，因此滿門獲罪，除已出嫁的女眷外，全部流放雲南充軍。

而葛家人研製的器械之上，常留有蜉蝣印記。因葛家先祖葛玄於夏日池塘畔見蜉蝣朝生暮死，散落風中，感念人生零落，因此才修習老莊之道，故藉此以懷先祖。

朱聿恆的指尖，在卷宗後的一行人姓名上一一劃過，停在一個名字上。

葛稚雅。

在全家流放前兩年，她嫁給當時順天軍的一個把總，如今，這個把總和他的父親，已經因為在靖難之役中戰功顯赫，擢升為應天都指揮使，他的父親更是封為定遠侯。

她的丈夫姓卓，膝下唯一的獨生子，名叫卓晏。

六月初七，皇太孫朱聿恆親率工部一應官吏，到達開封。

山道已被流動的泥石堵塞，道旁大樹橫折倒地，官道全都被黃泥湯水淹沒。馬蹄打滑，騎馬坐車都已經不可能。朱聿恆率眾棄車下馬，蹚著及膝的泥水一路跋涉。

臨時被抓進欽差開封隊伍的卓晏，從小就是嬌生慣養的紈褲子弟，平時洗腳都要加艾葉、菊花。此時他在泥水裡蹚著，連鞋子都掉了，腳被泥漿中的碎石劃破，深一腳淺一腳流了不少血，簡直想直接趴在泥漿裡裝暈，等著別人把他抬出去。

可看看前面皇太孫殿下偉岸的背影，他也只能抹一把臉上的泥漿，委屈萬分地艱難挪動，一邊在心裡把那個點他來開封的人罵了一百遍啊一百遍，發誓要是自己知道了對方是誰，保準打得他滿臉開花找不著北！

一群人渾身裹著泥漿，艱難來到府衙，開封知府卻並未迎接京中來使。他在黃河大堤上親臨指揮，已經有五、六日未曾回衙門了。

全城安危，繫於大堤。朱聿恆草草換掉了滿是淤泥的華裳，穿了套便於活動的素淨衣服，立即帶著一干官吏去了河堤旁。

開封知府年逾花甲，形銷骨立，正在督導士卒勞工們加固堤壩。朱聿恆與一干工部官吏在路途中便已將歷年的河道圖研究透徹，此時對照著實地山河走勢，圈定了最為重要的幾處位置，設定了三重堤壩減緩水勢，力求保住開封。

見京中來的高官們都身涉險地，原本麻木坐在屋頂的百姓們也紛紛從高處下來，聽從指揮裝沙袋扛石頭。人手多了後，眾志成城，暴雨雖大，但堤壩被加固了一層又一層，洪水的衝擊看來已無法再令其動搖半分。

站在朱聿恆身旁的開封知府探頭看著下面浪濤，喜道：「這下可好了，開封算是守住了！」

一群人正在歡欣鼓舞，誰料耳邊忽聽得轟隆之聲作響，如同雷霆驟炸在耳畔。

所有人都下意識看向聲音傳來的地方。黃河九曲十八彎，他們只看見在模糊的雨簾之中，前方有極長的一片堤岸綿延坍塌，激起鋪天蓋地的水波，如同遠古巨獸，向著他們直撲而來。

巨浪滔天，聲勢浩大，腳下河堤一陣劇震。眾人還未回過神來，便個個摔趴在泥水之中。

朱聿恆一把卡住旁邊的棚柱，穩住了身形。但他身旁正在探頭查看水勢的開封知府，此時身體一歪，腳底打滑，眼看就要從大堤上滑下去。

朱聿恆反應極快，在旁人還沒來得及驚呼之時，一伸手就將開封知府的手臂抓住，想要將他拉上來。

但，就在握住手腕的那一刻，撲來的黃濁狂潮已經奔至，整座堤壩瞬間被沖潰坍塌，在狂呼聲中，所有人落入水中。

混濁的泥水撲頭蓋臉向朱聿恆打來，眼前的世界瞬間黑暗。

風浪夾雜著木材、雜物、混亂的人群，在這一刻狂湧而至。

『黃河大堤，終究還是失守了。』

腦中只來得及閃過這一絲念頭，耳畔轟然作響，朱聿恆已經被混濁的水淹沒。

他在水中憋著氣，一手揮開面前的濁水，一邊抓緊開封知府的手，免得這個枯瘦的老人被浪捲走，發生不測。

激湍浪頭之中，朱聿恆在水中艱難冒出頭，看見旁邊盡是洶湧相撞的浮木與雜物，被迅猛的浪頭攜著朝岸上狠狠撞擊，凶險無比。

幸好，他們就在堤壩之下，出了水面前就是高地。

朱聿恆排開面前的浪頭，竭力先將已近昏迷的開封知府推上去。

然後，他扒住破損的堤岸，想要爬上去。

就在從水中抽身的那一刻，眼前的世界迅速被大團漆黑淹沒。擊打在他身上的暴雨，呼嘯颳過耳邊的颶風，在這一刻驟然加劇。

一道劇烈的刺痛，直劃過他的右肋，然後迅速燒灼開來。

像有一把鈍刀敲斷他的肋骨，歇斯底里的痛讓朱聿恆無法呼吸。

與兩月前身處三大殿的烈火一樣，他的身體僵冷，徹底失去了控制，直直地跌進了激流之中。

已經上了岸的眾人蜂擁而來，所有人驚惶狂呼。東宮副指揮使韋杭之帶著眾人飛撲下水，想要將殿下救起。

但，終究還是遲了一步。

狂湧的浪濤在崩塌的堤壩之上激蕩，黃濁的急流將一切捲走，徹底消失了朱聿恆的蹤跡。

「……在看什麼？」

迷迷糊糊之中，朱聿恆聽到有聲音在自己的耳邊響起，因為他神志恍惚，耳朵隱隱轟鳴，外界的聲音也彷彿水波一樣流動，似幻如真。

他感覺到自己的手掌被人握在手中，那人掰著他的手指，輕輕緩緩地一根一根撫摸過，回答：「你來看看這雙手嘛，這骨骼，這韌度，這柔軟性……」

是個女子的聲音。她的嗓音並不如撫摸他手掌的動作那麼輕柔，略顯低啞，在此時朱聿恆剛剛復甦過來的聽覺中，彷彿午夜夢迴時的耳語，讓他有一種脫離噩夢的恍惚虛浮感。

這聲音，他認得。

阿南。

她為什麼會在這裡，又為什麼，會握住他的手……

腳步聲響起，旁邊那個說話的男人走近了一點，嗤笑道：「不就是一雙手嘛！讓我看看妳拚死撈起來的人是何方神聖？」

「對哦，我還沒看過他的臉！手這麼好看，臉應該也不差吧？」阿南放開朱聿恆的雙手，伸手在他臉上抹了抹，但終究還是放棄了，說：「這滿臉淤泥，又披頭散髮的，誰看得清他長什麼樣。」

「別看了，反正再好看也沒有公子好看。」那人催促她。「快走吧，之前在順天妳就鬧得夠大了，這回再被人發現，麻煩可就大了。」

「我會怕麻煩嗎？」說是這樣說，但她終究還是放下了朱聿恆的手，戀戀不捨道：「好想把他帶走啊，這雙手能為我做很多事情的。」

「下次來開封再找吧。妳在大火中復發的傷該靜養了。再說了，妳現在是從順天逃出來的，就算妳能帶他走，又哪有時間調教新人？」

順天，大火……

朱聿恆的腦中，似乎被一根銳利的針猛然貫穿，讓他混沌的大腦，陡然清醒過來。

他聽到阿南懊惱道：「他不是開封人啊，他就是神機營算計我的那個混蛋。」

「什麼？那妳還把他救上來！要按我這暴脾氣，就算他爬到岸上了，我也要一腳踹下去！」

「別啊，他要是死了，這世上還有這麼好的一雙手嗎？這雙手很好用的……」

她沒再說下去，只緊握著他的手。她掌心的觸感，讓朱聿恆在恍惚之中，想起了在困樓的黑暗之中，她貼著他的手背，指引著他將那楔釘榫慢慢起出的那一刻。

現在模模糊糊中回憶起來，那時她的聲音與覆著他的手，其實都是在算計自己。只是那時的黑暗，讓這一切顯得曖昧起來，以至於現在想來，一切恍然如夢。

但也只是一瞬，她最終還是放下他的手，站起了身。

朱聿恆竭力睜開眼睛。模糊昏黃的視野中，他依稀能看到她彎腰洗手的身影。

粼粼波光從她的臉頰後逆照過來，閃閃爍爍之中，她的身形被暈成模糊一片，無從看清。

他只見她的身影漸漸遠去，未曾回頭一顧。

只迷迷糊糊之間，他聽到那男人的聲音漸遠：「妳現在手廢了，別像以前那樣逞強了，要再出點什麼事，我怎麼和公子交代？」

而阿南的嘟囔，如幻音般傳來：「救都救了，你就別囉嗦啦……而且這次黃河堤壩坍塌，也有我的責任……」

這最後的話，讓他神志猛然恢復，陡然睜大了眼睛。

順天大火，黃河崩塌，她都在其中。

她究竟做了什麼，她背後的公子，又是誰？

身體依舊無法動彈。天色昏暗下來，後背是灘塗滲上來的冰冷，在入夜之後透出寒意。

天河疏淡，頭頂是旋轉的繁星。

他艱難喘息著，不知道自己躺了多久。直到燈火隨著河岸迤邐而來，無數人打著火把，焦急驚惶地順著泥濘的河岸奔跑尋來。

白天昏黃混濁的河水，此時倒映著火光，一時河岸上下火光通明。

他全身泥漿，是一直隨他左右不離的韋杭之最先認出了他，急撲下灘塗，蹚過泥漿，來到被放置在稍高處的他，跪伏在身旁查看他的情況。

朱聿恆勉強動了動手指，但不知道是因為意識模糊，還是因為胸肋間的疼痛壓過了一切，他張開的脣只是輕微地顫抖了幾下，沒能發出任何聲音。

見他呼吸微弱，韋杭之不敢動他，只示意身後人將準備好的縛輦抬過來，把他小心翼翼抱到上面。

周圍的人都緊張惶恐，一聲都不敢出。唯有氾濫的黃河，水流湍急，嗚聲如雷，震得所有人胸腔中的心跳急劇，幾乎透不過氣。

朱聿恆被抬下河岸，一群人圍上來，卻又個個不敢碰觸，只敢連聲詢問殿下感覺如何。

他微張雙唇，從喉口擠出幾個字：「河堤……如何了？」

眾人面露遲疑，卻又不敢不答。隨行的工部侍郎艱難開口：「河堤……原本是守住了，可當時突發地動，堤岸崩塌數十里，激起洪水倒灌，以至於……加固的河堤徹底坍塌，開封……已遭患了！」

「是我落水時……那巨響和劇浪嗎？」朱聿恆低低問。

「是。」

暴雨初歇，夏日的夜空，長庚星熠熠獨明。

開封城的慟哭與哀號聲，遠遠近近傳來，籠罩了這座被衝垮殆半的古城。

那一刻朱聿恆望著頭頂孤星，絕望地抓緊了自己抓不住任何東西的，空空的雙手。

這一切，到底是天命，還是定數？

為什麼他們明明已經守住了大堤，守住了這一城百姓的生命福祉之時，偏偏會有那一場地動，讓所有人的努力化為泡影？

和上次一樣，他的病來得快，去得也快。

開封所有名醫被召集前來，望聞問切、診脈觀舌之後，卻誰也查不出皇太孫殿下忽然脫力落水的原因。最終的結論是風雨大作，皇太孫連日勞累奔波，又在救助開封知府時出手太過迅猛，以至於經脈驟然拉扯受到損傷，導致暈厥。

大夫們給他開的，依然不過是幾劑安神補養的湯劑。

時近午夜，朱聿恆身上的疼痛漸減，便屏退了所有人，強撐著坐起來，扯開自己的衣服，查看之前劇痛的右肋。

他心中隱約的猜測成真了。

自章門穴而起，帶脈、五樞、維道一路凝成血色紅線，繞過他的腰腹，猙獰駭人。

一縱一横，兩條猩紅血線，一條四月初出現，一條六月初出現，如毒蛇捆縛他的周身，一般無二，怵目驚心。

魏延齡的猜想是對的。他的奇經八脈，將會每隔兩個月，損毀一條。所以他剩下的時間，只有十二個月了。

一年。

他沒有將這件事告訴任何人。

災後是最易民變的時候，朱聿恆稍稍恢復，立即就投入了賑災、撫恤、安置等一應事務，在最短的時間內要讓局勢人心穩定下來。

他只給祖父上了一封奏摺，說自己辦事不力，無顏面見聖上，等此間事情告一段落，想改道前往應天，拜望太子與太子妃，以敘天倫。

祖父的回信很快來了，說：江南好風景，聿兒可在父母膝下多盤桓幾日，毋須掛懷京中事務。

前往應天的路上，朱聿恆一路看到的，是自開封府到懷慶府、從祥符到鄭州，各路州府、十餘縣城盡成澤國，各地屋宇塌陷，被水沖走、淹死的人數以萬計，城郭周邊盡是浮屍。

世上最可怕的事情，並不是那些貫穿身體的劇痛，也不是身上那些受損的血脈。

而是在無數人的安危繫於他一身時，他卻無力承擔他們的期待，最終使得他們流離失所，家破人亡。

他下了馬車，在六月毒辣的日頭下，長久地佇立在高山之巔，凝望著下面洪水肆虐後，蒼黃的大地。

冷汗從他後背沁出，錦繡羅衣全部溼透，黏在了他的後背上。

四面八方逼來的熱風，讓他又想起了兩個月前，四月初八，三大殿在雷電之中轟然燃燒坍塌的那一刻。

在他經脈受損之時，也是災變產生之刻。無論那災變是近在咫尺，還是遠在千里之外。

是巧合，還是必然？

是天意，還是人為？

如果是他的過錯，那麼開封、懷慶的百姓又有什麼罪過，要在他受罰的那一刻，遭受天災，家破人亡？

如果與他無關，那麼他經脈詭異受損的時刻，為什麼也是天災人禍降臨之時？

天意高難問，長風自四面八方湧來，將他圍困於至高之巔，烈日之下。

蒸騰的熱氣灼燒了他的視野，他恍惚又看見，那一日烈火中飛向他的絹緞蜻蜓。

還有，燒焦的千年樺上，薊承明刻下的那個蜉蝣印記。

以及，在一室黑暗之中，阿南比野貓還要迫人的明亮雙眼。

讓她舊傷復發的大火，是不是那日讓他重傷的三大殿烈火？

因地動而坍塌的黃河堤壩，她卻說是她的責任。那麼，這次地動與洪水，與他這次再度發作的病情，又有何關聯？

他呼吸急促，胸中堵塞著悸動的恐慌，令他眼前盡是混亂光點，腦中嗡嗡作響，一時如墜噩夢。

若他真的抓住了她，是否就能阻止這些頻仍的災禍，逆轉自己的人生，推翻掉只剩一年時間的預言？

阿南有些意外，從開封回到徐州後，發現船娘帶著女兒，還滯留在洪水氾濫的碼頭邊。

「妹子，妳來得可巧，這陣子黃河水患，我的船被官府徵用了，連船上載的貨物都一併買去。如今我正要空船回杭州看看我娘去，妹子妳去哪兒，我看能不能捎妳一程。」

「行啊，那我隨阿姊一起去。」阿南對身後少年揮揮手，身形輕捷地跳上了船。「司鷲，你自己走吧，我們三個女人帶你一個男人不方便。」

司鷲早已習慣她的性子，抬手目送她的船離開後，才恍然想起，急忙對著河面大喊：「阿南阿南，妳沒帶錢！」

可亂糟糟的河面上，他的喊聲哪有人聽見。

身無分文的阿南，厚著臉皮在船上蹭吃蹭喝，一路順水南下。抵達杭州時正是傍晚，小船晃晃悠悠地進了清波門。

清波門是水門，由水道直接入杭州城，不遠處就是西湖。夏日黃昏，水風送涼，也送來了採蓮女們細細軟軟的歌聲，隱約唱的是一闋《訴衷情》——

「清波門外擁輕衣，楊花相送飛。西湖又還春晚，水樹亂鶯啼。」

阿南托腮聽著，抬手拉下一朵拂過鬢邊的荷花，聞了聞香氣。

多雲的天氣，愜意的清風，想到公子可能也正看著她面前這片湖，也正和她一樣沐浴在此時的夕陽輝光之中，阿南的唇角不由得向上彎起，好像胸口都流溢出了一些甜蜜的東西。

可是，一想到自己沒能實現對公子的承諾，守住黃河堤壩，她的心又沉了下去。

是她無能，才導致黃河兩岸屋毀田壞，流民萬千。

她抬起自己的雙手，看著自己那帶著累累陳年傷痕的雙手，那些甜蜜也漸漸轉成了苦澀，最終鬱積於心，難以驅散。

西湖波平如鏡，她們的船從白堤錦帶橋下穿過，向著雷峰塔而去。但就在船划到放生池邊時，卻有一艘官船自旁邊划來，橫在了她的船前。

見只是兩個女人一個小孩，船上官兵不耐煩地揮手道：「快走快走，不知道官府有令，這段時間不許接近放生池嗎？」

「馬上走馬上走，對不住啊官爺。」萍娘一邊躬身賠罪，一邊忙忙地撐船逃離。

阿南揚頭看看，繞著放生池那一帶，有多隻官船在巡邏視察，好像在守衛中間那放生池似的。

萍娘划著槳，看前面有個船家正沿著蘇堤划來，便在交錯時問了一聲：「大哥，那邊是什麼地方啊？」

那船是帶人遊賞風景的，船家對西湖十分熟悉：「妳說三潭印月那邊？那裡本來有東坡先生鎮湖的三個石塔，現在已經殘損了，只剩下一個放生池。百年來湖中淤泥繞放生池堤堆積，現在有個湖中湖，島中島，樓中樓，景致很不錯的。」

萍娘疑問：「那怎麼官府守著不讓接近呢？」

「往常都可以進的，只是前兩天官府進駐，巡防不許進入，聽說啊——」船家一搖船櫓，船已經滑過她們舷側。「有大人物下榻此處，是以禁絕船隻出沒。也不知道是什麼人，怎麼會住到西湖放生池來。」

阿南回頭遙望放生池處，只見一圈弧形堤壩，楊柳如煙籠罩著當中曲廊。圓形的畫廊中間，是高出水面半丈有餘的石基，上面小閣錯落，曲欄連接，掩映在垂柳之中如同蓬萊仙島。

「這地方可真不錯啊。」阿南靠在船舷上，垂手撥著清凌凌的水面，讚嘆說：「真正的一夫當關萬夫莫開，易守難攻，地勢絕佳。」

囡囡好奇地問：「姨姨，什麼叫一夫當關萬夫莫開啊？」

阿南笑著撫撫她的臉頰：「就是打架肯定能打贏的意思。」

萍娘無奈笑著，心想小姑娘看見這煙柳畫舫、亭臺樓閣能不能歡喜一下啊，就算傷春悲秋吟個詩唱個曲也正常啊，這分析起打架地勢是怎麼回事？

西湖並不大，船很快就靠了長橋。傳說這裡是梁祝十八里相送的地方，是以雖時近黃昏，但來此遊玩的人仍絡繹不絕。

暮色籠罩的西湖異常迷人，蜿蜒起伏的秀麗山巒擁住一泓碧水，晚霞籠罩在湖面上，氤氳蒸騰，朦朧迷幻。

「多謝阿姊了，我就在這裡下。」阿南說著，扯扯身上衣服，有點不好意思。「這，阿姊妳看，我穿的還是妳的衣服……」

她這一路自然不能不換洗，所以現在穿的是向萍娘借的一件粗布衣服。

萍娘爽快道：「沒事，我住在石榴巷水井頭，妹子妳安頓好了，把衣服送回給我就行。」

囡囡有點捨不得阿南。她一向跟著母親跑船，難得有人能和她說話聊天。此時她依依不捨地牽著阿南衣角，問：「姨姨，採珍珠的故事還沒講完呢，最後妳採到珍珠了嗎？」

「當然有啦，我最後尋到一片蚌海，找到了成百上千的珍珠貝。我抓了最大的幾隻裝在簍裡，到船上去撬開，挖出了好幾顆大珍珠！」阿南隨手拉起衣袖，給囡囡看了看自己臂環上的一顆珍珠，笑道：「喏，這就是其中最大的那一顆。」

「哇……」囡囡抬手摸了摸，羨慕地說：「真漂亮，在發光。」

阿南怕她用力按下去，到時候啟動機括就糟了，便笑著收回了手臂，隨手把上面這顆珍珠摳了下來，放到囡囡手中，說：「妳喜歡的話，就送給妳了。」

「哇……」囡囡捏著這顆比她拇指還大的珍珠，一陣驚嘆。
「噓。」阿南示意她不要被她娘聽到。「等姊姊走了再給妳娘看哦。」
囡囡有點遲疑，但最終還是點了點頭。
阿南笑著俯身貼了貼囡囡的額頭，輕聲說：「下次要是遇到了，再給妳講姊姊去過的地方。」
「嗯！」囡囡的眼睛發著光，比那顆珍珠還亮。
長橋離雷峰塔不遠，此時又是遊玩的人都要僱船回家的時節，只見大小船隻在湖岸邊穿梭來去，船帆如雲，槳櫓如林，漁船、遊船川流不息。
阿南告別了囡囡母女，一個人沿臺階上了碼頭。
湖岸不遠，便是酒樓店鋪雲集處，熱鬧非凡。來往的人都穿得光鮮亮麗，唯有她因為在船上只能草草梳洗，頭髮散垂在肩頭，穿一身萍娘那兒借的土布衣裙，打著補丁又明顯短了一截，連小腿都遮不住。
此情此景，阿南看看水中自己的倒影，覺得催人淚下。
「再插根草標，估計就能當街賣身了。」阿南自嘲地扯扯過短的裙襬，走上了臺階。
熱鬧非凡的街市，熙熙攘攘的人群。街邊的酒樓傳來香氣，惹得好久沒吃飯的阿南肚子咕咕叫喚。

她摸了摸自己肚子，正思忖著以自己現在的處境，是該低調地走開，還是先大搖大擺地吃點東西時，肩上忽然被人重重推了一把。

是門口的夥計將她推到了旁邊：「走開走開！妳是哪來的漁娘，堵著店門口幹什麼？妨礙我們做生意！」

阿南猝不及防，被他推得腳底一趔趄，後背撞在了後方拴馬的石墩上，頓時痛得她直吸冷氣。

那夥計不依不饒，見她還站著瞪自己，就繼續揮手趕她。

阿南揉著自己的肩膀，盯著面前夥計那隻手，心頭火起。她暗暗抬起了自己的右臂，也無所謂這裡是鬧市了，準備讓這夥計先丟掉一根手指頭。

「走不走，妳走不走？」夥計還在嚷嚷著，耳後忽然一聲悶響，一根竹子重重敲在了他的後肩上。隨即一個女人的聲音響了起來：「幹什麼幹什麼？你怎麼沒來由欺負人？」

阿南抬頭一看，居然是之前在胭脂胡同認識的綺霞，此時正拿著手中笛子抽那夥計呢。

夥計見是個歌伎，一把抓住她手裡的笛子，正要奪過去，綺霞身後有個男人揮著扇子擋開了他的手，打圓場道：「得了，不就是在你店門口站了一會兒嗎？至於大呼小叫，把一個姑娘家嚇得眼淚汪汪嗎？」

出聲的是個二十出頭的年輕人，冠上鑲白玉，手中灑金扇，一看便家世不凡。那一身青羅金線曳撒極為修身，繫著簇金的腰帶，腰身加一寸太寬、減一寸太長，更顯得身姿修長，如茂松修竹。

他長相也頗為俊美，原本該是姑娘們心中好夫婿的人選之一。只可惜他攬著綺霞又笑嘻嘻地打量著阿南，一股招蜂引蝶的風流相，一看就不是正經人。

「唷，是卓世子啊！」夥計臉上立即堆起諂笑，趕緊躬了躬身，應和著：「您說的是！我還不是怕髒了地方，讓您在店裡吃飯不愉快？」

「有什麼不愉快的，我瞧這位姑娘也挺順眼的。」那位卓世子瞄了瞄阿南從過短的裙裾下露出的那截光裸小腿，問綺霞：「是妳姊妹嗎？天可憐見的，怎麼淪落到這種地步了？」

綺霞忙解釋：「她叫阿南，不是我姊妹，是良家子。我之前在胭脂胡同時，她還送過我笛膜呢，對我特別好！」

「我那時候在玩竹子，也就是順手弄個竹膜的事。」阿南倒沒想到這姑娘這麼熱情，有些不好意思。

「良家子啊……」卓世子攬著綺霞的肩，笑嘻嘻地上下打量著阿南。

乍一眼看，這姑娘並不打眼，畢竟和時下流行的那種纖柔美人差距甚遠。但多看兩眼的話，不知怎麼就讓人覺得越看越有味道。

那雙睫毛濃密的大眼睛，亮得似貓眼石，在陽光下熠熠閃著琥珀色的光；那又豔又翹的雙唇，和玫瑰花瓣一樣顏色鮮亮，一看就血氣豐沛精神充足；那破衣爛衫也遮不住的高挑身材，前凸後翹玲瓏曼妙……

這女人，跟其他姑娘都不一樣，不是一碗白水一盞清茶，這是一罈燒刀子酒啊。

卓世子眼冒賊光，那臉上的笑容越顯殷勤，攬著綺霞的手也鬆了鬆，問：「看姑娘的樣子，好像遇上難事了，要不我請妳用個飯，再送妳回家？」

阿南挑挑眉，猜不透這個不識相的花花公子來歷，便沒理他，逕自轉頭和綺霞敘起了舊：「我說呢前段時間沒見到妳，原來妳來杭州府了？」

「胭脂胡同姊妹太多啦，我學藝不精，就來這邊混口吃的。」綺霞嘖嘖地幫她將一綹亂髮抿到耳後，笑道：「妳怎麼落到這地步啦？卓世子既然要作東，別拂逆好意，走吧。」

阿南皺眉道：「可我不想吃這家東西。」

「那咱們去吃對面那家。」卓世子攬著綺霞就往斜對門的另一家酒樓走去，綺霞也朝她招招手，示意她一起來。

看著那夥計和掌櫃的黑臉，阿南心下暢快了點，加上現在也確實飢腸轆轆的，也就跟著他們進去了。

卓世子帶著兩個姑娘進酒樓，一個是濃妝豔抹的歌伎，一個是破衣爛衫的鄉間姑娘，周圍自然全是異樣眼神。

他倒是毫不在意，逕自點了一桌菜，等酒上來後就說：「來，綺霞，吹個曲兒助助興。」

綺霞一吹笛子，那聲音嘔啞嘲哳分外難聽，卓世子一口酒就噴了出來。

「哎呀，剛剛生氣打那個夥計，把笛膜打破了。」綺霞不好意思地放下笛子，說：「那我給世子唱個曲兒吧。」

卓世子開心撫掌：「好，好！妳的笛子馳名京師，可向來不曾在別人面前開口唱過，我今日真是有幸了。」

結果綺霞一開口，阿南就痛苦地捂住了耳朵，轉向了一邊。

難怪她從來不在人前唱歌，這魔音傳腦簡直毀天滅地。

卓世子顯然也震驚了，抽搐著嘴角轉向另一邊。兩個聽眾一左一右痛苦扭頭，目光剛好對上，都看見了彼此眼中的苦笑。

幸好此時，飯菜上來了，兩人配合默契，一個給綺霞遞筷子，一個給綺霞布盤碗：「來來來，吃飯吃飯。」

綺霞先喝了口湯，問卓世子：「世子的同僚在那邊吃飯，不需要去招呼嗎？」

「我付帳就行了，他們不會介意的。」

阿南「咦」了一聲：「同僚，你是官府的人？」

「不怕告訴妳，我身分可厲害了。」卓世子打開那把金絲象牙扇子，遮住自己半張臉，壓低聲音神祕兮兮道：「說出來別害怕哦，我是神機營中軍把牌官！」

「哦……」阿南沒有被嚇死，反而支著下巴望著他，笑嘻嘻地問：「你們這麼多人出動，是要抓什麼江洋大盜嗎？」

「說實話，其實我都不知道發生了什麼。」卓世子滿臉遺憾地說：「我是被我爹逼著到神機營混日子的，所以就隔三差五告假，沒事點個卯就跑。誰知上個月底神機營被人夜襲，我們諸葛提督南下應天搜尋刺客，我呢，因為對杭州熟悉，就被分派到了這兒。」

明知道他來公幹是假，花天酒地是真，綺霞還是笑吟吟給他斟酒，柔聲安撫：「世子真是辛苦了。」

阿南則把自己那晚在神機營的事情從頭到尾想了一遍，確定除了那個男人外，沒人看過自己的臉，面前這個卓世子更是毫無印象：「那你們不是應該在順天府搜查嗎？怎麼南下了？」

「就是不知道刺客跑去了哪裡啊，所以神機營有的人留在順天搜尋，有的去天津、開封，我家在應天，就一路南下了。」

綺霞掩嘴而笑：「那怎麼又不在應天呢？」

「我爹最近在杭州府巡查，我娘也到西湖邊的莊子上避暑了。」卓晏倒轉扇柄敲著桌子，笑道：「你們不知道，我爹娘最是恩愛，因為我娘不喜嘈雜，所以我爹費盡心思才在寶石山上給她尋訪到了一座清淨小居，那景色絕了，前攬西湖，後枕黃龍，左看保俶，右觀流霞，改天有機會我帶妳們去看看。」

「哎呀，世子又騙人了，我不信你敢帶我這種煙花女子去見你娘。」

「這有什麼不敢的，妳這麼漂亮，說不定我娘一看就喜歡妳了……」

那邊兩人打情罵俏，這邊阿南以慣常的懶散調調歪靠在椅背上，先用臂環上的銀針暗地試了試菜，確定沒有異常，又見卓世子和綺霞一起拿筷子吃著，毫無異樣。

她現在肚子正餓，便跟風捲殘雲似的，一下子就掃光了桌上菜。

卓世子見狀，招招手又讓上了幾道菜：「別急，我估計大傢伙要吃很久呢。反正大家都知道找不到那個女刺客的，只是過來虛應故事，妳們都慢慢吃。」

綺霞睜大眼睛，驚問：「夜襲神機營的……是個女刺客？」

「是啊，聽說是個女壯士，身高八尺，腰闊十圍！連我們諸葛提督潛心研製的困樓都關不住她，被她破牆而出了！」卓世子渾不在乎，壓低聲音對阿南笑道：「大家這麼熟了，悄悄告訴妳啊，那密室剛建好試驗時，我就在場，那機括啟動後真有萬斤之力，我親眼看見兩頭大蠻牛被困在裡面，活生生被擠成了肉餅！這回也不知是什麼怪力女，居然能破牆而出，衝破神機營那重重防禦跑了！」

阿南心說，咱們這是第一次見面啊，你就悄悄地把這麼重要的祕密告訴我這個當事人了，會不會熟得太快了一點？

不過畢竟正在吃著人家請的酒菜，阿南還是善解人意地做出了錯愕震驚的表情。綺霞則掩嘴低呼：「真的嗎？好可怕哦……」

卓世子點頭：「所以妳們要是看到特別粗壯的或者怪異的女人，記得通報我們，有賞金的。」

「好的，一定。」兩人一起點頭應著。

飯吃得差不多了，飽暖之後就生出了其他心思。阿南心裡癢癢的，厚著臉皮問出了自己最關心的問題：「對了，你們神機營裡，是不是諸葛提督最厲害啊？有沒有人……唔，地位很高，還長得……挺英俊的？」

畢竟，那天晚上那個人被困機關的時候，諸葛嘉那誠惶誠恐帶傷過去解救的樣子，看來地位絕對不低啊。

卓世子揮著扇子，以一種「我輩中人」的意味深長的表情瞅著她笑：「有啊，我們神機營中，當初長相俊逸又地位不在諸葛提督之下的，只有一個人啦。」

阿南趕緊看著他，等待他吐露出來的真相。

「那就是內臣提督，我們的宋提督宋大人了。」他笑咪咪地夾一筷子菜吃著，不無同情地瞧著她。

「諸葛大人是我營的武將提督，而宋大人呢則是內臣提督，是聖上親自派遣來的、宮中最信得過的太監，制衡監督全營。」

阿南手中的筷子頓時掉了下來：「太監？」

卓世子點點頭：「宮中很多太監都長得格外清秀的，妳不知道？」

阿南整個人都不好了，連筷子都忘了撿。

那雙讓她嘆為觀止的手，那令她產生異樣情緒的身材，那令人心旌搖曳的氣息，那個她不曾看清面容卻覺得肯定風華絕代的男人——

居然是個太監。

太監。

難怪胭脂胡同那麼多姑娘招他，他卻不解風情視若無睹。

難怪被困在密室中時，他還如此有風度，盡量不碰她的身體。

難怪他年紀輕輕就能調動神機營，連諸葛嘉都要為他奔走。

原來，是個太監。

看著她臉色鐵青的模樣，綺霞忙給卓世子打眼色。而他想笑又不忍，只能拚命擠出一副同情的表情：「我們宋大人當年確實長得挺秀美的，很多姑娘都對他傾心，妳也不是唯一一個，想開點。」

「沒……我沒對他傾心。」阿南只有硬著頭皮這樣回答，根本沒來得及追究他口中「當年」二字。

臉都沒看清，傾什麼心啊。

——只是，想起那狹窄空間中，她握住過的那隻手，他散在她耳畔的呼吸，他身上清冽的香氣，阿南感到了淡淡憂傷。

綺霞見她一副食不下嚥的樣子，忙扯開話題問：「阿南，吃完飯送妳回家嗎？妳家在哪兒呀？」

阿南苦著臉，瞎話張口就來：「別提了，我才不回家呢。我兄嫂逼我嫁給一個老頭，我一氣之下就一人跑這邊來了。等我在這邊躲幾天，也許他們見沒指望了，能饒過我。」

「這麼可憐？」卓世子正義感滿滿地拍胸脯。「把妳兄嫂的名字和住處告訴我，我叫人去教訓他們一頓！」

「不用不用，我自己的事自己解決。」阿南忙推辭。

卓世子還想說什麼，對街的酒樓裡已經走出一群神機營的士兵，看見他在窗內和兩個女子吃飯說話，頓時都朝他們曖昧地笑。

有個年紀大點的軍官對他喊：「卓把牌，又抽空調戲大姑娘呢？趕緊去搜尋那個女刺客吧！」

「去去，真不解風情。」卓世子笑著站起身，從荷包中掏出一張名帖給阿南。「我得先走了，要是妳兄嫂逼急了妳就來找我，我替妳撐腰！」

綺霞在旁邊附和：「對呀對呀，卓世子對我們姊妹可好了，他最憐香惜玉的。」

阿南接過名帖一看，巴掌大的名帖上用金線繪著狻猊，周圍煙霧繚繞，烘雲托月地現出上面「卓晏」二字。

不過等她翻過來看背面時，頓時嘴角抽了一下。

文德橋畔，定遠侯府。

卓晏，字安分，又字守己，號消停，別號乖靜閒人，又號八風不動居士。

阿南彷彿一下子就看到了他爹娘求神拜佛想讓兒子別再折騰的模樣，捏著名帖忍不住笑出來：「多謝啦，你真是好人。」

第五章　風起春波

因為卓晏的出現，擔憂自己貿然前往會洩漏公子行蹤的阿南，便放棄了回去的打算。

她從公子開的銀莊中取了些錢，低調地在杭州私下賃了間房，多使銀子，號稱自己養病，龜縮在屋內待了幾天。

杭州府風平浪靜，阿南閒著無聊，就做做手工給自己添購幾件物事，有時候也想，不知道那個沒良心的男人——不，太監，為什麼沒有把她的模樣描摹給官府？以至於神機營的人還以為犯人是女金剛，當面錯過了她？

再憋了幾天，還是沒有任何風吹草動，阿南實在耐不住性子，終於出來溜達了。

套了件不起眼的粗布衣服，她像個普通鄉下姑娘一樣貼牆根走，越走越荒涼，前方是一間破落的廟宇。

裡面一個廟祝正在上香，見她進來只瞥了一眼，問：「南姑娘，今天怎麼灰頭土臉啊？上月公子派人去順天找妳，可妳住的地方已經全塌了，還有官兵守著不許人進出，怎麼回事？」

「別提了，你讓司鷺跟你說吧。去開封也不順利，簡直糟心。」阿南心中懊惱，要不是那一天起了色心，想去看看那個姑娘們眾口稱頌的美男，至於落得這樣的下場嗎？

歪著身子半倚在椅內，阿南問：「我送給公子的蜻蜓，現在在哪裡？」

「妳送給公子的定情信物，來問我做什麼？」廟祝先是失笑，隨即神情微變，問：「妳懷疑公子那邊出了問題？」

「誰知道呢。反正朝廷好像對我的蜻蜓有興趣。」阿南撫撫鬢邊，才想起自己的蜻蜓也丟了。

好好的定情信物，他丟了，她也丟了，這都什麼事兒。

阿南扼腕嘆息道：「最糟糕的是，那東西當時丟在了宮裡。」

廟祝臉色難看，問：「那妳怎麼不去見公子？前幾天妳在銀莊取錢，公子才知道妳回杭州來了，他讓妳去一趟靈隱。」

「去靈隱幹什麼？叫我有事？」

「公子在靈隱替故去的兄弟們祈福。」廟祝說著又有點無奈：「妳看妳這話說的，難道公子沒事就不能召喚妳了？」

「我不想回去。開封之行我有負所託，沒臉見公子。」阿南舉起自己的雙手看了看，黯然的目光在上面的大小傷痕上一一掃過。

許久，她試探著活動自己的十指──明明是這麼靈活的手，許多複雜繁瑣的姿勢，她依然輕易可以做到，但當她拇指與小指相扣，無名指艱難繞過中指，等再想越過食指，便已經做不到了。

手背筋絡緊繃，拉扯得微痛，讓她的手指再也無法像以前一樣，做出那些訓練了千次萬次的動作。

以至於，公子那般鄭重囑託的事情，她傾盡全力也無法完成。導致九曲黃河一夕崩潰氾濫，浮屍千萬，多少人流離失所。

她氣惱地狠狠一甩手，不願再看自己的手：「我先不回去了。就算回去，對公子來說，我也沒有用了！」

「妳如此任性，總是不聽話，怎麼抓得住公子的心？」廟祝語氣中隱隱帶上了不滿。

「我不是任性。我只是想看看，如果我沒用了，公子還會不會想起我。」阿南抿著唇站起身，任由外面的烈日籠罩在自己身上。「畢竟，我以後可能要讓他失望了。」

她一個人，從幾乎被夏日荒草淹沒的小徑，慢慢地向著波光粼粼的西湖走去。

可惜，再好的湖光山色也無法讓她注目。她呆呆地低頭看著自己的手，許久，收攏了十指，緊緊握住拳頭。

年少時的她，立志要做一個讓公子永遠離不開的，最重要的人。

可如今她的手，已經廢掉了。

她失去了屬於自己的、最好用的手。

如今，她見過最好的手，長在一個與自己註定敵對的人身上。

卓晏盯著皇太孫殿下的手，發了一會兒呆。

聽說這雙手當年上過陣、殺過敵、開過弓、拿過箭，可是為什麼自己這雙養尊處優的手，似乎還比不上他呢……

此時這雙手正拿了一份案卷，放在他的面前：「廣東市舶司懷遠驛，兩年前四月份的案宗。你看看那個司南的檔案。」

「殿下在關注這群從忽魯謨斯回歸的海客？」卓晏掃了一遍，這一股海客，共有男女老少百餘人。自言是炎黃後人，先祖在宋亡之後漂泊海外。三寶太監下西洋後，他們尋蹤溯源回歸故土。

女子中，有一個叫司南的，其年十七歲。身可五尺二寸，手足修長，身材高䠷，皮膚微黑。語言有江南吳語腔，自言先祖為江南人，百餘年來未嘗忘卻鄉音。願與族人一起回歸故里，永世再不離華夏。

卓晏開動他那灌滿風花雪月的腦子，心想，皇太孫殿下難道是對這個姑娘動了心思，所以來找他參謀？

可這回歸時十七歲，如今都十九了。京城的閨秀們十四、五歲就出閣了，她年紀這麼大還嫁不出去，肯定是哪裡有問題。

難道皇太孫竟然好老姑娘這一口？

他還在胡思亂想中，聽得朱聿恆又問：「所以，阿晏你知道那個阿南的來歷嗎？」

卓晏呆了一呆，才迷惘地問：「哪個阿南？」

朱聿恆瞧著他，用盡量平淡的口吻說：「就是那日在酒肆，你邀約喝酒的那個姑娘。」

「哦，她啊，她是綺霞認識的一個姑娘，她們以前在順天相熟的。」卓晏竭力回憶當天那個姑娘的言行舉止。「據說她父兄逼她嫁給一個老頭兒，她只好跳河逃家，被人救到這邊來了。我見她如此可憐，便請她吃了頓飯……」

「被逼跳河？」朱聿恆脣角彎起一抹嘲譏的笑容。「這麼說來，確實可憐。」

「是啊，殿下您是沒看見她當時那狼狽的模樣，全身上下就沒有一處整齊的，披著件打了補丁的舊衣服，又披頭散髮……」卓晏說到這裡，才回過神來，遲疑地問：「殿下……找她有事？」

諸葛嘉和侍立在朱聿恆身後的韋杭之，一起露出看白痴的眼神。

卓晏不肯服輸，還他們以「莫名其妙」的表情。

朱聿恆停頓了片刻，只說：「你準備一下，待會兒隨我去一趟春波樓。」

「春波樓？這地兒我熟！」卓晏接觸到自己熟悉的領域，臉上頓時露出了燦爛笑容。「殿下以前去過那裡嗎？有相熟的姑娘嗎？」

「沒有。」朱聿恆打斷他的話，示意韋杭之向卓晏介紹一下情況。「我去那邊，等一個人。」

剛一出門，卓晏就揪住韋杭之的袖子，壓低聲音追問：「杭之，殿下看上那個女人了？」

韋杭之甩開他的手，說：「別胡亂揣測殿下的心思。」

「這不是揣測，這是關懷嘛、關懷！」

韋杭之遲疑半晌，有些惘然：「可能……確實有點興趣。」

畢竟，殿下當初在人群中第一眼看見她，就叫他去打探她的情況；這回廣東市舶司的案卷，也是八百里加急調來的。這麼興師動眾，只為了摸清一個女人的底細，還是殿下有生以來破天荒頭一次。

卓晏看著韋杭之的神情，嘖嘖搖頭去換衣服：「聖上怎麼選了你這根木頭當皇太孫的侍衛？這要是我的話，第一天就給殿下辦得妥妥兒的，直接把她扒光送到殿下床上了！」

韋杭之嘴角抽了抽，說：「你們神機營不是被她鬧得鬼哭狼號死去活來嗎？她把你們全營扒光了還差不多。」

「呵，平時看你不聲不響的，原來你嘴巴這麼毒啊！」卓晏正要和他理論，猛然間卻回過神來，差點咬到了自己舌頭。「她她她她她……她難道就是……大鬧神機營那個女刺客？阿南就是女海客司南？」

韋杭之板著一張臉：「而且也是昨天和你在酒樓裡喝酒的那個阿南姑娘。」

「什麼？」卓晏想起自己在酒樓裡悄悄透露給阿南的那些訊息，不由痛苦地捂住了臉。「要死要死要死，我還跟她說，女刺客身高八尺、腰闊十圍來著……估計她當時在心裡嘲笑了我一百遍啊一百遍！」

再一想，那姑娘雖然狼狽不堪蓬頭垢面，但自己當時還打過她主意來著——雖然好看的姑娘他一般都會打打主意——難怪殿下看上她。

韋杭之鄙夷地看著這個花花公子，示意他記住接下來的安排：「得了，這麼大的事你洩漏給了她，沒治你軍法是因為你不經意間接近了女刺客。現在你也算是認識她了，所以，有件事需要你去辦一辦。」

「行！殿下對扎手的刺玫瑰有興趣，我就義無反顧幫他把刺掰掉，摘下來送給殿下！」

夏天午後，西湖的暖風熏得人慵懶欲睡。

從西湖邊一路慢慢走回來，阿南因心情沮喪而整個人蔫蔫的。在院中坐了一會兒，想起到杭州後一直躲在屋內，前幾日在船上借的衣服，還沒歸還萍娘。於是她取出漿洗好的衣服，尋到石榴巷。剛走到巷子口，便看到一個女人坐在井邊，放聲哀哭。

正值晚餐時分，周圍沒什麼人。阿南聽那女人的哭聲淒苦絕望，擔心她會一時想不開投井自盡，於是就走近了幾步。

待看清那個人的樣子，阿南錯愕不已，趕緊幾步趕上去，挽住她的手臂問：「阿姊，妳怎麼會在這裡？」

這個放聲大哭的女人，正是她要找的萍娘，囡囡的娘。

萍娘哭得脫力了，兩眼都失了焦距，抬頭看她半晌，才認出她是誰，當即死死揪住了她的手，艱難發聲：「妳……妳為什麼要給我那麼大顆珠子，結果現在害得我家破人亡……」

阿南雙眉一揚，問：「是囡囡出事了嗎？」

「不……也不是妳的錯，我知道妳是好心……是我命不好嫁錯了人……」萍娘泣不成聲，但從她破碎的敘述中，阿南總算也拼湊出了來龍去脈。

原來囡囡把她送的大珍珠交給母親，萍娘一看就知道這珠子價值非凡，嚇得站在碼頭等到天黑，見她一直沒有回來，只能先帶著珍珠回家。

誰知她那個賭鬼老公見她這麼晚回家，一通逼問，搶了珍珠就去當掉了。因為身上揣著大筆的銀錢，他進賭坊賭了幾把大的，最終不但輸個精光，還欠下了一大筆賭債。

就在剛剛，來逼債的賭坊打手們，拿著她丈夫簽字畫押的字據，抓走了囡囡，要用她抵債。

萍娘從家中追到巷口，被那群人踹倒在地，再也追趕不上女兒，只能坐在這裡放聲痛哭，打算一死百了。

「我知道，姑娘妳也是好心……可、可現在全完了！我沒有女兒，真的活不了……」

「我替妳去找她。」阿南乾淨俐落地把自己帶來的衣服往她懷中一送。「哪個賭坊，要賣去哪兒？阿姊妳放心，今晚妳在家等著，我一定把囡囡帶回來。」

阿南就這樣，一腳踏進了春波樓。

春波樓，杭州府最有名的銷金窟。院落三進，第一進喝酒、品茶、聽書；第二進喝花酒、聽豔曲、看胡舞；第三進則鬥雞鬥蟀、走狗走馬、賭博擲彩。

本朝太祖對賭博深惡痛絕，被發現後剁掉雙手的賭徒都有，但立朝六十年後，風氣逐漸寬鬆，民間賭博之風漸盛。春波樓的幕後老闆能建出這麼大一個場面，自是手眼通天。

阿南進入第一進大門，逕自穿過熱鬧的說書人群，走向第二進院落。

坐在前頭聽書的一個錦衣青年轉頭看見她，眼睛頓時亮了，抬手抓了一把瓜子，就走到她面前。

他伸手攔住她，笑吟吟地攤開手掌：「阿南姑娘，瓜子吃嗎？」

阿南頓了頓，抬頭一看，原來是那位卓世子卓晏。

他今天依然一身貴氣逼人，紫金冠白玉珮，錦衣緊裹在身上，勾勒出他引以為傲的身材。

「咦，是你啊？」阿南沒料到在這裡能遇到這個紈褲子弟，詫異地眨眨眼。

卓晏嗑著瓜子和她聊天，彷彿兩人很熟似的：「妳怎麼來這兒了？哎呀今天衣服合身多了，頭髮也整齊了，就是還有點土氣，下次我教教妳最近江南的姑娘們時興穿什麼衣裳……話說兄嫂還逼妳嫁給老男人嗎？」

「我有點事，待會兒和你聊。」阿南現在哪有閒心和他閒扯淡，抓了兩顆瓜子，就往裡面走。

第二進門口的守衛看見一身粗布荊釵農婦打扮的她，正要伸手阻攔，卓晏在後面發聲說：「這是我朋友，進來開開眼的，你們別為難她。」

看看卓晏那通身氣派，守衛對望一眼，遲疑退下了。

穿過第二進院落，走到第三進院門前時，卓晏再度笑嘻嘻地抬手攔住了阿南，問：「阿南，妳知道這裡面是什麼地方嗎？我爹說過，其他地方隨便我怎麼浪，可要是我邁進這種地方一步，就要打斷我的腿啊！」

阿南朝這個花花公子笑了一笑，說：「聽你爹的話沒錯，好少年怎麼能來這種地方？」

說完，她也不管左右守衛，一腳就踹開了大門。

聚賭的地方和外間完全不一樣。

前兩進院落富麗堂皇，高軒華堂，怎麼氣派怎麼來；這裡卻是低矮的屋梁，密不透風的門窗，裡面烏煙瘴氣的，渾濁的氣息撲面而來。

阿南進去的動靜這麼大，那群賭紅了眼的人卻只有寥寥一、兩個轉頭看了她一眼。有人面露詫異，有人只顧著摟桌上的錢，還有人叫著：「呸呸，女人，真晦氣！這把又要輸了！」

阿南四下掃了一眼，逕自走到錢堆得最高那一桌，把輸得嗷嗷叫的一個男人推開，在莊家對面的椅子上坐下，低頭看了看桌上的骰盅，問：「怎麼來？」

莊家是個獐頭鼠目的中年人，摸著下巴鬍子道：「買大小，押注一兩起，輸贏一賠一，莊家抽一成。開盅前可以加注，最多一百倍。」

阿南一摸袖中，才發現來得太匆忙了，竟身無分文。

她轉頭朝門口的卓晏勾勾手指，說：「借一兩銀子給我。」

卓晏苦著臉，看看她又看看腳下門檻，天人交戰許久，終於邁進來摸出一塊散碎銀子給她：「一兩沒有，這是最小的一塊了。」

阿南入手掂了掂，丟在桌面上：「三兩四錢，全買大。」

這邊莊家搖盅呼喝大家下注，旁邊就有人拿了秤過來秤銀子，確認重量之後，給她換了三大四小七個銀餅子。

骰盅倒扣桌上，所有人落注完畢，揭開來果然是個大。阿南又將面前的六兩八錢全推到一起，繼續押大。

莊家這回搖的時間延長了一點，目光在阿南身上停了停，然後落下骰盅，示意眾人該下注的下注，該加注的加注：「開了開了，都快著點！」

站在旁邊的卓晏看見阿南不動聲色地摸上了自己的手腕。那裡面似乎有什麼東西，但因為有衣袖遮著，他只看出似乎是一個鐲子或者手環的輪廓。

開盅，十四點大。

莊家的臉色有些不好看，但也沒說什麼，示意大家繼續下注。

阿南繼續押大，根本懶得動。

旁邊幾個輸慘的賭徒便放棄了賭博，轉到這邊來看這女人賭博。

卓晏站在阿南身後，看她連押十二把大，莊家連開十二把大，就算是他這樣從沒賭過的人，也覺得牙酸起來。

阿南面前已經堆了如山的銀餅子和銀票，在她再次將所有賭注推到大上時，莊家終於開了口，說：「姑娘，在我們這邊耍詐，是要砍手的。」

「我沒耍詐呀。」她舒服地找了個慣常的癱軟坐姿，此時已經蜷縮在了椅圈內，把下巴擱在膝蓋上，笑吟吟地瞄著他，說：「我只是不讓別人使詐而已。」

這話一出，旁邊圍攏的賭徒們一看莊家的模樣，頓時個個都臉上變色，交頭接耳議論了起來。

莊家把骰盅一放，沉著臉道：「我看妳不是來賭錢的，是來鬧事的。」

「我真是來賭錢的呀。」阿南靠在椅背上，抿了抿鬢角一絲亂髮，脣角含著一絲輕淡笑意。「先贏點錢，順便在你們這裡贖一個人。今天你們帶進來的那個小孩，叫囡囡的，我想把她帶回去。」

莊家眼中閃過一絲訝色，又打量她幾眼，對後面人使了個眼色，說：「我累了，手不穩，跟堂裡說要換人。」

阿南也不急，甚至還將一隻腳蜷到了椅上，那姿態要多散漫有多散漫。

周圍人大譁，就連僅剩的幾個還在賭錢的，也都結了自己的錢，湊過來看熱鬧了。

有人嚷嚷道：「姑娘，要不妳拿了錢趕緊走吧，我估計鬼八叉要來了！」

「什麼鬼八叉？長得很醜像夜叉嗎？」阿南問。

眾人見她不知道，便紛紛說道：「鬼八叉啊！坐鎮春波樓的老供奉，傳說他曾經同時開八局，每一局都被他叉得死死的，所以人送外號鬼八叉！」

「哥幾個今兒先別走，留下來看看鬼八叉的手段，等著大開眼界吧！」

「喔，聽起來滿厲害的。」阿南隔著袖子撫弄自己的臂環，臉上笑意更濃。

「那我得見識見識。」

不多久，門簾一動，裡面出來一個乾瘦老頭，皮包骨頭跟骷髏似的。他往阿南面前一坐，問：「擲盧、骨牌、葉子戲，姑娘喜歡哪種，老頭陪妳玩玩？」

「老先生能同時開八局，想必術算很厲害，那我們就來玩一玩骨牌。」阿南俐落地說道：「不過賭注我先說好了，我得要一個人。」

「就是今天送來那個小女孩嗎？」鬼八叉扯著豁了門牙的嘴巴一笑。「人就在後堂，妳放心，先推幾方再說。」

骨牌中推一條，即洗好牌後兩兩疊砌，然後雙方擲點拿牌，按大小進行賠吃。然後雙方繼續擲骰，不斷推下一條，將一副骨牌翻完，稱為推一方。

在這個過程中，看運氣，也看記性和計算。一是要記住已經翻出過的牌，二是要計算還未翻開的骨牌中，對方拿牌的機率和剩餘牌面組合的可能性。骨牌一副三十二張，共用四副，每次出八張，因此每次推一條下注時，進行的計算都無比繁雜。

卓晏之前沒有賭過，看不懂他們的牌，只見阿南的手不斷摸牌又不斷打出，也不懂什麼意義。他只注意到她手心手背和手指上有不少細小的傷痕，和皮膚上的細紋混在一起，根本數不出數目來。

而且，她抓東西的時候，手特別有力，握牌的時候簡直不是在捏，而是在攫取掌握，那牢固執拗的模樣，似乎永不會放手。

卓晏正神遊天外，沒注意到隨著牌局的進行，周圍所有人都靜了下來，只剩下眾人的呼吸聲，在壓抑低矮的屋內迴蕩。

其中最急促最大的呼吸聲，來自於鬼八叉。

他盯著桌上翻開和未翻開的牌，臉色灰白，額頭冷汗涔涔。他眼睛閉了又睜，睜了又閉，卻遲遲沒有擲出下一把骰子。

而他對面的阿南，卻是悠然自得地敲著手中的骨牌，說：「老先生，年紀大了，就別硬撐著啦。咱們已經推了十一局，四十四條三百二十張牌，八八組合數目以億萬計。你當年能同時開八局，可現在你算不過來啦，要還不放棄我這一局，恐怕心力交瘁失了神智，餘生都無法再摸牌了。」

鬼八叉沒理會她，咬牙盯著桌上那些剩餘的牌，悶聲道：「老頭我成名的時候，妳個小丫頭的媽還不知道哪兒呢，我——」

話音未落，他悶哼一聲，忽然就翻了個白眼，仰著頭整個人向後翻去。只聽咚的一聲，連人帶椅翻在了地上。

旁邊人嚇得趕緊上前把椅子抬起來，再看鬼八叉時，他臉色慘白牙關緊咬，身體顫抖，那瘦骨嶙峋的胸口似風箱般劇烈起伏，竟是出的氣多，進的氣少了。

阿南把手中牌一丟，說：「我說吧，心力交瘁，厥過去了。趕緊的抬下去請大夫瞧著吧，以後好好養老，別再上賭桌了。」

一直坐在旁邊盯著牌局看的前莊家，此時霍然站起，指著阿南叫：「我就說妳使詐了！真是膽大包天，敢到這裡來鬧事！」

阿南撩起眼皮瞧了他一眼，笑了笑，問：「是嗎？那我怎麼使的？」

「把妳的手給我們看看！」那人俯身越過檯面，抬手就向她的手臂抓來。「我注意妳的手臂很久了，裡面是什麼？是不是妳使詐的……啊！」

他的動作很快，卻不料阿南的手更快，只看見白光一閃，血珠飛濺，兩截斷指伴著莊家的慘叫聲，掉落在了阿南面前桌上。

誰也看不清那閃過的白光是什麼，等回過神來時，只看見莊家握著鮮血淋漓的手慘叫，那隻右手上，食中二指已經各被削去了一個骨節，正在汩汩冒著鮮血。

阿南放下了蜷在椅上的腿，身體靠在椅背上，還是那副沒骨頭的懶散模樣，脣角的笑容沒有減淡也沒有加深：「到底是我使詐，還是你們使詐，叫你們話事人出來說明白。」

在那人握著自己手掌的慘叫聲中，昏厥的鬼八叉被匆匆抬走。同時來了八個護院，個個手中拿著棍棒，如狼似虎。

卓晏惶急地看看周圍，又低下頭問阿南：「妳知道這是什麼地方嗎，就在這裡鬧事？」

「什麼地方啊？」阿南反問。

卓晏看看周圍，急得直跳腳，把聲音壓得更低：「這裡明面上是個揚州大賈開的，可事實上，背後的人，是宋言紀！當今聖上面前都說得上話的大太監，上次我跟妳說過的，被派遣來監督制衡我們神機營的宋提督，妳明白嗎？」

「喔……」真是冤家路窄，怎麼又走到這個宋言紀的地盤來了。

阿南笑嘻嘻地從面前銀餅子堆中拿出個五兩的丟給他：「這個還給你，連本帶利，咱們兩清了，你快走吧。」

卓晏把那塊銀餅子拍回她桌上，一副又急又氣的模樣：「妳快跑啊！這麼多人要打妳呢，妳一個女孩子怎麼辦？」

「卓世子說笑了，我們是做生意的，和氣生財，怎麼會動手呢？」後間的簾幕一掀，這回出來個白胖的中年人，圓圓的臉，圓圓的下巴，又滿臉堆笑，要不是嘴脣上有兩撇鬍子，看起來就跟年畫上抱鯉魚的胖娃娃似的。

他說話的語調也是和和氣氣的，甚至帶著點嫵媚。

阿南一聽到這聲音，再一看他那兩百來斤的身軀，頓時想起來了——這不就是當時在神機營，把她帶入困樓的那個胖子嗎？

胖子走到阿南面前，笑得臉上的肥肉都快淌下來了：「姑娘，我在這裡還說得上話。您也別急，有什麼事情就言語，咱們先解決了您的事，然後您看著給劉鼠兒補點湯藥費。他少了兩截手指，以後吃不了這碗飯，家人生活可成問題，您說是不是？」

「你說的是，是我太衝動了。」阿南見他說話這麼講理，就從自己面前堆得小山似的銀餅子中分出一堆，說：「這份，給那位師傅補償，這另一份——」

她指指大的那一堆和那摞銀票，說：「我來贖囡囡，就是今天被她爹賣進來的那個女孩兒，不知道價目夠不夠？」

「哎唷，價目是夠了，她爹沒欠這麼多錢。」胖子那副笑模樣，跟面具似地貼在臉上，十成十的真摯。「但是不巧，在您賭錢的時候，有位客人已經把她買走了，賣身契都已經收了。」

阿南一抬下巴：「那讓我見見他，或許有得商量。」

胖子笑道：「這個自然，對方說，要是姑娘您有興趣的話，他也願意和您賭一場，賭注是那個小孩兒的賣身契。」

阿南一抬下巴，說：「可以，讓他過來呀。」

胖子立即躬身掀開簾子，做了個請的手勢：「請姑娘到裡面來，那位客人正在等妳。」

卓晏有些遲疑地看看阿南，正想說什麼，阿南卻揚眉一笑，早已站起身，拂拂袖子就向內走去。

穿過後堂，便是最後一進院落。

前面幾進院落的侈靡紛亂一掃而盡，寂靜竹林中，一排燈燭沿著竹林小徑，延伸到荷塘水榭之上。

水榭周圍，荷花正在夜色之中盛開，四周高懸的燈光照在荷葉上，泛著銀色反光。在水榭之中，已經設下了一張方桌，兩把椅子。

此時，背靠荷塘那邊的椅子上已經坐了一個人，一張湘妃竹簾自上方垂下，底端離桌子有半尺多高，足以令對局的人看清整張桌子上的東西，又隔開了左右兩邊的人的面容。

阿南走進水榭，透過簾子後的微光，看見了那個人的身影。

坐著不動也顯得清逸秀拔的身材，偏生坐姿又極為端嚴，這讓阿南的心中頓時咯噔了一下。

然後，她就看到了他的雙手，慢慢抬了起來，放在了桌子上。

燈光之下，這雙手白皙如玉，粲然生輝。前次的傷痕尚在虎口處，淡淡的紅色痕跡，卻絲毫未損壞這雙手的完美。

即使有簾子相隔，阿南的脣角也略微揚了起來，盯著他的手移不開目光。

真是好久不見啊，這雙她平生僅見的，令她神魂顛倒的手。

荷花的暗香，在夜色中隱隱襲來，似有若無，和此時的夜風一樣飄忽。

透過簾子逆照過來的光，把對面人的影子映得迷離動人。

阿南其實很想探頭到簾子下，看一看對方到底長什麼樣。不過正事要緊，她還是硬生生忍住了。

一拂裙襬，她旋身坐在他對面，笑道：「真是緣分啊，又見面了。」

朱聿恆特意命人在中間放下簾子，便是不想和她碰面，沒想到她卻第一時間認出了自己。他抿脣不語，只點了點桌子，示意她坐好。

阿南習慣性地縮起腳：「這麼多玩意兒，咱們玩哪種？」

「骨牌。」朱聿恆說話的聲音不緊不慢，比她還要淡定。「妳能在十一局內把鬼八叉逼到絕路，想必是絕頂高手。我不會占妳便宜，就玩妳拿手的。」

阿南活動著手指，說：「好呀，不過我可不願再白忙活一場了，咱們先把賭注給押了。」

朱聿恆沒說話，只將一張紙拿出來，放在桌子一側。

正是囡囡那份賣身契。

「這是我的賭注，妳的呢？」他又不疾不徐問道。

阿南說：「我今晚贏來的錢，本來打算贖囡囡的，現在全押上好了。」

「我對錢沒興趣。」

阿南便問：「那你對什麼有興趣，而我又剛好能押的？」

「妳。」朱聿恆說。

這確鑿無疑的話，讓阿南的胸口猛然一撞，像是被他直擊了心肺。

然後，她才恨恨地想起來，可不是麼，這男人一開始潛入她家，就是想把她搞到手，好逼問她蜻蜓的事情。

休？」

她有點生氣，臉上卻反而露出笑容，問：「怎麼，拿到了我的蜻蜓還不肯甘休？」

他頓了頓，說：「蜻蜓對我無用。」

「喔……」阿南意味不明地應了一聲，臉上笑容燦爛。「意思是，我才是你想要的？」

他在簾子那一邊語調平緩，不置可否：「公平交易，一賠一，我們都不吃虧。」

「誰說不吃虧了？我和囡囡只有一面之緣，就要搭上我自己，你覺得這公平嗎？逼急了我直接去搶人就是。」

「搶回來的話，以後他們一家人的日子就沒法過了。」他的十指緩緩交叉在一起，普通人應該會顯得懶散的動作，他卻做得力度沉穩，從容不迫。「我聽說坊間有一句話，叫漫天要價，著地還錢。我既然開了價，妳為什麼不試著還一還？」

阿南笑了：「喔……那我應該怎麼還比較好？」

「一年。」他豎起一根手指。「我不需要妳的一輩子，我只要妳接下來的一年，這樣公平了嗎？」

「如果要公平的話，你也得給我搭一件賭注，不然我也是虧大了。」

他問：「搭什麼？」

「你。」她學著他的樣子回答，笑咪咪地支起了右頰，笑得天真可愛。「我也想要你一年，就接下來的這一年。」

旁邊的胖子臉上的肉抖了三抖，緊張地看向朱聿恆。

「不可能。」朱聿恆冷冷道。

「你看，你自己做不到的事情，卻偏要強迫我接受。」阿南抬頭看看月色，催促道：「得了，把賣身契擺上來吧。我贏了帶走囡囡，你贏了的話……那我像以前一樣，替你們神機營辦件事吧，只要不違法、不悖德就行，可以了吧？不過你可要知道，我這輩子打賭，還沒輸過呢。」

她聲音似在笑語，但強硬的口吻，卻分毫不差地顯出了她的堅定立場。

他若有所思：「這可是妳說的，任何一件事，願賭服輸？」

「願賭服輸。」阿南揮揮手道。

朱聿恆從抽屜中取出一份早已擬好的賣身契樣式，壓在賭桌另一邊。

阿南掃了一眼，上面寫著以身相押，願賭服輸，若輸了寧願為奴為婢一年，絕不生異心之類的話。

「那好，那件事就是，簽了這份賣身契。」他指著下面空白的立契人處說道。

「呵，敢情你早就準備好了啊！」阿南頓時笑了，用手指在上面彈了彈。「我說的是替神機營做事。」

「神機營在我轄下。」

「你這是擺好了圈套給我鑽？」

朱聿恆沒搭理她的廢話：「反正妳也沒輸過，應該不怕的。」

第一次是偷，第二次是搶，第三次是騙。這架勢，阿南覺得自己還真得好好琢磨琢磨，是不是曾經欠過他什麼。

拍拍囫圇那份賣身契，阿南毫無懼色地衝他一抬下巴：「一局定輸贏？」

「不。」朱聿恆搖搖頭，說：「我還得熟悉一下。現在開始到三更吧，以更漏為準，時間一到就停手數籌碼。」

「好，到時候誰少一個子誰算輸。」阿南無可無不可，直接示意旁邊人上牌。

「開吧！」

一百二十八張骨牌，倒扣在平滑的紫檀木桌面上，阿南見他沒有動手的意思，便自己伸手去洗牌，一邊偷眼看對面的人。

簾子後的他影影綽綽，但依然可以看出他若有所思的目光定在她的身上，卻並未看她手上的動作，一點都不像會怕她耍手段的樣子。

阿南心裡就有些計較了——這有恃無恐的樣子，這人該不會是賭場老手加高手吧？

結果他一上手，她就發覺自己大錯特錯了。那生疏的摸牌手法，那牌都不知道怎麼擺的姿勢，那拿了牌都要看她的姿勢一眼才知道怎麼豎起來的架勢……

這個人，看來是人生第一次打骨牌吧？
想起他說的，還要熟悉一下，阿南簡直想仰天大笑。
這根本就是躺贏的局啊，給她三更時間，看她把他玩成個豬頭！
後院無人，周圍一片安靜，只有胖子侍立在旁邊，給他們添茶倒水。
他打得確實差，完全就是個新手，連出牌的規則都要胖子在旁邊偶爾講解一下，才能明確如何按照規矩打。
所以阿南很悠閒，甚至還跟簾子後的朱聿恆扯起閒談來：「喂，你們宮裡人不打牌嗎？」
胖子頓時臉色大變，惶惑地看著朱聿恆。
而他的手略微一顫，把一張絕對不該打的牌丟了出來：「怎麼看出我是宮裡人？」
「那難道神機營也不打牌嗎？」阿南心花怒放，推倒面前骨牌，又贏了一條，伸手去開下一條。「你這樣的人，能隱藏自己的身分嗎？宋言紀宋提督，你說呢？」
「呃……」胖子喉嚨像被人掐住一樣，咕嚕地響了兩下，硬是嚥下去了，沒發出來。
而朱聿恆沒說話，甚至動都沒動一下，但只那麼坐著，便已經感覺到他周身森冷的氣息。

見他臉色難看，胖子小心地看著他，張了張嘴，似乎想說什麼。

「退下。」他冷冷地擲出兩個字。

胖子趕緊躬了躬身，快步出了水榭。

朱聿恆上手緩緩洗牌，清冽的聲音也略有些遲滯：「妳……是怎麼認出我身分的？」

「我猜的。」她手上飛快地疊著牌，因為他在自己面前吃癟，感到特別愉快。「看你這架勢嘛，神機營所有人都對你恭恭敬敬的，又隨便就能在後院安排下這麼大的場面，肯定是這裡的大人物。聽說這春波樓的幕後老闆就是宋提督，所以我就隨便猜猜，沒想到果然猜中了。」

「哼。」他冷哼一聲，沒再說話，只是周身冒出的氣息更冷了。

阿南猜測他大概因為太監的身分被她看穿，有些惱羞成怒了。她心下更加愉快，想著這個宋言紀本來就不會玩骨牌，現在情緒不定，應該會輸得更慘吧。

可惜她的心理戰沒有成功。不過幾局，他摸清了骨牌的規則，下手又俐落又凶狠。

摸牌，算牌，出牌，不假思索行雲流水，雖依然在輸，但幾局下來，阿南發現他儼然已開始把控節奏，自己竟然是跟著他在打了。

「不能啊……」阿南自言自語，明明他不可能使詐，更不可能懂得骨牌的套路，可為什麼每次下注、跟注、撤注都是有如神助？開牌就贏，撤注就輸，消牌從不失手，打得那叫一個滴水不漏，不但就此守住了陣腳，甚至還隱隱有扭轉劣勢的趨勢。

「你真的是第一次打骨牌？」阿南問。

他用那雙漂亮至極的手捏起兩張牌，看了看，推倒在她的面前，嗯了一聲。

阿南打眼一看，簡直都要氣笑了——雙梅花，他就這麼隨隨便便摸到，還隨隨便便打了出來。

「你不怕我出雙天牌？」她咬牙撇了牌，開下一條。

「不可能。妳手中的牌，勉強湊一對雜七，一對銅錘，敢翻的話，我和妳全賭。」

「不用翻了，我撤注。」阿南直接把牌給埋了，然後惱怒地問：「你是不是偷看了？」

「我只是按照機率來推算。」

「怎麼推算？我下一局就能拿天牌，你也算得出來？」

他掃了一眼牌桌，說：「不能，妳現在同時拿到兩張天牌的機率，不到六千四百分之一。」

阿南不由敲了敲手中的牌，翻過來看了看。但以她的眼力都看不出暗記來，這個可能性大概沒有。

這個人的演算法，好像和她的不太一樣。

幸好，二更已過，阿南算了算自己的輸贏，只要穩住，在三更之前輸得慢一些，反正多一文錢都是她贏。

為了拉慢節奏，阿南便和他開始閒扯淡：「你這樣子，不太常像玩骨牌，之前都是玩什麼的？」

他看著牌桌，敷衍道：「下棋。」

「下棋？圍棋？象棋？雙陸？」

「圍棋。」

「你看起來不像是能坐在那兒下一整天圍棋的人。」

他頓了頓，說：「是，一般十幾二十步左右，我會覺得那局棋已經結束了。」

阿南正想笑，但再想了想，又覺得頭皮有點發麻，問：「你……的意思是，你已經知道了後面所有的棋步？那你下棋時最多能算幾步？」

他淡淡道：「九步。」

阿南想了一想棋盤的樣子，頓時頭皮發麻。

十九路圍棋，共有三百六十個可以下棋的點。他的九步，是指棋盤上所有能下的點，在九步之內，後續可能的所有變化。

所以他的演算法是，三百六十個可能性乘以三五九乘以三五八……一直乘到三五二。

最可怕的是，看他遊刃有餘的樣子，如果有可能，他也許能從九步之後再延伸九步，直至終盤。

她聲音有點顫抖了：「算錯過嗎？」

「沒有。」他毫不猶豫。

阿南只想掀翻面前的桌子，大喊一聲「老娘不幹了」！

這種怪物誰能玩得過？片刻間能進行恆河沙數計算的人，算面前這一百二十片骨牌不是跟玩兒似地嗎？

而簾子那一邊的朱聿恆，不鹹不淡地提醒了她一句：「別拖延了，這一局後，我們的籌碼就一樣多了。」

阿南不服氣地反問：「我獲勝的機率是多少？」

「十一點。」他攤開手頭的牌。

那不就是說，他獲勝的可能性接近九十？簡直是碾壓嘛。

阿南悻悻丟了手中牌，洗了一輪之後，抬頭看看月亮。

可惜，還有一刻多時間到三更，無論她怎麼拖延，也夠他們打完下一局的。

阿南喀喀疊好牌，又調轉了幾次，然後示意朱聿恆擲骰子。

骰子從他指尖滑落，他的手指比象牙還要溫潤，阿南忍不住就看了又看。

這雙合乎自己所有理想的手，她怎樣才能搞到手呢？

有點難。但目前她面前就擺著這個機會。

也許是，她唯一的機會。

阿南擲點比較大，先抓了一把，開出來不過是一些雜牌。

不過這一局就是如此平淡，朱聿恆也只拿到一些小牌。

眼看牌漸漸少下去，阿南掃了桌上的牌一眼，對剩下的牌已經心裡有數。

她臉上卻毫無異狀，只笑嘻嘻問：「宋提督，你今天身上也很香呀，好像和上次在困樓裡的不一樣？」

他的手微微一顫，顯然是想起了困樓中的那些曖昧。

「怎麼樣，這次的香，你知道配方嗎？」她說著，趁著他心神紊亂，抬手就去抓剩下的那幾張牌。

可惜他的手只頓了那一下，便隔簾伸來，握住了她的手腕：「還未擲點。」

和那晚在黑暗中一樣有力而穩健的手，手指收緊時充滿握力感，穩固得彷彿永不會失手。

「哦……對哦，說著我就忘記了。」阿南毫不羞愧，抽回自己的手，捏起那三顆骰子。

他又說：「上一條是我贏，所以，我該先擲。」

「一點都不肯讓我？」阿南笑笑，把骰子丟給他。「好吧，看你能擲出多少點。」

月上中天，二更三刻早已打過，三更即將到來。

這糾纏了半夜的賭局，即將落下帷幕。最終的勝敗，就在最後這一把牌上。

阿南的目光在旁邊被推掉的牌上掃了掃，又將彼此打過的牌在腦中過了一遍，忽然開口說：「剩下的牌中，還有一對至尊寶。」

他沒有回答。骰子擲出，塵埃落定，十七點。

三枚骰子，最大的數就是十八點。

「該妳了。」他的聲音，與剛剛的波瀾不驚相比，更帶上了一種塵埃落定的從容。

「你既然能記得所有牌的落點，所以，你當然知道，擲出較大點數的人，能拿到比較好的牌——也就是，那對至尊寶……」阿南抬手將那兩枚骰子在手中拋了拋，笑著問：「所以你不肯讓我搶先，一定要自己先拿牌，這樣，就穩操勝券了？」

他不置可否：「除非妳擲出個最大點。」

阿南笑著瞄了那摞牌一眼，將手中的骰子吹了吹：「看來，只能讓你見識見識，什麼叫天命了。」

阿南將兩顆骰子在手中轉了轉，對他一笑，然後將骰子直接丟在桌上。

「至尊寶的機率這麼低都能碰上，看來我是天命所歸！」

隨著她的話音落下，在桌子上滴溜溜打轉的骰子，也喀答一下，停了下來。

三個六，正是十八點。

他那雙擱在桌上的手猛然收緊，勻稱的骨節因為太過用力，泛白中隱隱顯出一種青色來。

「承讓了。」阿南一笑，抓過前面兩摞疊好的牌，在桌面上嘩的一聲攤開。

第一摞的第二張，么二。

第二摞的第三張，二四。

黑紅色的點數，在瑩潤的象牙骨牌上無比鮮明，清清楚楚。

遠處的更樓上，三更鼓敲響，迴盪在整個杭州城的上空。

阿南笑著站起身，問：「三更到了，勝負已分。我可以去領人了？」

他頓了片刻，抓起囡囡的賣身契丟給她，一言不發。

阿南把賣身契接過來，看了一遍，又問：「願賭服輸，不反悔？」

他呼吸急促了一、兩聲，然後說：「不反悔。」

「那就好嘛。」她說著，將囡囡的賣身契妥貼地放入懷中，然後又說：「為了感謝你這麼爽快，我告訴你一件事吧。」

她說著，笑咪咪地側坐在桌沿上，湊近簾子：「你讓胖子走得太早了。其實骨牌還有一個規矩，擲骰子輸掉的一方，如果覺得有必要，可以指定贏家拿牌的順序。所以剛剛其實你能讓我從前面開始拿，也能讓我從後面開始拿，還可以從中間拿——可惜啊可惜，你還是太嫩了。」

站在簾子後的人影，瞬間似有僵直。

阿南更加愉快了，便又說：「其實有件事我一直覺得挺不公平的。憑什麼你對我的長相一清二楚，而你卻一直隱在後面，不肯讓我看到你的模樣呢？」
他站在簾子後，目光定在她身上，卻並未搭話。
「好歹也賭到了三更，咱們也算是有一夜露水緣分的人了，你說呢？」
「半夜聚賭，算什麼緣分。」他冷冷道。
「說是這樣說……」話音未落，她忽然一揚手，新月痕跡劃出的弧線在他們中間一閃即逝，那道湘妃竹簾已經被她劈成兩半，嘩的一聲掉落在賭桌上。
空氣被攪動，水榭的燈也因此微微搖動，動盪的燈光與搖曳的波光一起，恍惚照亮了站在水榭那一端的人。
和她想像中的，陰鷙缺損的太監完全不同的模樣。
先是一雙光華銳利的眸子，深黑灼人地直刺入她的胸臆間，暗夜波光亦不如他的目光深邃。
然後，她才看清他的模樣，在散亂光芒下自帶凜冽氣場，無匹矜貴，彷彿帶著足以覆照萬人的光華，令她一時不敢直視，怕多看一眼也是奢侈。
只有這樣的人，才配得起這樣的一雙手。
可惜，他的容貌足以令她傾倒，可這凌人的氣勢，通身的威壓氣場，令阿南那欣賞的心都淡了。甚至一時，她還有些後悔自己為什麼要削掉那道簾子。
他合該站在九重臺閣之上，離她這種憊懶凡人遠一些。也合該隱在黑暗中，不要站在她面前。因為她擔心自己會和此時的月光一樣，臣服在他腳下，傾瀉難收。

「長得這麼好看，為什麼要遮遮掩掩的？」她笑嘻嘻地問，完全是浪蕩子調戲良家婦女的口吻：「敞開了讓我們觀賞觀賞，造福我等姊妹，不好嗎？」

他臉色上像罩了一層嚴霜，冷冷看著她，帶著倨傲與薄怒。

她也無心多待，一個翻身輕快地落地，做了個揮別的手勢：「那就這樣，願賭服輸的宋提督，告辭！」

「站住！」她才走了兩步，身後就傳來他失控的叫聲。

阿南停下腳步，回身看他：「怎麼，不是說了不反悔嗎，想變卦嗎？」

夜風徐來，燭火明滅不定，照得他的輪廓更為深邃，那神情也更為恍惚迷離。他以無比深黑的眸子盯著她，一字一頓地問：「再賭最後一把？」

「喔……不服氣嗎？」阿南眉眼清揚，雖然打了半夜的牌，可她的眼睛依然那麼亮，像一隻越夜越精神的貓。「你覺得，下一把你就會贏？」

「不鑽漏洞，不使詐，一把定輸贏。」他的目光中湧動著一種突如其來的火光，彷彿灼燒了他整個人的神智。

「是嗎？你覺得如果我不使詐，你填補了規則漏洞，就能勝券在握？」阿南重新在桌前坐下，蹺起腳靠在椅背上，依然還是那副沒正行的模樣。「那你跟我說說，你覺得自己勝率是多少？」

「九成九以上。」他一字一頓地說。

他能知道所有牌面，能掌控雙方拿牌的順序，不說十成十的把握，只不過不想把話說死。

「好啊。」阿南輕挑眉毛。「賭注呢？」

「妳，或我……宋言紀的一年。」他點著桌上那份空白賣身契。燈光從斜後方照來，他臉上陰影濃重，晦暗深沉，如同暗夜籠罩的深海。

不聲不響，但那深邃的情狀，似要吞噬掉面前的她。

「可以呀，我賣身和你宋提督賣身，居然能相提並論，怎麼看都是我賺到了。」

阿南雙眼亮得灼人，笑容粲然若花，笑吟吟的目光從賣身契上轉到朱聿恆臉上，春風得意。

拿著骰子掂了掂，手指一捻，它們便歡快地在桌面上旋轉跳動起來。

「來吧，看今晚到底，誰能把誰搞到手。」

第六章　此時此夜

門鎖和鐵鍊被嘩啦啦取下，門吱呀一聲推開。

瑟縮在牆角的囡囡心驚膽顫，抱著自己膝蓋的雙手死命收緊，因為恐懼而忍不住哭叫出來。

進來的人提著一盞橘黃的風燈，見她嚇成這樣，忙幾步走來，提燈照亮了自己的臉：「囡囡不怕，是我呀，姨姨來帶妳回家。」

囡囡抬頭，依稀看見面前人正是和自己一路從順天到杭州的阿南，又聽她說帶自己回家，頓時死死抱住阿南的雙腿，不肯放開。

「不哭不哭，別怕，來，先吃顆糖。」阿南從袖中摸出一顆糖塞在她的口中。「妳說過的，吃了糖就不哭了。」

囡囡含著甜甜的糖，點了點頭止住號啕的哭聲，但眼淚還是一直在掉落。

阿南俯下身，想將她抱起，然而囡囡已經七、八歲，雖然小胳膊小腿的，但她一手持著燈籠，一手要抱她也是不易。

一直跟在她身後的朱聿恆，俯身替她將囡囡抱了起來，問她：「去哪兒？」

他挺拔偉岸，囡囡小小的身子在他懷中如一片羽毛般輕飄，毫不費力。

阿南直起身，提著燈籠說：「清河坊旁石榴巷，送囡囡回家。」

他抱著囡囡跟在身後，而阿南提著燈籠，腳步輕快地走在前面。

出了院門，來到前院，卓晏和胖子坐在已經熄了大半燈火的庭院中，一個在嗑瓜子，一個在踱步。

看見他們出來，卓晏丟了手中瓜子蹦上來，正要開口說話，胖子扯了扯他的衣袖，示意不要輕舉妄動。

卓晏卻不懂，殷勤地伸手，要從朱聿恆手中接人：「這小姑娘真可愛，我替您抱……」

「不用，就讓他抱著吧。」阿南隨口說：「讓你們提督活動活動身子，畢竟以後也得學會伺候人了。」

「提……督？」卓晏有點疑惑，但再一想朱聿恆倒也確實是聖上欽點的三大營提督，便又問：「什麼伺候人？」

阿南伸手入懷，想從懷中掏出那張賣身契，讓他們開開眼，看看賣身契的落款上，那端正清晰的三個字——宋言紀。

但是，她立即就接到了朱聿恆那要殺人的眼神。

對哦，人家堂堂神機營提督，怎麼能在下屬面前丟臉。

阿南吐吐舌頭，笑著又把手縮了回來，說：「沒什麼沒什麼，我是說，你們提督以後和我一起住，估計沒人伺候了。」

卓晏下巴都快掉了：「可、可提督日理萬機……怎麼能跟妳住在一起？」

胖子更是崩潰，喉口格格作響，就是擠不出任何字來。

阿南轉頭看向朱聿恆，而他置若罔聞，只平靜道：「這是你們的事，去辦妥就行。」

卓晏和胖子面面相覷，片刻後，胖子臉有些扭曲地問：「那……那提督大人，您什麼時候回京？」

朱聿恆略一沉吟，說：「必要的時候。現在，我得與她一起。」

最後這「與她一起」四字，簡直是從牙縫間拚命擠出來的，又狠又快。

卓晏和胖子又不免顫抖了一下，感覺後背都是冷汗。

怎麼辦？天下是不是快要完了，皇太孫是不是被這女人挾持了，這不是天傾西北、地陷東南，連媧皇都難救了？

神采飛揚的阿南，完全不在乎他們的神情，畢竟能贏得神機營提督賣身給自己，她覺得已經到達人生巔峰。

她愉快地伸手一拍朱聿恆的背，說：「走吧，送囡囡回家。」

星空之下，暗夜之中，杭州的長街寂寂無人。阿南提著風燈，朱聿恆抱著囡囡，兩人一路向清河坊行去。

他在身後，腳步很輕。而她手中燈籠的光芒，橘黃溫暖，一直照亮面前的路。

囡囡一家人生活窘迫，租了個破落院子裡的一間屋子，屋子是個角落廂房，陰暗潮溼。

萍娘等了一夜又哭了一夜，眼睛已經腫得像個桃子，看見女兒回來，拉著囡囡跪下就給阿南叩頭謝恩，被阿南扶起後又張羅著讓他們吃點東西再走。

賭了半夜，阿南也是真餓了，就沒推辭。

萍娘俐落地生了火，先煮了些蕎麥麵條，又敲開隔壁門借了兩個雞蛋，蓋在麵條上。

阿南和囡囡一起捧著熱騰騰的麵，歡快地吃開了。

朱聿恆看看那碗黃黃黑黑的蕎麥麵條，再看看上面那個寡淡的水煮荷包蛋，把臉轉向了門外。

萍娘頗有些尷尬，陪著笑說：「這……要不我再去借點油鹽……」

阿南沒回答她，把筷尾在桌上點了點，看向朱聿恆：「過來。」

她的聲音並不響亮，但朱聿恆看著她眼中那一點銳利的光，遲疑了片刻，終於慢慢走了過來。

「坐下，給我吃麵。」阿南的聲音還是低低的，但語氣短促而凝重，不容置疑。「一根都不許剩。」

萍娘忙說：「妹子，別勉強小兄弟了，我、我再……」

「阿姊妳別管，這是我們的事。」阿南拍拍懷中那張賣身契，盯著朱聿恆。「願賭服輸，你自己親手簽下的字據，還字跡未乾呢，這麼快，就不聽話了？」

他抿脣遲疑了片刻，終於抄起桌上的筷子，夾起麵條，一口一口吃了起來。

缺油少鹽的麵條，他幾乎沒怎麼嚼就吞下了，那姿態居然也很文雅，沒發出一點聲音，一看就是從小注意保持良好儀態的，已經習慣成自然了。

囡囡在旁邊偷看著他，怯怯地說：「哥哥，雞蛋也很好吃哦。」

「雞蛋不給他吃。」阿南抄起筷子到朱聿恆碗裡，把荷包蛋夾到了囡囡的碗中，說：「給妳吃，妳正長身體呢。」

朱聿恆瞪了她一眼，阿南毫不示弱，一抬下巴：「湯。」

他咬牙埋下頭，忍辱負重，一口一口喝乾了碗中湯。

正在此時，虛掩的門被推開，一個乾瘦的男人探頭進來，一看屋內有生人在，頓時愣住了。

萍娘一把摟住囡囡，憤恨地看著男人：「你……你還有臉回來！你再敢動一下囡囡，我就……我就和你拚命！」

那男人點頭哈腰進來，臉上又是尷尬又是痛悔：「阿萍，我那不也是沒辦法麼？不簽那賣身契，他們就要砍我一雙手啊！」

囡囡緊緊抱著母親，怯怯看著自己父親。而萍娘死死抱著女兒，狠狠瞪著他。

阿南正想著是不是幫萍娘把這人打出去，和他恩斷義絕時，那男人已經趕上來，撲通一聲就跪在了萍娘的面前，將她和女兒一起緊緊抱在懷裡，痛哭流涕道：「阿萍，我錯了！我不該想著風頭好贏幾把大的，以後讓妳們娘倆天天吃香的喝辣的，我該死，我不是人！」

他說著，騰出一隻手，連連抽自己嘴巴，啪啪有聲。

囡囡嚇壞了，趕緊拉住他的手，大哭起來。

萍娘把囡囡的臉埋在自己懷裡，別過頭去不看他：「婁萬，我天亮就帶囡囡回娘家去，以後你自己過日子吧！」

婁萬死死揪著她的衣服，急道：「阿萍，妳說什麼胡話？囡囡這不是回來了嗎？我這次真被嚇到了，以後再也不賭了！再賭……再賭我就拿菜刀把自己手給剁了！」

萍娘捂住臉，偏過頭去，竭力壓抑自己的嗚咽。

婁萬說著，眼淚也下來了：「我真的改了，阿萍……我們一起撐船運貨，我下苦力賺錢，把囡囡養大，把屋子贖回來，我讓妳們過上好日子……」

見父親痛哭流涕，囡囡趕緊從萍娘的懷中伸出手，用小手幫他擦眼淚：

「爹，囡囡守船艙做飯，讓阿爹阿娘累了就有飯吃，能安心在船艙裡睡覺。」

男人連連點頭，又抓著萍娘的手，哀求地看著她。

「娘，以後阿爹不去賭錢了，我們就能回家了，種絲瓜，養小雞，每天都有雞蛋吃，不用向別人家借了……」囡囡挽住爹娘的手，把他們連在一起，天真道：「以後我還要有小弟弟小妹妹，我要做大姊，把他們照顧得白白胖胖的……」

「好，阿爹阿娘去賺錢，給囡囡買糖吃，以後還要風風光光給囡囡備一百擔嫁妝！」

「還一百擔，能有十擔、八擔就不容易了……」萍娘終於開了口，聲音哽咽。見她終於搭腔，男人把她的手握得更緊了，拉著她道：「阿萍，我剛都聽說了，這位姑娘就是在賭坊贏了鬼八叉，把囡囡贖回來的女英雄吧？來，我們一家給恩人磕頭！」

阿南差點被女英雄逗笑了，趕緊起身扶他們，說：「不必不必。倒是囡囡爹，久賭無贏家，你一個大男人有手有腳的，以後別搞那種走邪路的活計了。」

「是，我知道了。」男人連連點頭應著，又堆起諂媚的笑問阿南：「姑娘，聽說杭州城誰也賭不過鬼八叉，您怎麼這麼厲害啊？」

「賭坊都做手腳的，你這種不懂的去了就是被宰。」

「是，我再去我就是王八蛋！」男人說著，又要抽自己嘴巴子，被萍娘拉住了，才討好地朝大家陪笑。

眼看著一家人重新團圓，阿南也不自覺露出笑容來。

可回頭一看，身後的朱聿恆卻還是那張平靜無波的臉，彷彿一點都沒被這重歸於好的一家感染到。

「怎麼了，浪子回頭不好嗎？」告別了這一家人後，阿南帶著朱聿恆走出巷子，問他。

朱聿恆表情冷漠：「我沒見過哪個賭棍能戒掉賭癮的。」

「我說宋提督，你年紀輕輕的，凡事多向好處看看行不行？」

朱聿恆垂下眼睫，抬手舉高了手中燈籠：「走吧。」

暖融融的燈光下，街道兩旁的蟲鳴聲中，他們一前一後走在靜謐的夜中。

「對了，我以後怎麼稱呼你啊？」落後半步的阿南，嗓音在橘色燈光中也不再那麼低沉，輕快地開了口：「我不能在外面叫你宋提督吧？要不然叫你阿宋怎麼樣？阿紀呢？」

朱聿恆皺起了眉，這些會讓別人聯想到宋言紀的名字，他顯然覺得不怎麼樣。

「你可以叫我阿言。」他垂眼看著手中暖橘色的燈籠，低低道。

「阿言？」阿南笑嘻嘻道：「這名字不錯，和你這一臉嚴肅的樣子，真是很配。」

朱聿恆冷冷哼了一聲，沒再搭話。

帶著朱聿恆回到大雜院，阿南推開了她臨時租賃的那間房。

屋子倒有兩個小隔間，可陳設簡陋。連通院子的外間更是連張床都沒有，只堆了一些亂七八糟的雜物。

「我住裡面，你住外邊。」折騰了大半夜，阿南是真睏了，指指地上就往裡面走。

朱聿恆環視著空落落的外間，問：「我睡哪兒？」

阿南抬腳踩踩青磚地：「一個大男人怎麼不能過夜？自己打個地鋪。」

朱聿恆倒是很想問她，地鋪的「鋪」在哪裡，而她已經捂著嘴打了個哈欠，又說：「給我燒點熱水，我要洗澡。」

放在窗臺上的油燈，微晃的光給朱聿恆頎長挺拔的身軀蒙上了一層恍惚：

「妳要我……燒洗澡水？」

「怎麼了？說好的一年內為奴為婢供我驅馳，燒個洗澡水不是分內事？」她回身在屋內唯一一把椅上坐下，隨手拉開旁邊抽屜，取出一柄小鉗子彎著幾個怪模怪樣的圓環，口中催促：「快點，我睏死了。」

朱聿恆抿緊下唇，攏在衣袖下的手掌收緊成了拳，死死盯著她。

而她彷彿未覺，蜷縮在椅中逕自彎折手中環扣，坐姿慵懶得跟午後晒太陽的貓似的，但手的動作卻非常迅捷，幾個不規則的圓環和三角被她迅速連接在一起，大圈套小圈，勾連縱橫，牽扯不斷。

她瞇起眼端詳幾個圈環片刻，才抬頭看向他，詫異地問：「怎麼還不去？」

他鬆開緊握成拳的手，盡量壓抑情緒：「不會。」

「你會的。」阿南蹺起二郎腿，悠閒自在地給她那串怪模怪樣的圓環上繼續添加零件。「畢竟，一個合格的僕役怎能不會燒洗澡水呢？」

甚至，以後還有洗腳水呢。

忍辱負重、忍辱負重……朱聿恆心中默念，長長呼吸著。

提起水桶，他問她：「哪兒有水？」

「出巷子口左轉，走個百來步就有口甜水井，去吧。」

他提著水桶走了，許久也沒回來。

阿南蜷在椅中打了一會兒瞌睡，見他還沒回來，心裡想著這個宋言紀看起來一身傲氣、久居人上，大概不肯紆尊降貴伺候她，準備當一年逃奴了？

這可不成，她還需要他那雙手呢。

她提著裙角就跳下椅子，準備去抓他回來。

誰知，剛跳下地，她就聽到了院子裡的動靜。

他回來了，重重地把水桶放下，又重重地把鍋放在爐子上，冷著臉拿起了火摺子，開始生火燒水。

不過，從未接觸過這種事的皇太孫，直接用火摺子去引燃兒臂粗的乾柴，點了半天火摺子都快燒完了，那柴還沒點起來。

見他居然沒跑，阿南放了心，笑咪咪地抱臂倚門問他：「喂，老舉著火摺子，你胳膊瘦不瘦啊？」

火摺子快燒完了，灰燼飄到了他的臉上。他抬手默默抹去，冷冷瞪了她一眼，沒說話。

他那臉上抹出好幾條黑灰痕跡，在白皙冷峻的面容上格外顯目，阿南不由得「噗」一聲，指著他的臉哈哈大笑出來。

他再也忍耐不住，呼一下站起身，抬腳就出了門。

阿南在他身後問：「怎麼，給我拍出賣身契的時候不是義無反顧嗎？這才兩個時辰就不行了？」

朱聿恆沒理她，在門口拍了兩下掌。

黑暗的巷子中，那個靈活的胖子立馬鑽了出來。片刻間引燃了柴片，立馬又退出去了，消失在黑暗中。

火苗舔舐柴火，發出輕微的嗶剝聲，火光讓周圍事物的輪廓漸漸顯現。

阿南抱臂盯著他，臉上似笑非笑：「我的家奴自帶家奴？」

「不就是洗澡嗎？誰給妳燒的水有什麼區別？」他冷著臉。

「行吧行吧。」這洗澡水燒開的時間不會太短，阿南打了個哈欠，正要回屋內去，卻聽到他低低地問：「妳是怎麼贏的？」

「什麼怎麼贏的？」她睏了，有些迷糊。

「最後一局……無論如何，我也不可能輸的。」他盯著火光，緩緩地說：「如此關鍵的一局，我始終盯著所有的牌，如果妳動了什麼手腳，我不可能不發現。」

阿南笑了，一撩裙襬在臺階上坐下，看著火爐內嗶嗶剝剝燃燒的松枝，說：「動手腳？和鬼八叉那種老狐狸過過招還有意思，對你這隻單純無知的小貓咪下手，有什麼意思啊？」

小貓咪朱聿恆鬱悶地瞪了她一眼：「三個六那一把，如果不做手腳，妳是怎麼擲出來的？我不信妳的運氣會這麼好。」

「我是幹哪一行的，憑什麼吃飯的，你不知道嗎？」爐火投在阿南的臉上，映得她笑顏如花，雙眸璨璨。

她伸出自己的右手，展示在他的面前。

她的手指瘦長有力，但在幾個本不應該經常使用的地方——比如指縫間、虎口處——留有難以消除的繭子，手背手指上還有不少的細小傷口，而且掌心寬厚手指有力，不太像一個女人的手。

「我從小受的訓練，足以讓我精確地掌控任何被我握在手中的東西。機關暗器，刀槍劍戟，斧鑿錘鋒……當然也包括骰子。」她的手指在他面前靈活地張開又合攏，火光跳動著，抹去了上面的傷痕，只留下五根修長手指。

「摸上你那三顆骰子的時候，我就知道如何控制它們的轉速與方向，稍微變一下力道，我就能得到我想要的那一個點數。」她收住了自己的手，握拳又鬆開，放在火光前。

朱聿恆盯著她的手，火光映照得她的手一片通紅，彷彿可以看出肌膚下行走的血流。

「不過呢……」說到這裡，她唇角帶笑地抓起他的手，毫不介意地將他手上的灰抹掉，說：「你也許會走得比我更遠，因為你，有一雙天賦異稟的手。」

他的手在火光中瑩然生暈，修得乾淨的指甲泛著珍珠光澤，指骨瘦而不顯，真正如雕如琢，充滿力度，完美無瑕。

他垂下雙眸，感受著她的指尖在自己手部每一寸肌膚上游走的觸感，抿緊雙唇克制著自己的身體，一動不動：「妳要拿我的手幹什麼？」

「這個你就別管了，總之，我有用。」她終於將他的手翻轉了過來，看向他的掌心。

他很小便開始騎馬練劍，掌心有薄繭，是完美中唯一不完美的存在。而他的掌紋十分清晰，幾乎沒有任何雜蕪的線條，明晰而決絕，縱橫在他的掌中。

每個人的個性，都會忠實地寫在掌紋上。她心想，他一定是個堅定決斷，能夠拋棄所有猶疑的人。

她迷離又歡喜地嘆了口氣，緩緩抬眼望著他，說：「說真的，你這雙絕頂的手，再加上幾乎無限的心算能力，假以時日，你必定成為傳奇！」

他冷笑一聲，沒有回答她。

假以時日。

他現在最缺的，就是時日。

她見他神情不屑，便貼近了他一點，拍拍他的肩膀，說：「真的，比如我，擲骰子只能憑手部的控制力，而你，還可以在瞬間對環境進行分析。骰子出手的速度、起始的位置、翻滾的距離，甚至桌子的光滑度、氣息的阻力……你的演算法足以完全掌握所有一切！只要計算得完整徹底，用你的手精確引導，我相信，天底下沒有什麼你無法控制的東西！」

朱聿恆聽著她熱切的話語，那一直冷漠的臉上，終於露出了嘲諷的冷笑。

他生下來就受到全天下的期待，他一言一行舉世矚目，所有人都知道他終有一天將掌控這九州天下，翻手為雲覆手為雨。

而她，誘惑他去掌控小小一顆骰子，多麼可笑。

所以他開了口，冷冷地拒絕她：「天下之大，我控制一顆骰子、一場賭局，有什麼意義？」

「嘖嘖嘖，這胸懷蒼生的樣子，誰知道你只是個太監啊？」被拒絕的阿南嗤笑著刺他。

朱聿恆臉色微變，銳利如刀的目光瞥向她。

天不怕地不怕、見識過無數大風大浪的阿南，在他那彷彿與生俱來的威壓面前，只覺得額頭一涼，後背有些僵直。

這男人，有點可怕啊……

本想審問審問那個蜻蜓的事，但看現在這局面，阿南也只能先放棄了，站起身說：「水燒開後，你把洗澡水打過來吧。對了，待會兒我給你三個骰子，你今晚給我好好練練，最好明天早上你能給我一把投出三個六。」

朱聿恆聽到「洗澡水」三字，忍不住又憤憤地瞪了她一眼。

阿南毫不在意：「快點哦，不然天都要亮了。」

有人伺候，阿南洗個澡的架勢就很大。

朱聿恆在她的指揮下一通折騰，倒好了一大浴桶的溫水，又按照她的吩咐把澡豆、花瓣、香胰子都放在伸手可及的地方，浴桶前鋪好地毯，擦身體用的絹布和花露、澤膏、面脂、口藥一一擺放在梳妝檯前。

然後她把朱聿恆趕出了屋，鎖上了門。

所謂防人之心不可無，尤其是江湖裡飄的。所以在舒舒服服泡澡的時候，阿南也對自己這個家奴有點不放心——

畢竟，他們之前幾次見面，差不多都是性命相搏的狀態。

在泡澡的時候，阿南還順手拿過了桌上的銅鏡。她擦去上面的水氣，轉到某一個角度，銅鏡上剛好映出了梁上一面對著外間的銅鏡。

從旁邊的抽屜中取出一柄表面圓弧如球的小銅鏡，阿南將它和手中銅鏡相照。於是，她手中的銅鏡照出梁上銅鏡，又將外間畫面反射到了球面小鏡上，原本極微小的畫面，放大了開來。

雖然看得並不真切，不過她緩慢地移動著球面，也能依稀看出外間他的動靜。

他握著她給的三顆骰子，端坐在桌前，看著它們靜靜思索了一會兒後，便開始投擲。

一把接一把，應該是一直不成功，他又考慮了一下，換成了單個骰子，先開始練習。

「可以呀，挺機靈的。」阿南安心地扣下銅鏡，不再監看。

現在這雙心心念念的手終於屬於她了，她得先把訓練安排好，讓他慢慢地進入這個行當才行……

正在考慮時，後院忽然傳來他疾行的聲音。

阿南皺起眉，將耳朵貼在牆上，揣測著他要做什麼。

說是後院，其實就是房屋與院牆的一塊空地。此時耳朵一貼上去，阿南就大吃一驚。

原來，她只顧著思索，居然沒發覺後院有人翻牆進來了，腳步聲正在向這邊接近。

這人也太警覺了，大半夜反應都這麼靈敏，連擲骰子的聲音都沒法阻礙他判斷周圍聲息。

這得在什麼水深火熱的環境下培養出來的？

這念頭只一閃即逝，她就聽到了輕微的喀答一聲，是鐵器卡進她窗戶的聲音。然後，她看見一柄匕首的尖端，從窗縫間插了進來，慢慢地挪著，眼看要挑開窗栓。

阿南不由得暗暗好笑。

哪裡來的小賊，半夜偷東西，卻不知道自己偷到閻羅殿來了。

她跳出浴桶，隨手披上衣服，衣帶一紮一束穿好衣服。

左手虛按在右手臂環上，她笑意盈盈盯著那片刀尖，準備在對方從窗口探頭進來的一剎那，先把他的鼻頭削掉一塊。

誰知，那匕首尖還沒觸到窗栓，忽然就停住了。然後就是啪答一聲，顯然是外面正在撬窗戶的人摔了個大跟頭，卻又沒能叫出來，硬是把悶響卡在了喉口。

阿南聽著動靜，揣測著應該是宋言紀把人給踹開了，然後捂住了他的嘴巴，不讓對方出聲驚動她。

見匕首尖退了出去，阿南便由窗縫間向外張去。

暗淡的月光下依稀可見他的手中玩著那把匕首，而蜷縮在他面前，被扯掉了蒙面布瑟瑟發抖的人，居然就是晚上見過面的婁萬。

她瞬間就明白了他的來意，腦門燃起了怒火，恨不得現在就衝出去，狠狠踹他幾腳出出氣。

而他把婁萬押在院牆角落，壓低了聲音問：「婁萬？」

「我……我……」他結結巴巴，說了好幾個「我」後，傳來悶悶的幾聲慘呼，大概是受了教訓，終究不敢再抵賴，驚懼交加地說了出來：「她……那姑娘賭博會使手腳，我就跟過來，想……拿到法子，把輸掉的錢贏回來……」

果然如此。阿南撇嘴冷笑一聲，又聽他問：「你不會求她？」

「不成的，她和我老婆一樣，一看就是死腦筋的人……再說，連春波樓的鬼八叉都輸給她，這麼厲害的法門，她怎麼會傳給別人？」說到這裡，他的聲音倒理直氣壯起來：「還，還有，她今晚不是贏了一大筆錢嗎？我這麼慘，輸得賣房賣女兒，飯都吃不上，怎麼就不幫幫我？」

他冷冷問：「這就是你對恩人的態度？」

「恩人？當初我老婆把她從江裡撈起來，我們也是她救命恩人啊！那姑娘也太不上道，既然把我女兒送回來了，怎麼不幫我把房子典回來，再給我點賭本讓我翻身？」

阿南冷笑著，正考慮著如何懲戒這個不要臉的混蛋，只聽那邊「啊」的一聲痛呼，然後是肉體砸在牆上，又跌落在地上的聲音，顯然是被一腳踹翻了。

在他的哀叫聲中，他一把提起婁萬的衣襟，一字一頓緩緩說道：「半夜持刀入宅，罪當死。」

婁萬顯然被嚇壞了，顫抖著哀求：「兄弟，饒、饒命，我、我再也不敢了……」

「兄弟，你也配？」他冷冷說著，一手捂住男人的嘴，另一手抓起男人的右手，將它重重按在後院石牆上，然後用他帶來的那把匕首，俐落地切了下去。

在婁萬的悶哼聲中，他的聲音平靜到幾近冷漠：「這是你自己發的誓。」

阿南揚了揚眉，在男人慘痛的叫聲中，輕輕「嘖嘖」了兩聲。

「先切你一根手指，以後你再賭博，我見一次切一根。記住，你這輩子的賭博機會，只剩九次了。」他將匕首丟到婁萬面前，示意男人可以走了。

阿南扒窗戶看著，自言自語：「誰說只有九次了，還有十根腳趾頭呢。」

不過想了想他抓住正在賭博的婁萬，把鞋子扒掉切腳趾頭的畫面，她也覺得好笑。

憋住笑，阿南推窗假惺惺地問：「阿言，怎麼這麼吵啊？」

外面傳來婁萬落荒而逃的聲音，還有朱聿恆冷淡的回應：「小事，打發了。」

在門窗上略略做了點布置後，阿南一沾枕頭就睡著了。

她睡得很安穩。

也許是因為，這個黑著臉簽下賣身契的阿言，在來到她身邊的第一夜，就俐落地替她解決了一樁小麻煩。

她睡得那麼安心，那麼香甜，甚至還夢見了公子。

她夢見他白衣勝雪，立在濃重的夜色中。紫禁城的新月之下，公子手中的「春風」劃出妖異的燦爛光線，飛舞在三大殿的琉璃瓦之上。

而她站在地上仰望著他，就像遙望那遠遠彼岸的浮生之夢。

那「春風」穿越黑暗而來，驟然綻放出絢爛的六瓣花朵。

她只覺得手足冰涼，低頭一看，迸裂的鮮血背景之前，是手足盡斷的自己，躺在血泊與火光之中。

在痛徹心扉的哀聲中，三大殿的火光熊熊燃燒，舔舐得公子的白衣盡成焦黑，也讓她從夢中驚醒，冷汗涔涔。

窗外天色已經大亮。夢境紛紜繁雜，醒來後卻是一片安靜，隱約似有鳥雀啾啁之聲。

阿南茫然呆坐了許久，將雙手伸到眼前死死地盯著，直到確定自己還能控制住自己的雙手，才逐漸平復了喘息。

起床推開窗，盛夏的濃蔭籠罩在窗外，讓屋內一切都蒙上了清淡的綠意。

然後，她就看見了在窗外活動的，也同樣蒙著一身淺碧顏色的朱聿恆。他手中拿著一枝剛折下的柳條，以柳代劍在練一套劍法。

他的身姿矯健優美，衣袂翻飛間氣旋流動，如同青鳥在水波上一掠而逝的飄逸影蹤。

驚悸的心漸漸舒緩下來，在這夏日清晨中，他帶來了一院微風。

阿南抬手打開抽屜，拿出梳子慢慢梳著頭髮，像在欣賞風景一樣，望著窗外他的身影。

這男人體質真好，昨晚折騰了一夜，今天一醒來就這麼精神奕奕的，不見絲毫倦怠。

等到她將頭髮梳好，挽成一個螺髻，他也收了動作，平緩了氣息。端嚴的肩背，挺拔的腰身，站在庭院中如同青松翠竹。

她用絲繩繫好了自己的髮髻，開口叫他：「阿言，給我摘朵花。」

他轉過頭，看了她一眼，默不作聲抬起手，拉下頭頂的石榴樹枝，給她折了一枝，連花帶葉隔窗遞進去。

鮮紅的榴花映襯著她的面容，格外鮮亮。

「打點熱水，我要梳洗。」她又說。

朱聿恆臉色有些不好看，但終究還是一聲不吭地端著一盆溫水進來了。

她試了試溫度，問他：「骰子練得怎麼樣了？擲一把試試？」

他冷著臉，見她翻過茶碗放在面前，便捏起三顆骰子，指尖收了收調整了一下角度，然後斜斜輕揮，在中途懸空張開手，讓那三顆骰子貼著碗壁旋轉落入碗底。

相撞，翻滾，落定。眼看著三個骰子慢下來，幾個六點彷彿就要出現。

阿南有些詫異地挑挑眉，而他也關切地盯著碗中的骰子，彷彿在檢驗自己一夜的成就。

可惜，最終三個骰子叮地一撞，只有兩顆順利地擲出了六，最後一顆已經翻出六的骰子在碗壁上多滾了一番，變成了一個二，躺在了碗底。

阿南拈起這三顆骰子，看向略微有些鬱悶的朱聿恆，微微一笑：「不錯，一夜之間就能練出這樣的結果，你的掌控力比我想像的還要強些。想當年我也練了兩、三天才成功呢。」

這明顯炫耀的語氣，讓朱聿恆冷冷地「哼」了一聲。他的手因為徹夜練習，此時又痠又痛，手指不自覺有些痙攣。

阿南將他右手拉起，輕緩地替他按摩起來。

她的指尖瘦硬有力，在他的關節和指腹處反覆摩挲，讓他緊繃的肌肉漸漸地鬆弛下來。

「習慣了就好啦，我五、六歲時開始練手，也是拿不住筷子、穿不上衣服，有時候晚上痛得躺在床上揉著自己的手一直哭……」她專注地替他按摩揉搓著，隨口說著：「那時候我不懂，也沒人替我按摩保養，所以後來手太疲倦了，有一次訓練時忽然麻痺，然後——」

她略微側了側自己的右掌，給他看掌沿一條細細的傷疤：「縮手不及，差點這隻手掌就要被削掉半截。幸好當時公子在我身邊，及時替我撥開了那一刀，不然的話，可能我這輩子就完蛋了……」

公子。

他是她的奴僕，而她還有一個稱之為公子的男人。

所以他現在，是人下人？

朱聿恆縮回了自己的手，屈伸了幾下自己的手指，聲音冷硬：「差不多，可以了。」

「可以了就用早膳吧？我要喝紅棗小米粥……唔，估計你不會，那就替我去長松樓買吧，順便帶幾個油炸燴……」

話音未落，朱聿恆瞥了她一眼，又抬起手，拍了兩下掌。

卓晏穿著當下最時興的金竹葉紋越羅窄身碧衫，提著個食盒，笑嘻嘻地出現在院門口：「提督大人，阿南姑娘，早啊。」

將食盒放在院子中的石桌上，卓晏行雲流水般端出裡面一碟碟的肉餅、花卷、饅頭、油炸燴、豌豆糕，又從最下層捧出小米粥、紅豆湯、桂花藕粉、銀耳羹，一邊說：「我把杭州最有名的幾家麵點廚子都拉過來了，全都剛出鍋的。」

阿南毫不猶豫就坐在了桌子前：「阿言，幫我盛碗銀耳羹。」

「阿……阿言？」聽到她這樣叫皇太孫殿下，卓晏頓時就呆住了。他看看阿南，又一回頭看見朱聿恆正黑著臉去盛羹，趕緊湊上去幫他弄。

兩個養尊處優的男人手忙腳亂，差點打翻了食盒。

阿南捏著個豌豆糕吃著，笑咪咪地用慈愛的眼神看著他們。

這個花街柳巷風流無限的卓晏，全身上下寫滿了「榮華富貴」四個字又怎麼樣，還不是得一大早趕來拍馬屁，給他的頂頭上司宋言紀兼上司的主人——她——送早點。

同理，宋言紀這位神機營內臣提督，年紀輕輕就位高權重又怎麼樣，還不是簽下了賣身契，乖乖當起了她的奴僕。

一想到這裡，阿南覺得自己簡直叱吒風雲，無敵霸氣。

等到屋內靜下來，阿南喝了兩口粥，覺得有點不對勁，這個早晨，似乎有點太寂靜了。

「不對啊，這個時候，前院的孩子早該出來鬧騰了啊，後院的阿婆也該開始呼雞喝狗了……」阿南抬眼看向朱聿恆。「你出去看看，怎麼回事。」

朱聿恆沒有起身，只平淡道：「清走了。」

阿南皺眉：「清走了？什麼意思？」

卓晏指指桌上的餐點：「不然我怎麼能把那些廚子拉到對門，隨時送來呢？」

阿南把筷子往桌上一拍，站起身蹬蹬蹬走到門口，左右一打望。

周圍一片安靜，薄薄的晨霧籠罩在粉牆黛瓦的巷子內，別說左右街坊了，連路上行人都了無蹤跡。

她氣極，回頭對著朱聿恆冷笑：「看不出來，官兒不大，架子不小呀，敢情你待哪兒過夜，哪兒就要清這麼大的場子？你又沒鬍子，搞什麼御駕出巡？」

卓晏清楚地看到，皇太孫殿下額角的青筋，跳了起來。

他趕緊陪笑打圓場：「阿南姑娘，妳這可就錯怪我們提督大人了，這可是聖上金口玉言吩咐的。畢竟聖上對提督大人極為珍視，兄弟們為了身家性命，不得不謹慎著點……」

阿南心下一轉，就知道是因為昨晚婁萬侵入屋內的事情，讓他們乾脆把所有人都連夜趕走了。

她氣呼呼地瞪著朱聿恆：「把他們叫回來！」

「朝廷法度，誰能擅改？妳關心妳的鄰居，我也得顧惜我的下屬，若不按照制度來，若有萬一，一干人都逃不脫關係。」朱聿恆將手中碗擱下，又取過茶漱了口，見她有按捺不住的跡象，才開口：「但妳可以換個地方居住，這樣左右街坊也可安生，如何？」

阿南斜睨了他一眼：「換就換，但地方要我選。」

普天之下，莫非王土。朱聿恆一抬手，示意她自便。

阿南轉念一想，又犯了難：「對了，你們神機營還在追捕我！」

「已下令撤銷了。」

「那你記得把我的蜻蜓早點還給我，我上次丟在困樓裡了。」

朱聿恆頓了頓，睜眼說瞎話：「我讓人找找。」

「不許丟了啊，那東西對我很重要的。」阿南說著，鬱悶地鼓起腮幫子，掰著手指頭開始盤算。「去哪兒能找到一個又清淨又不與世隔絕，又不需要你那些護衛清場，又能隨時出門逛逛，靠近街衢市集的呢……」

朱聿恆好整以暇，只靜靜喝茶，任由她盤算。

一旁卓晏見她想了半天沒頭緒，便在旁邊出聲道：「要不……我給你們提供個住處？」

「咦？你有這樣的好地方嗎？」

「有啊，太有了！那絕對是個符合阿南姑娘妳所有要求，十全十美的好地方！」

好地方就在西湖以北，寶石山上。

夏日朝陽照在山上，寶石流霞，光彩奪目。頭頂的參天古木之中，時而傳來鳥鳴一二聲，更顯幽靜。

阿南回頭望去，後方安安靜靜，並不見人，也不知道跟隨朱聿恆的那些人，如何能隱藏得這麼好。

卓晏一邊帶著他們往葛嶺走，一邊介紹：「我娘姓葛，自東晉以來，族人們世代在此處聚居。因此我爹幫她在這邊尋了塊地，建了宅院時常來住住，讓她不必再懷念故土。」

阿南問：「難道你娘是葛玄的後人？」

「對，我娘一族都擅長岐黃、丹方、火藥之術，人才濟濟，只是可惜啊……」卓晏偷瞥一眼朱聿恆，見他神情無異，才說：「二十年前，葛家有個旁支獲罪，那一族被誅，其餘族中男女老幼全部流放，至死不得歸故土……所以我娘也就是常來這邊住住，感念一下年幼時光而已。」

阿南忙問：「這麼說，你娘應該也承繼了家學？」

卓晏抓抓後腦杓，說：「這……沒有吧，畢竟我從小到大，別說見我娘弄什麼岐黃丹藥了，她根本不和人來往的，獨住一院，除非年節大事，不然連房門都不出。」

阿南生性跳脫，對此感覺不可思議：「二十年不出門？要是我，悶都悶死了！」

「是啊，可也沒辦法……」卓晏說著，一抬頭看見前方樹叢掩映間的高牆，忙道：「到了到了，不過見到了我娘，請你們一定要淡定，不要驚訝啊。」

阿南覺得自己淡定不了。

她萬萬沒想到，卓晏的母親，居然是個大夏天悶在屋內，還要把臉遮得嚴嚴實實的女人。

她臉上蒙著厚厚的面紗，懷中抱著一隻黃白相間的貓兒，坐姿嬌弱，說話嗓音緩慢輕細，十分柔媚：「二位貴客光臨，我無法出門相迎，真是怠慢了，還請見諒。」

阿南縮在椅子上，看著卓夫人臉上厚重的黑紗，覺得自己真是找不出話題和這樣的人說話。

幸好朱聿恆小時候對這位奇怪的卓夫人就有印象，因此倒還寒暄了幾句。

卓晏也沒敢向母親介紹這就是長大了的皇太孫殿下，只說是自己的朋友，來家中借宿幾日。

卓夫人也不以為意，畢竟兒子交友廣闊，帶朋友回家借宿是常事。她似乎身體很差，說不了幾句話就睏乏了，吩咐身邊的桑婆婆帶著個叫桂姐兒的丫鬟，去收拾桂香閣待客。

跟著桑婆婆出去後，阿南才鬆了口氣，悄悄問卓晏：「阿晏，你娘的臉，怎麼了？」

卓晏嘆了口氣，說：「我娘年少時不幸遭遇火災毀容了，因怕嚇到別人，因此每日戴著面紗，平常輕易也不肯見人。」

「火災？」

「是啊，我爹當年從杭州迎娶我娘去順天時，投宿在徐州驛站，誰知那一夜突發大火，燒死了不少人。我爹將我娘從火中救出時，我娘已經被大火燒毀了容顏，據說十分猙獰恐怖，因此只能常年戴著面紗，以免驚嚇到旁人。」

「這樣啊……」阿南不由得感嘆。「你爹真是個好男人，迎親時他們還沒拜堂成親吧，但你娘都毀容了，他也沒捨棄她。」

卓晏提起這個，簡直滿臉崇拜：「我爹確實！成親二十多年，我爹別說納妾了，根本就不朝別的女人多看一眼的，和我娘特別恩愛！」

你爹這麼專一痴情，怎麼兒子卻是個天下聞名的花花公子。阿南看著卓晏笑而不語，心想，真是不肖子孫。

第七章　海客瀛洲

卓晏家的院子叫「樂賞園」。

由於建在山間，為了安全，所以院牆既高又厚，確實是卓晏那位應天都指揮使父親的風格。

阿南和朱聿恆住的桂香閣靠近花園，阿南進門時，一抬頭看見匾額上的花紋，便停下了腳步，瞇起眼睛打量著。

卓晏順著她的目光看了看，說：「這是杭州這邊的老師傅特意給弄的，說這是葛家的標誌，他們當年給葛家修宗祠時，葛家給過紋樣。」

阿南端詳著上面的四翅飛蟲，笑道：「對哦，葛家是用蜉蝣做為標誌的。」畢竟，世人都愛富貴吉利、久而彌堅之物，很少人家會用這朝生暮死、虛浮渺杳的蟲子。

卓晏則詫異不已，問阿南：「咦，妳一眼就認出是蜉蝣？我剛看見時，和別人一樣都以為是蜻蜓呢。不過我娘住進來之後，從沒注意過這個紋飾，我也把這茬忘了。現在看來，工匠們的馬屁算是拍到馬腿上了。」

「確實很像，所以往往會有人將蜻蜓認成蜉蝣。」阿南說著，笑微微地瞥了朱聿恆一眼。

朱聿恆瞥了蜉蝣一眼，依舊面無表情。

桂香閣臨水而建，水風吹來肌體清涼。

用過了中飯，阿南與朱聿恆坐在池邊乘涼。阿南從包袱中摸出幾根鋼圈，又做起她那奇怪的圈環來。

做兩下，她嘗試著拉幾下，又皺皺眉，把新裝上的一個圓環給卸掉了，拉成橢圓之後，再度連接上去。

朱聿恆擲著骰子練手，看著她做這個古怪的圈環，在心中猜測了許久，終於開口問她：「那是什麼？」

她拎著圈環叮叮噹噹抖了兩下，說：「岐中易，和九連環差不多，你要試試嗎？」

他瞥著她手中這個由十二個圈環勾連相接的岐中易，問：「原來妳喜歡做這個？」

「談不上喜歡。不過，公子喜歡玩岐中易，所以我閒著沒事，就會給他做幾個。」

公子。這麼頻繁被提起，當然是她心心念念的人。提到這個人時，她那神情，似乎要將對方捧在掌心中、刻入腦海裡、奉在心尖上。

朱聿恆別開臉，懶得與她聊這個心心念念的公子。她笑咪咪地將最後一個圈環扣入其中，然後交到他手裡，說：「而這個岐中易呢，則是我專門為你做的。」

他詫異地看她一眼，慢慢伸手拿了過來。

「這一副岐中易，名叫『十二天宮』，沒有特殊的手法是解不開的，你可以試著用我教你的動作配合纏解，做一些平時絕不可能做的動作來訓練自己的手，等到習慣成自然，你也就練會這些手法了。」她按攏他的手指，示意他如何移動，如何做解環的手勢。「好好拿去鍛鍊手指吧。」

夏日午後，她的手按在他的手背上，帶著微微沁涼感，而他們靠在一起的肩膀，也自然而然地碰撞在了一起。

朱聿恆不自然地挪了挪肩膀，垂眼看著手上岐中易，頓了片刻，終於動手解了起來。

正如她所言，這個岐中易確實需要特殊手法才能解開。環扣的間隔設置得刁鑽無比，手指要竭力擺出奇怪的姿勢，或曲或折，或彎或張，才能順利將那些環挪移或脫出。

「除了鍛鍊你手指的靈活性外，你還要多考慮考慮怎麼才能解開它。只要你的手和計算能力相連配合，這岐中易對你就應該不難。」阿南蜷起雙腳，靠在椅背上，撐著下巴看著他的手。

他是個一學就會的人，纖長白皙的手指，以她剛剛教的動作穿插拆解十二天宮，動作往往出人意表，似乎完全無視關節和筋絡的束縛。

阿南滿意地笑了。

周圍無人，她隨意地問正在練手的朱聿恆：「阿言，對你來說，蜻蜓比較重要，還是蜉蝣呀？」

朱聿恆正在解的手略略一頓，抬眼看她：「什麼？」

「別裝了，我知道你打的什麼主意。」阿南似笑非笑地半躺在椅子上睨著他。「你追查我的蜻蜓，同時也在關注葛家的蜉蝣，而且葛家擅長丹方火藥，他娘又是葛家唯一有可能出手作案的人。所以是你安排卓晏回到杭州的，甚至我們要換地方住，也是你故意給他機會，讓他邀請你到樂賞園來，好趁機調查葛家的事情，對不對？」

朱聿恆沒想到她如此敏銳，沒有反駁，只說道：「有些事，不讓他知曉亦是為他著想。」

「是麼？我看卓晏對你挺講義氣的，而你為了查案，連他都可以算計？」阿南曲起手臂，將頭靠在手肘上，那雙貓一樣的眸子亮得逼人，盯著他時，似乎可以攝取面前人的心魄。

朱聿恆垂下眼睫，將十二天宮輕扣在面前石桌上：「我有必須這樣做的理由。」

「必須的理由，連情誼都不管了？」阿南嗤笑一聲，問：「難道不查清三大殿起火的案子，你就會死？」

他睫毛微微一顫，看著她的目光陡然波動。

「真的會死？」阿南看出他眉心難掩的陰翳，皺起眉頭。「大家不都說皇帝對你很寵信嗎？難道找不出凶手的話，他會處置你？」

她這簡單的詢問，卻讓他久久無法回答。

要處置他的，並不是他的祖父，甚至不是任何人。

其實他到現在都還不知道，究竟一步步走近他的死亡，從何而來。

「還真是伴君如伴虎啊。」阿南默認了他若不查清此事，便會被皇帝處死。不無同情地拍拍他的背脊，她朗聲道：「怕什麼！不就是三大殿起火案麼？你現在是我的人了，說來給我聽聽，我就不信這世上有做不到的事情、查不清的案子！」

朱聿恆抿脣沉默片刻，盯著她道：「若妳真想幫我，那就告訴我，妳把另一只蜻蜓，送給了誰？」

阿南笑道：「你是主子還是我是主子？問題是我先問的還是你先問的？再說我送出去的蜻蜓，又關你什麼事？」

朱聿恆靜靜盯著她，說：「送給了，妳那個公子？」

阿南錯愕地看著他，差點脫口而出問他怎麼知道的，話到嘴邊卻變成了：「怎麼不懷疑我，反而懷疑我家公子？」

朱聿恆不管她如何迴避，只直截了當切入：「是，還是不是？」

「是，但就算我送給公子的蜻蜓出現在三大殿火中，也不代表什麼，他當時不在順天，不可能潛入宮中。」阿南斬釘截鐵，以不容置疑的神色道：「你把當晚的情況詳細說給我聽聽，或許我能幫你探尋究竟，好洗脫我家公子的嫌疑。」

朱聿恆望著她，遲疑間，一時緘默。

這個鬼神般妖異莫測的女子，此時坐在他的面前，蒙著頭頂樹梢的淡淡淺碧光彩，令人感覺無比恬靜。

這格格不入的衝突感，就像她明明該是危險萬分的妖女刺客，卻又在他潛入她家的時候，收住了即將劃開他咽喉的那一道流光。

還有，在黃河激浪之中，她既然能摧垮他們所有的努力，釀成千里洪災，又為什麼要將他救起，並且不留任何痕跡地離去？

他至今也未能摸清來歷與底細的這個阿南，他真的能將一切和盤托出，託付給她嗎？

見他遲遲不肯開口，阿南噘起嘴，不滿道：「小氣鬼，明明簽了賣身契，卻什麼都瞞著我！你賣身不賣心！」

賣身不賣心……

這個女人，究竟能不能正經點啊？

朱聿恆別開頭，忽然覺得自己剛剛對她的思量，全都成了笑話。

「不說就不說，憋死你。」阿南走到樓梯上，又旋身對他說道：「我午睡去了，你想通了來找我——記住啊，你不跟我掏心窩子，我可懶得幫你呢。」

望著阿南消失的樓梯口，朱聿恆不由捏緊了手裡岐中易。

身後傳來腳步聲，是卓晏來了，看著二層閣樓欲言又止。

朱聿恆知道他的意思，示意他隨自己走出院子。

「是殿下要我們打探的人，行蹤已經確定了。」卓晏隨著朱聿恆往外走，低聲說道。

朱聿恆的腳步頓了頓，問：「阿南的……公子？」

「是，他在靈隱寺後山的定光殿做法事，今天正是最後一天。」

只沉吟了片刻，朱聿恆便道：「去靈隱。」

下了寶石山，早有快馬在等待。

沿著西湖岸一路向西南而行，夾道都是參天古木，風生陰涼。偶爾有山花在深綠淺綠間一閃而過，顏色鮮亮。

卓晏騎馬隨行，走了一段，卻見朱聿恆放緩了馬步，似乎有話要問他，但又許久不開口。

他不開口，卓晏就只能先開口聊些閒話了：「殿下，屬下有一事……不知當不當問。」

朱聿恆將目光轉向了他。

卓晏硬著頭皮，迎著他的目光說：「屬下覺得，您要是看上了阿南姑娘的話，不如直接對她坦白身分。如今這般白龍魚服，似乎妨礙殿下行事，綁手綁腳的，再說——」

「你想多了。」他冷冷打斷卓晏的話。

卓晏尷尬地撓撓頭，心說你跟她回家，和她同宿，她喊你小名「阿言」，你還為了她神思不屬，結果居然說我想多了？

不過既然殿下這麼說，他也只能附和：「是，我也覺得不可能……雖然吧她挺迷人的……」

朱聿恆神情冷漠，聽若不聞。

卓晏趕緊閉了嘴，準備勒馬退後兩步時，忽然聽到朱聿恆又開了口，問：

「哪裡？」

「啊？」卓晏有點詫異。「什麼哪裡？」

朱聿恆依舊看著前方的道路，只有聲音低暗：「我是問你，她……哪裡迷人了？」

「哦，這個麼……」因為殿下說自己對阿南沒興趣，卓晏輕拍額頭想了一下，便也放開了說：「雖然阿南姑娘挺古怪的，大剌剌的模樣，軟趴趴的姿態，沒個正經。但是她往椅子裡一窩，縮起肩膀懶洋洋地癱著，眼睛又大又亮，看著就像我娘養的那些貓，忍不住就想順一順她的毛，感覺心裡格外舒坦……」

聽著他的形容，朱聿恆忍不住「哼」了一聲。

迷人。

是這樣嗎？

明明想要說出奚落的話，但一瞬間他就想起，那一夜她抬起手讓蜻蜓停在掌心時，火光隱約照亮出的她的容顏。

她的眼睛，亮得似浸在寒月光華之中的琉璃珠子，目光落在他身上時，似乎連周圍的火光都被壓了下去。

在那一瞬間，他是真的很想知道她銳利目光背後的世界。想知道她漫不經心笑容後面的過往，更想知道她那慵懶身姿形成的緣由。

但，這念頭只籠罩了他一瞬間，隨即，便被他狠狠揮開了。

命運如此殘酷，死亡的陰影早已降臨到他的身上。她是否迷人，她過往的痕跡，她所尋求的東西，和他又有什麼關係。

他現在唯一需要考慮的事情，就是回歸到自己天定的命運軌跡上，不負父母、祖父、朝廷和天下的期待。

卓晏毫無察覺，只問：「殿下，您認為呢？她是不是挺像一隻貓的？」

「我對貓，沒有興趣。」他語調越發冰冷：「對她，也沒有。」

卓晏縮了縮頭，不敢再說話。

靈隱禪寺是千年古剎，山寺幽深，隱在森森夏木之中，每日香客絡繹不絕。朱聿恆與卓晏等人隨香客入寺，先去覺皇殿上香，大殿上還懸掛著南宋理宗皇帝御筆親書的「妙莊嚴域」金匾。菩薩金身都是近年剛剛塑就，金漆頗新，寶相莊嚴。

捐了香油錢後，幾人直往後山定光殿而去。

定光殿內供奉的自然是過去佛定光如來。後山寂靜空靈，少人行經，韋杭之和諸葛嘉等候在山道下的黃牆邊，以防有來往閒人接近山道。

朱聿恆帶著卓晏沿青石臺階而上，只覺得肩上簌簌輕聲，落了幾片殷紅的石榴花瓣。

他拂去肩上花朵，抬頭看去，只見夾道的石榴正在開花，如殷紅的胭脂點綴在樹梢，在這樣濃烈的夏日午後，開得比日頭還要灼熱。

石階盡頭，是開啟的殿門。

瀰漫的花朵一直燒到殿前，花蔭下，有個年輕男子伏案持管，坐在樹下寫著字；身後角落中，站著兩個侍從模樣的人。

朱漆斑駁的殿門，無風自落的紅花，隱約像是血色的痕跡。朱聿恆駐足在門外，目光落在花樹下那個男子的身上。

他約有二十五、六歲模樣，即使獨坐時也保持著挺拔端整的儀容。

他一身素衣，俯著頭抄寫經書，全身毫無修飾，只有右手上一個銀白色的扳指發著素淡的微光，整個人有種水墨般雅致深遠的韻味。

清淨的佛門，妖豔無格的落花，不染塵埃的男人。

矛盾又混亂的塵世，因為他的存在，調和成了安靜祥和。

那人感覺到了有人進來，於是，在零星落花之間，抬起頭來，遠遠望了他們一眼。

他脣色很淡，濃黑的頭髮與濃黑的眉眼襯著過白的肌膚，儼然似畫中人，讓人心嚮往之，不忍褻瀆。

卓晏看看朱聿恆，又看看這位海客，心想，這兩人真是一時瑜亮，能在這樣的地方相逢，也真是緣分。

朱聿恆站在灼灼欲燃的石榴樹下，向那人遙遙一點頭，當作致意。

而對方也擱下了手中的筆，收好了案上正在抄的那些紙頁，站起身向他們一拱手。而就在此時，一個書童模樣的少年抱著經書從殿內出來，一看見他們，就上來阻攔：「不許進來，我們在這邊有事呢！」
他一開口說話，朱聿恆立時認出來，這正是在黃河邊，在他昏沉之際與阿南說話的少年。當時阿南好像叫他司鷲。
海客開口說道：「二位兄臺，在下正於此處為亡人抄經超度，因恐八字沖撞，不便有陌生人來往，請勿踏入其中。」
他眉眼柔和，聲音也低沉溫厚，雖然是拒絕之語，也讓人入耳舒服。
卓晏不等朱聿恆示下，自覺地出頭當惡人，問：「我聽你口音似乎是應天的，為什麼要特地到杭州來祭奠啊？應天府的大報恩寺不是更有名麼？」
司鷲揚了揚眉，正要說什麼，男人抬手止住了他，溫和對卓晏道：「報恩寺琉璃塔尚未修建完畢，並無這邊清淨。」
「對哦，這倒也是。」卓晏回頭看看朱聿恆。而朱聿恆只淡淡向那男人一拱手，說：「既然如此，打擾了。」
「請便。」對方和氣地應了，微微頷首致禮。
他重回案前坐下，整理自己剛剛所寫的祭文，神情沉靜如水，彷彿這個塵世於他沒有任何影響。
卓晏有點不甘心，站在門外，伸長腦袋想去看他在寫什麼。
而他已經將所寫的祭文放入旁邊香爐之中，焚燒祭祀。
司鷲警覺地盯著卓晏，頗有鄙視之意。

卓晏吐吐舌頭，見朱聿恆已經轉身離開了，趕緊快步跟上，低聲對他說：「這人玉樹臨風彬彬有禮的，感覺不像是什麼壞人啊。」

朱聿恆沒說話。謙謙君子，溫潤如玉。這位陌生的海客，確實是個令人一見可親的人物。

可惜，他是阿南口口聲聲心心念念的那個公子。

在見面之前，他設想過無數次，這個令阿南死心塌地的公子會是怎麼樣的一個人。

卻未曾料想到，竟是這樣一個不染凡俗的神仙人物。

就在二人剛走下兩步臺階時，驟然間亂風乍起。夾道的花樹簌簌落下大堆細碎花瓣，全都傾瀉在他們身上。

只聽到司鷲「啊」了一聲，朱聿恆回頭看向後方。幾片尚未燒完的紙張被狂風吹起，散落半天，零落如雪片。

有一張殘紙飄過面前，朱聿恆伸手抓住，看見那上面的字跡，如寫字的人一樣清逸雋秀——

……葬將士之殘軀；以幽州之雷火為燈，安不歸之魂魄；供黃河之弱水為引，溯往昔之恩怨……

這祭文燒得只剩這些，但這寥寥幾行，讓朱聿恆的眼眸一下子就沉了下來。

這字跡，他永遠銘刻在心，一眼便可認出。

南方之南，星之璨璨。

他從那只蜻蜓中發現的紙卷，即使已經殘破，依然能清晰地揭示出，這是同一個人的字跡。

而，令他呼吸為之停滯的，是那「幽州之雷火、黃河之弱水」。

這不是祭奠亡魂的誄文。

這是順天那場差點葬送了他與祖父的大火；是令萬千百姓流離失所的黃河怒潮。

一瞬間，有灼熱的血沖上他的額頭，讓他眼前這清拔飄逸的字，彷彿都似扭曲起來。

而卓晏則湊上來看了看，笑道：「這字真不錯，配得上那張臉。」

被他的聲音拉回現實，朱聿恆竭力放緩呼吸，壓住自己微顫的手，也壓住了自己即將外洩的激怒。

自小在朝堂頂端耳濡目染，他調整外表情緒何等迅速，不動聲色地拿著這張紙轉過身，交給追出來的司鷲，一面看了看裡面的男人，以最尋常不過的語調說道：「兄臺的字清拔雋永，頗得右軍韻味。」

「過獎了。」對方眉眼疏淡，隨口回答。

朱聿恆不再多說什麼，沿著青石臺階，一步步走下去。

一直守候在下面的諸葛嘉與韋杭之跟上了他，踏著滿地的石榴花，走出重重佛殿。

就在出山門之時，朱聿恆看了侍立在旁的韋杭之一眼。

韋杭之會意，轉過身對著後方本應空無一人的道邊，指指後山，又收攏五指，做了個擒拿的手勢。

雖然阿南在黃河邊救了他，可如今看來，順天的大火與黃河決堤的慘禍，與她那個公子，絕對脫不了關係。

朱聿恆直上飛來峰，過翠微亭，繞冷泉，於千百佛像洞窟之上，遙望對面靈隱定光殿。

卓晏氣喘吁吁跑來，稟報：「打起來了打起來了！本來嘉嘉……諸葛提督不想驚擾佛門清淨，因此只出動了四個差役前去拿人，誰知那個海客竟敢拒捕。差役們強行鎖拿，結果被丟出了殿門。現下諸葛提督已親自領隊，前去捉拿那個海客了！」

身後的韋杭之給他送上一具千里望（註7），讓他可以精確地看到對面的情形。

註7　千里望：同千里鏡，即望遠鏡。

翠竹林中，石榴花下，佛殿之前，激戰正酣。

神機營士兵都是青藍布甲，諸葛嘉這個狠人，連佛門聖地都不肯留情，此時定光殿的黃牆早已被拆得七零八落，兩排持棍的士卒魚貫自諸葛嘉身後奔出，分成左右兩股旋轉著匯聚，將中間的素衣公子及其下人團團圍攏在佛殿之前。

碧綠的竹林如滄海，青甲的士卒如怒濤，片刻間，那邊四人已經被圍攏在包圍圈中，所有棍頭都直指向他們，不但將所有他們可以逃脫的角度全部封死，甚至連他們要找一個可供反擊的角度都絕無可能。

「這是諸葛提督家傳的八陣圖，第二陣第一變，江流石轉。」

朱聿恆正看著，身後的韋杭之低低出聲：「這個陣法形似漩渦，由一字長蛇陣變化而來，只是分為兩股。一股牽制敵方的力量，一股遷回包抄，只要對方企圖發力對抗，就會身不由己被捲入這陣法的節奏，順著對手的力量，直接被牽扯過去，越陷越深，無法脫困。」

卓晏疑惑問：「需要出動這麼多人嗎？諸葛提督連看家本領都用上了？」

「畢竟，這可是阿南的公子。」韋杭之不無同情地看著遠遠的諸葛嘉。「上次神機營在阿南姑娘手中傷亡慘重，萬一這個公子身邊人還有像阿南那樣的高手呢？所以這次諸葛嘉出動了所有精銳，要一雪前恥。」

朱聿恆「嗯」了一聲，只見棍勢如林，棒影翻轉，確實如江心漩渦疾捲，已經封鎖住了對方所有能出手的角度。

那兩個侍從身不由己，被捲入陣中，正在苦苦抵抗，看起來比阿南差遠了。只是他們深陷困陣，越是抵抗卻越是招來周圍反擊，眼看已經是強弩之末，無法自救。

司鷲看起來沒個正經的模樣，倒比他們還強些，在這樣的戰陣之中居然還能有餘力略為反擊一、兩下。

唯有那素衣的公子，竟未曾捲入其中，他便如一朵白色泡沫，在急浪激湍的頂端隨陣勢翻飛，飄逸自如。

那些如風如林的攻勢，無法沾到他一片衣角。這個人，大概在一開始就洞悉了陣勢，掌控了一切吧。

這種優雅清貴又不沾凡俗的仙品人物，和僊懶散漫、總是帶著輕佻笑容的阿南，如雲泥之別。

他們真的，會有什麼理不清的瓜葛嗎？

「這個公子和阿南，怎麼有點像啊……」

朱聿恆正凝望著那邊的戰局，耳邊忽然響起韋杭之若有所思的聲音。

他的手略動了動，放下了千里望，瞥了韋杭之一眼。

「就……很難說的，這種感覺……」韋杭之的話脫口而出後，又有點後悔，遲疑道：「不知為什麼，總覺得我們在抓捕阿南姑娘時，她面對戰局的反應和判斷也是這樣，精準又迅速，沒有任何人能奈她何。」

朱聿恆盯著遠遠的戰場，默然不語。

見他沒說話，卓晏悄悄問韋杭之：「對了，神機營的火器怎麼還沒出動啊？嘉嘉不是說，他家傳的陣法中，已經混編了火器隊，威力更上一層樓麼？」

「這地方太小了，如果是在戰場上，人分散一點，還可以用火器。可現在只是佛殿前這麼一塊空地，這個陣法依據敵方動作千變萬化，所有人隨對方的身勢而進攻撤退，用火器的話，很容易就會打到自己人的，根本避不開。」韋杭之分析道：「所以這個陣法只能用棍棒，連刀劍都不敢用，因為對方的動作無法預判，走位太複雜了。」

他們正看著，狂風突起，石榴花如點點鮮血，飄飛在青碧竹林之中。

一直在支撐的那兩個侍從，終於熬不住了，身體一歪失去了平衡，被纏住手足，拖出了陣法。

那些洶湧的攻勢，便全都壓在了之前還能反抗一二的司鷲身上。無數木棍齊朝著他趕去，眼看就要將他壓在重重攻勢之下，骨折筋斷，難以生還。

一直憑著飄飛的身法，游離於戰局之外的公子，終於撲入了漩渦之中，被捲進戰陣。

他在佛殿祈福，自然沒有攜帶武器，但仗著飄忽的身法，硬生生插入那看似潑水不進的陣勢之中，左衝右突令陣型驟然潰散，就像陡然壓下的巨石，讓湖面所有的水退卻開去。

周圍那些持棍結陣的士卒，隨著他的身影所到之處，攻勢頓時凌亂不堪，此起彼伏的棍棒脫手，甚至擊打到旁邊的同伴身上，陣型大亂。

只這一瞬間的陣型散亂，公子抓住差點死於群棍之下的司鶩，將他提了起來。

站在斷牆上的諸葛嘉口中疾呼：「第四陣，第六變！」

潑散開的棍陣再度集結，如水波平推，齊齊向著公子湧去。

公子抬手按住司鶩的後背，一腳蹬在後方湧來的棍頭之上，將他向著側方拋去。

定光殿建在後山頂，司鶩的身體在空中一翻，重重落在了下方的樹巔之上，然後便沒入了蒼翠之間。

只容得這一瞬間的空隙，水波般的平推戰陣已經陡然一變，波光中驟現漩渦，將因為拋離司鶩而身子一重的公子，狠狠拖了進去。

漩渦之中猛然激起巨浪，向他當頭擊落的棍棒便是飛濺的水花，自四面八方而來，已經避無可避，閃無可閃。

密密麻麻的棍棒如疽附骨，就像一陣橫掃的龍捲風，死死咬住公子的身影，滾滾而來。

定光殿前那條白衣身影，被諸葛家的八陣圖迅速吞噬。

然而，就在四面八方的來勢之中，公子仗著對陣勢的精準判斷，硬生生在最不可能的地方劈開一道口子。

在攻勢最凌厲的地方，他足尖踏上那棍頭攢集的一處，殺出天光，向上躍去。

就在他剛剛脫離八陣圖的攻勢之時，只聽得啪啪連響，周圍埋伏的火銃手終於現身，幾十柄火銃齊射向空中的那條夭矯身影。

卓晏下意識衝口而出：「不是說怕傷到自己人，不用火銃嗎？」

韋杭之一言不發，一臉「我就知道諸葛嘉夠狠」的表情。

為了覆蓋住上方所有的空隙，那些火銃中射出的並不是子彈，而是瀰漫的幽藍色毒砂，將公子的身體徹底籠罩住。

然而，誰也不曾料到，公子的機變之快。

他在半空中硬生生卸掉了自己的勢頭，抓住那些跟隨自己的棍棒，身體如鷂子般橫斜翻轉，再度潛入了戰陣之中。

那些噴薄的毒砂，險險被他以毫釐之差避開，全都射入了戰陣之中。

在哀呼聲中，所有士卒的進攻動作都變得遲緩，戰陣頓時鬆散下來。

但，人群之中的公子，也終於未能再度衝出。

顯然，他無法用陣型徹底抵擋那些覆蓋下來的毒砂，難免已經沾染上了。他那凜然無敵的攻勢，已維持不住。
在諸葛嘉的擊掌聲中，八陣圖零散的陣容再度整合。
受傷的士兵退下，新的士卒快速輪換，集結成水洩不通的攻勢。
八陣圖第七變，如一圈圈水波再度向正中間的公子進擊。洶湧的來勢，怒不可擋。
而公子那飄逸凜然的身影，終於踏落於地。
他的手垂了下來。
萬千棍影翻飛，隨著諸葛嘉最後一聲呼喝，所有的木棍密集穿插，就如編出一個巨大的囚籠，將公子牢牢困在中間，再也無法動彈。
只在這最後的一瞬，公子忽然抬起了眼，直直看向了對面的飛來峰。
他的目光似乎穿透了千里鏡上的玻璃，與朱聿恆遠遠直接對上。
朱聿恆收緊了手，猛然放下千里望。
他盯著那遠遠的定光殿看了須臾，一言不發地將手中千里望交給卓晏，轉身便下了飛來峰。
諸葛嘉已經在山下等待，那一向孤冷的眉眼，此時也難免因為興奮而染上一層薄薄的紅暈。
「屬下幸不辱命，來向提督大人覆命。」
朱聿恆剛剛看那幾波攻勢，明白諸葛嘉這次為了抓拿一個公子，在亂陣中折損了足有六、七十個精銳，其實只能算是慘勝。

但好歹已經將目標抓住，這些傷亡也算是有價值。

這段時間來痛苦掙扎、孜孜以求的他，本該激動急切，但他自小歷經風浪，越是急怒之中，反倒越發冷靜。

接過遞來的馬鞭，他挽著馬韁，說道：「我看那人，身手不在阿南之下，你先找個妥善的地方安置。」

「是，此人扎手，屬下一定用最安全的辦法來拘禁他。」諸葛嘉有點詫異，問：「現下不審問嗎？」

「不急，反正他已在我們手中。」朱聿恆說著，翻身上馬，又問：「那個司鷲呢？」

「已派人去山間搜尋，他受了傷，應該逃不遠。」

「務必捉拿，不可讓他聯絡同黨。」

在回去的路上，朱聿恆一路縱馬，騎得飛快。

如今，阿南的公子已經落在他的掌握之中。而且明顯的，此人與那兩次大災變、與他身上的怪病，有關係。

幽州，是順天的舊名，所以幽州雷火便是三大殿的那一場大火。

雖然朝野都說是雷擊引起天火，可事實上只有他和聖上知道，那是一場預謀已久的縱火案。

黃河之弱水，便是那開封滔天的洪水。看似又一場天災，可阿南曾經無意透露，這也有她的責任。

天雷與洪災，如今看來，竟似是人為安排的。

不然的話，那祭文之上，又為何會出現「以幽州之雷火為燈，供黃河之弱水為引」的語句？

阿南的痕跡又怎麼會那麼湊巧，總是不偏不倚出現在災禍的近旁、他發病的時刻？

她的出現，與他身上的怪病，不可能只是巧合。

而如今，他最需要確認的問題是，阿南受命於這個公子，又將自己留在身邊，究竟是因為她真的不知道所發生的一切，還是故意假裝不知道。

如果是前者，那麼，這絕對是於他有利的事情，他甚至可以藉此而切入他們之間，翻雲覆雨，將局面反轉。

如果是後者……

十指收緊，他死死按住了袖中那個岐中易，手背青筋微凸。

「阿南……」他喃喃念叨著這個名字，心亂如麻，再也無法解開手中曲折彎繞的岐中易，只狠狠地握緊這冰冷的金屬，彷彿自己扼住的，是正要撲向他的、毒蛇的七寸——

他絕不能鬆手，畢竟，只要他軟弱了一剎那，等待他的，便只有那最可怕的結局。

卓晏跟著朱聿恆回到樂賞園時，看見門房正聚在一起，聊得口沫橫飛。而阿南這個閒人，正抱著隻貓靠在廊下，一邊聽他們聊天，一邊在貓身上揉來揉去。

卓晏的母親無法出門，就在院中養了十幾隻狸奴，每天打理牠們打發時間。阿南手中那隻貓正是其中一隻。

阿南那懶洋洋的姿勢，比懷中的貓還慵懶。

她當然還不知道，剛剛靈隱一場大戰，她的公子已經落入朱聿恆的手中。

卓晏偷偷望了朱聿恆一眼，似有點心虛，卻見朱聿恆神情如常，連睫毛都沒多動一下。

為了掩飾自己，卓晏一別頭，正想責問門房怎麼如此不經心，有個年輕點的已經上來笑道：「世子，您可回來了！今天真是喜從天降，舅老爺來了！」

「舅老爺？我娘的大哥？我大舅來了呀！」卓晏驚喜不已，對朱聿恆解釋：「年前我聽說大舅替雲南衛所研製改進了一批大炮，得了賞識，上報朝廷後將功抵過得了赦免，還謀了個八品的知事。這不，我從小就沒見過舅舅們，我娘也已經與家人二十餘年未見了，這下我娘該多開心啊！」

「咦，能改進大炮，這麼說你大舅是個能人呀！」阿南在旁邊撓著貓下巴，笑道：「我也要去會會。」

幾人還未走入第二進院落，忽見一隻貓從內院竄了出來，金黃的後背雪白的肚腹，毛髮柔軟，正是之前被卓夫人抱在懷裡的那隻。

卓晏抬手去招呼牠，對阿南說：「這隻是我娘最喜歡的『金被銀床』，摸起來最舒服了，我娘輕易不離手的。」

誰知那隻貓看了看他，只將尾巴一甩，轉身便竄上了牆頭，根本不理他。

「我家貓兒就是這樣的，只聽我娘的話。」卓晏有點尷尬地訕笑著，帶他們順著迴廊往裡面走。

還沒走幾步，便見一個婆子奔了出來，指著蹲踞在牆頭的金被銀床怒罵：「小畜生，居然敢抓撓主人了，看我今天不打死你！」

卓晏忙問那個老婆子：「桑媽媽，怎麼回事？」

「哎呀少爺您來得正好，這貓膽大包天了，夫人好好兒的去抱牠，牠居然把夫人的手抓破了。」桑婆子扠著腰，憤憤道。

卓晏只能趁她罵累了喘氣的間隙，問：「我娘在屋內嗎？」

「在，剛跟舅老爺聊著呢，親兄妹一別二十多年，在屋內說話，我們都退到院子裡了。誰知那貓忽然就跑進來，竄到堂上直撲向夫人。夫人下意識抬手去抱牠，結果這畜生抓了夫人一爪子，轉身就跑了！」桑媽媽說著，轉身帶他們到屋內去，一邊絮絮叨叨道：「我出來追貓兒了，不知夫人是否已經包紮好傷口。」這邊說著，那邊傳來一陣紛紛嚷嚷，進門一看，滿園都是著急忙慌的人，有人提著熱水，有人絞毛巾，還有人喊著去請大夫。

卓晏拉住身旁一個小丫頭，問：「這是怎麼了？」

「夫人，夫人心絞痛呀！」小丫頭急得眼眶通紅，話也說得結結巴巴。「夫人手被貓抓了之後，驚得跑回了內室，等我們追進去時，夫人已經因為受驚過度，心口疼而躺在床上了……」

卓晏「啊」了一聲，趕緊就往裡面跑去。

堂上一個五十來歲的男人正站在內室門口，他往洞開的門內看去，滿臉的疑惑與惶急。

卓晏一看便知道這該是母親的大哥了，忙上去跟他見禮：「您一定是我大舅了？晏兒見過舅舅！」

「晏兒啊，大舅可真是第一次見到你。」二十年的充軍生涯，讓這個飽經風霜的男人看起來比實際年齡要大上一些，他鬢邊白髮叢生，傴僂著背，拉著卓晏的手微微顫抖，在他臉上尋找自己妹妹的模樣。「你都長這麼大了，和舅舅還是第一次見面。你看我來得這麼急，也沒給你帶個見面禮……」

卓晏笑道：「自家人客氣什麼。舅舅和我娘見過了？」

「唉，見是見了，就是還沒說多久的話，那貓就撲到你娘懷中，把她手背抓傷了，還正好劃在當年她手腕的舊傷上……唉，你娘這傷啊，又讓我想起了當年，她不容易啊！」

許是多年鬱卒養成的習慣，他一句一嘆氣，卓晏抬手撫撫他的背以示安慰，然後跨入屋內去探望。

阿南見現場一團糟，便往旁邊柱子上一靠，問身旁的朱聿恆：「下午去哪兒玩了，怎麼找不到你呀？」

朱聿恆淡淡道：「西湖邊散散心。」

「湖光山色這麼美，想通了嗎？」阿南笑咪咪地撓著貓下巴，問：「要不要把一切都跟我講講，讓我幫你查清真相呀？讓我證明給你看，我家公子絕對是無辜的。」

剛剛抓捕了她家公子的朱聿恆，沒有回答她。

阿南也不勉強，和卓晏的大舅搭話去了：「葛大人，你們兄妹闊別二十年，如今終於重逢，真是可喜可賀啊。」

「是啊，只是沒想到，十妹與我如今已是相見不相識了，這二十年她蒙著面生活，也是苦啊。」葛幼雄哀嘆道：「不過，雖然二十年未見，但骨血相連，我一眼就認出我妹子來了！她還說起我們故去的娘親帶我們回娘家時，外婆給我倆親手做的魚餅蝦醬……」

說著，這中年男人悲從中來，鼻音都加重了。

阿南正安慰著，旁邊卓晏出來，說母親歇下了，讓僕役們手腳都輕些。

旁邊桑婆子想起一件事，壓低聲音問：「少爺，京中來的那位王恭廠的卞公公還在呢，怎麼去回他？」

卓晏只覺頭大如斗，問：「王恭廠卞公公？卞存安？他來幹什麼？」

「這我可不知道了。奇怪的是，夫人一向不見外客不見生人的，這回一聽到來客名姓，卻立即讓人延請進來了。他們在屋內說了挺久的話，還是關著門說話兒的，我們可真不知道是怎麼回事。」

這嘴巴沒把門的老婦人，讓卓晏只能看著朱聿恆苦笑，吶吶道：「我娘她……平時真不見客的。」

畢竟，指揮使夫人與太監閉門商談，這事兒不但於理不合，也是逾矩的事情，朝廷追究起來，絕無好處。

朱聿恆倒是不甚介意，只隨意問：「卞公公還在麼？」

「在，剛還在偏廳喝茶呢。」

阿南看看內堂，說：「走吧，別吵到卓夫人了。我對王恭廠也有點興趣，咱們去看看這個卞公公吧！」

不一會兒，卓晏就把卞存安帶到了桂香閣。

卓晏身材頎長，而卞存安則是個枯瘦的小個子，跟在他的身後走來，若不是身上的薑黃色舊曳撒被風吹起揚起一角，可能都無法看見他的身形。

不過，卞存安個子雖小，脊背與下巴卻一直繃得挺直。一進屋內，先向朱聿恆下跪，說話依然是那副舌頭轉不過彎來，沙啞木訥的嗓音：「奴婢卞存安，參見……」

頓了一下，卞存安因卓晏來時的告誡，選擇了正確的稱呼：「奴婢卞存安，參見提督大人！」

朱聿恆示意卞存安起身，問：「卞公公怎麼突然來杭州府了？」

「奴婢是為宮中大火而來。」卞存安說著，從懷中掏出一張拓片。

卓晏掃了一眼，詫異問：「這不就是奉天殿廢墟中，那個榫卯上的標記嗎？」

卞存安那張枯槁灰黃的臉上，勉強擠出一絲苦笑：「卓把牌，刑部說這上面的標記，似與葛家的蜉蝣標記相似。此事關乎我王恭廠與內宮監兩條人命，因此我責無旁貸，來走這一趟。」

聽他提到葛家，卓晏忙再看那個印記，確實是自家門上那四翅飛蟲的模樣，頓時倒吸了一口涼氣。

「不可能吧？我娘全族都被流放至雲南，這二十年來，只有我大舅得了朝廷恩澤，最近得以回到故居祭祖，其他人斷不可能前往京師順天，又加入營造隊伍的。」

「但，除了這樁起火大案之外……」卞存安又從袖中取出一份謄抄的案宗，向朱聿恆稟報：「不知提督是否還記得，當初在王恭廠被炸死的那位內宮監太監常喜？」

朱聿恆點了一下頭，問：「怎麼，他的死，也與葛家有關？」

「這是刑部調查後的卷宗。提督大人要求我們復原常喜懷中那本殘破的冊子，經現場碎片拼接後，有個墨水濡溼的痕跡，那依稀殘留的字跡，經刑部推官查驗，正是個『葛』字。」

卓晏的臉色，頓時難看起來。

「這麼說的話，卞公公是得跑一趟了。」阿南蜷在椅中，托腮道：「天下之大，姓葛的人原不在少數，但姓葛又用蜉蝣痕跡作為標記的，怕是再也找不到第二家了。」

卓晏急道：「可我娘全族上下百來人，都在雲南軍中服役，日日都要點名查看的，如何離開呢？葛家唯一留存的只有我娘一個，可她日常都不出家門，如何能千里迢迢趕往順天府殺人放火？」

見他這麼焦急，卞存安也說道：「確實如此，奴婢也只是打聽得都指揮使夫人是葛家後人，特來向她瞭解一二。只是卓夫人出嫁二十年，為了避嫌一直與娘家不通訊息，因此奴婢自是一無所獲。」

聽他這麼說，卓晏鬆了一口氣，又說：「不過公公的面子可不小啊，我娘一向不見客的。」

卞存安面無表情，聲音死板道：「夫人聽說我是為葛家的案子而來，才開恩見我。瞭解這樁案子後，卓夫人只說葛家絕不可能有人前往順天犯事，其餘便再沒什麼了。」

說了半天，也什麼線索，阿南最不耐久坐，伸伸懶腰正揉著自己脖子，忽見窗外一個女人正看著她，見她轉頭，女人又驚又喜朝她揮手。

阿南不覺詫異，跳下椅子走到門口，問：「阿姊，妳怎麼在這兒？」

這個被管事的帶著站在外面的女人，竟是萍娘。

她挎著一籃桃子，身後的男人幫她提著筐子，裡面也全是粉嫩嫩的桃子。

卓晏也走出來，管事的忙介紹道：「少爺，這是葛嶺種了咱們山園的佃戶，送桃子來的。今日園中忙碌，因此我讓她直接送進來了。」

萍娘則對阿南喜道：「妹子，這是我娘家大哥在葛嶺自家山園裡種的，我剛好回娘家探親，就順帶送過來了，妹子妳嘗嘗看！」

「是嗎？這桃子粉粉的可真誘人，一看就好吃。」阿南被塞了一籃桃子，便笑著隨手遞給身後朱聿恆，自己拿了一個，揉了揉皮便撕開了，裡面一股蜜汁湧出，入口香甜無比。

「葛嶺有這麼好吃的桃子？阿姊的娘家是在那邊嗎？」

「是啊，我在葛嶺長到十七、八歲才出嫁呢。」萍娘點頭道：「小時候我在葛家幫過工，還伺候過夫人，如今二十年沒見了。但阿嬤說，今日夫人不適，也是無緣再給夫人請安了。」
見她與阿南相熟，卓晏說話便也客氣了些：「有心了，我娘歇息兩日便好。」
萍娘只是笑，阿南吃著桃子，笑著瞥了她身後的男人一眼。
男人下意識縮了縮身子，點頭哈腰地把包著布條的手藏在了桃筐後。
阿南笑著明知故問：「婁大哥的手怎麼了？受傷了？」
婁萬哪敢回話，萍娘笑得有點心疼：「他啊，你們把囡囡送回家後，他大概也嫌丟臉，一個人出門天快亮了才回來，滿手是血，把自己的小手指給剁了，說發誓再不賭了。我看他這樣子啊，這回該是真的要戒了。」
阿南吃著桃子，瞟了平淡漠然的朱聿恆一眼：「戒了就好，少一根手指怕什麼，浪子回頭金不換嘛。阿言你說是不是？」
朱聿恆淡淡「嗯」了一聲，垂眼看手中替阿南提著的籃子，便順手往卓晏和卞存安面前遞了一下。
皇太孫殿下親自送桃子，卓晏受寵若驚，趕緊捧了一個過來。
卞存安盯著面前的桃子，遲疑著抬起左手，取了一個桃子，虛虛用兩根手指捏著。
卓晏一吃桃子，眼睛就亮了，問萍娘：「這桃子真不錯，還有嗎？我買兩筐給驛站裡的兄弟們。」
萍娘喜出望外，說道：「有的有的，今年桃子大年，我哥的桃子鄰居親戚送遍了也吃不完，正想著說挑到市集上去賣呢，少爺真是大善人，謝謝少爺！」

「那行，我給妳寫張條子，來。」

卓晏叫人取過筆墨，正在寫條子，阿南又吃了個桃子，無意看見卞存安正在抓撓自己的手，便問：「卞公公，你的手怎麼了？」

卞存安手上全是成片的紅疹子，又似是覺得臉頰麻癢，抬手想要抓臉，手伸到一半硬生生又停下了。

阿南的目光看向被擱在旁邊桌上的桃子上，問：「原來卞公公碰到桃子會發疹？」

卞存安將桃子擱回桌上，道：「我自小碰觸了桃毛後便是如此。」

正等著卓晏寫條子的萍娘，聽到卞存安的話，忙道：「公公別擔心，桃毛髮疹用皂角水洗手，多泡一會兒，過兩、三個時辰，紅疹便可消下去了。」

聽她這樣說，旁邊管事的便立即去廚房端來一盆泡著皂角的水，擱在旁邊架子上。

萍娘用力將皂角揉出泡沫來，說道：「公公，您試試看。」

卞存安雖不情願，但手上確實麻癢難當，便抬手將手指浸入了水中。

萍娘見他的袖子掉到水裡去了，便殷勤地伸手幫他提高一點，將手腕露出來。

誰知卞存安卻將自己的手一把縮回，揣回了袖中，冷冷道：「妳太多事了。」

萍娘僵立在當場，看看他的手，又抬頭看看他，慌亂道：「你……你的手……」

「出去！」他嘶啞著聲音，壓抑低吼。

卓晏見他在朱聿恆面前如此失態，顯然已是控制不住情緒，忙示意萍娘趕緊走。

萍娘囁嚅著，但終究還是低下頭，向阿南低了低頭，匆匆離開了。

阿南吃著桃子，冷眼瞥著卞存安的手。

他袖子下露出的雙手上有許多傷痕，卻不是阿南那種由鋒利機關留下的傷口，而多是燙傷灼燒留下的、深淺不一的疤痕。

因長期與硫磺、硝石打交道，又無視保養，肌膚被侵蝕得十分粗糙，所以那紅疹發得也就格外刺眼。

見她一直打量自己的手，卞存安瞪了她一眼，啞聲問：「看什麼？」

阿南移開目光，「哼」了一聲：「沒什麼，又不好看。」

鬧了一場沒趣，卞存安匆匆告辭離開了。

阿南站在門口望著他遠去的身影，忽然湊到朱聿恆耳邊問：「這種人，是怎麼混到廠監的啊？」

朱聿恆平淡道：「聽說，他用火藥頗有獨到之處。」

「這臭脾氣就很討厭呀，居然還能升官？」

聽到這一句的卓晏笑嘻嘻地插話：「所以他外號棺材板啊。」

「棺材板？」

「對啊，死硬死硬的！」

阿南噗哧一聲笑了出來：「這麼損？看來他人緣真的很差了。」

「何止差，簡直神憎鬼厭。妳也看到了，他整日灰頭土臉，就知道盯著手上的那點活計。別人跟他多說兩句話，他就說自己手頭有事做，根本不跟人多言語的。他手頭不就是王恭廠那點破事嗎？一堆硫磺、木炭、硝石，翻過來覆過去的調配，是能做出個花來，還是能把敵人炸成花？」

阿南一邊吃桃子一邊笑道：「炸成花估計不行，炸開花還是可以的。」

卓晏眉飛色舞道：「那可不正合適嗎？這就是棺材板對口的活嘛！」

朱聿恆見他們說這些無聊話，皺起眉輕敲了兩下茶几。

阿南和卓晏吐吐舌頭，不敢再說。藉口探望母親，卓晏溜之大吉。

咦，不對呀！阿南吃完一個桃子後，才忽然想起來——這奴才怎麼回事？我才是主子呀！

左右無人，回頭看著端坐解岐中易的朱聿恆，阿南噘起嘴訓誡他：「阿言你是不是忘記自己身分啦？居然敢凶我？」

朱聿恆抬起那雙深邃銳利的眼，瞧了她一眼。

那目光沉寂而攫人心魂，阿南不由得更想逗逗他了。她趴在几案上看他那雙絕世好手解岐中易，問：「哎，你知不知道，前朝時，主子可以直接撲殺奴才，不用去官府的哦！」
「妳不會。」朱聿恆輕按岐中易，沉聲緩緩道。
「你怎麼知道我不會？」阿南挑眉斜睨。「要知道，你好幾次差點死在我的手上呢。」
日光透過窗櫺，篩在他們面前，光暈之中的朱聿恆注視著她，神情有些模糊。
他沒有說話，但阿南腦中一閃念，脫口而出：「因為我在黃河邊救了你？」
見她察覺，他也不隱瞞：「妳離開的時候，我剛好恢復了一點意識。」
「喔……」阿南也不甚在意，只說道：「黃河灘塗九虛一實，一個踩空的話，我很容易就會被沖走的。不過……剛好看到了你的手嘛，還是冒險去救一救了。」
「妳去黃河幹什麼？我聽妳說，堤壩垮塌也是妳的責任？」
「可不是嘛，公子吩咐我要守好那一段大壩的，可惜……」阿南抬起自己的手，將它放在自己面前，剛剛還飛揚的神采黯然下來。「可惜我的手，辜負了他的期望。」
「那一段崩塌的堤壩，自百餘年前修建後，每年加固，不曾疏忽。就算黃河堤壩會出事，這一段，應該也是最穩固的。」朱聿恆盯著她，一字一頓問：「妳說的公子，是怎麼知道那裡會出事，又提前讓妳去守護的？」

阿南察覺到他話中的異常情緒，抬頭瞥了他一眼，將自己的手放下來，抱臂道：「公子既然下令，我就奉命秉行，至於他怎麼算出來的，我就不管了。」

「算？」朱聿恆敏銳地抓住了她話中的訊息。

阿南「嘖」了一聲，說：「大概吧。不過他的演算法和你不一樣。他依據的是五行決，大到天下山川海勢，中間機關陣法，小到微毫纖末，從未失手。」

朱聿恆垂眼看著她的手，抿脣不語。

畢竟，抓捕公子時，他也清楚看到了，對方瞬間便能對八陣圖做出洞悉與游離。若不是為了救那個司鷲，估計諸葛嘉傾千百人之力也無法困住他。

所以，一切都在他的計算中嗎？

他出現在三大殿，也是因為他算到了紫禁城的三大殿會有那一場大火？

朱聿恆的手，不由自主地，撫上了自己被錦衣包裹住的殷紅血脈。

那麼，他的下一次病發——甚至是，下一次天降的災變，她的公子也算得出來嗎？

而不知情的阿南，見他神情茫然，便抬手在他的面前晃了晃，說：「所以，你要用我給你的這岐中易，和教你的方法，好好練手啊，不然的話，你都對不起我豁命去救你！」

朱聿恆望著她，遲疑間，似乎想要從理直氣壯的她臉上找出一絲破綻，查探出她和公子合謀的跡象。

但沒有。

她霽月光風，目光坦亮得近乎凌厲，與她背後的日光一般，直刺入他的心口。

酷烈而明亮，幾乎沒有半分陰霾。

第八章　六極天雷

當天下午，卓晏那個愛妻之名天下皆知的父親，就因為妻子的病情，趕回了家中。

顯然卓晏已經提醒過父親，關於皇太孫隱瞞身分的事情。卓壽對朱聿恆行了個軍禮，兩人各自落座。

「見過提督大人。」

一眼瞥到歪坐在旁邊榻上的阿南，卓壽心下詫異，但轉念一想皇太孫殿下這個年紀了，隨身帶一、兩個姬妾出行有什麼奇怪的。

只是……

皇太孫殿下坐姿無比端正嚴整，脊背與腰線筆直如一柄百煉鋼打造的青鋒劍。而旁邊的這女子，軟趴趴地靠著枕頭跟要滑下去似的，那姿勢就像隻偎依在榻上的貓，沒形沒象，綿軟慵懶。

更何況，她的長相雖然不錯，但那蜜色的皮膚，亮得像貓一樣的眼睛，慵懶的姿態……怎麼看怎麼刺眼。

殿下的眼光出了什麼問題，怎麼帶著個這樣的女人？

一時之間，卓壽猜不出阿南的身分，便也就裝作沒她的存在，先向朱聿恆請罪：「提督大人降臨寒舍，卑職在外無法親迎，惶恐萬分！」

「哪裡，是我倉促而來，未能盡早告知。」

阿南聽著兩人這無聊的寒暄，忍不住翻了個白眼，抓過旁邊的瓜子嗑了起來。

沒理會她的急躁，朱聿恆又問：「聽說尊夫人抱恙了？」

卓壽強笑道：「不怕提督大人見笑，內子自遭遇意外之後，一貫體弱，家中也請了大夫常住，都已習慣了。」

瓜子吃得口渴，阿南端起了茶盞，慢悠悠地啜著，打量這個應天都指揮使。

他四十五、六歲的年紀，虎背熊腰，眉目甚為威嚴，可以想見他領兵征伐時發號施令的模樣。

說起來，卓晏與他爹眉眼長得頗像，不過他引以為傲的身材，可比他爹瘦弱多了……

耳聽得這兩人不鹹不淡說著客套話，阿南實在受不了，悄悄拿顆瓜子砸向朱聿恆後背，在他側頭之時，向他做了個「要緊事」的口型。

朱聿恆面無表情地將臉轉過去，問：「卓指揮使，不知你是否知道，王恭廠的卞存安來找過你夫人？」

卓壽詫異問：「卞存安？這是哪位？」

「是如今王恭廠的廠監。」朱聿恆看似隨意道：「他因尊夫人是葛家人，而來詢問了一些事情。」

「內子雖姓葛，但葛家全族流放，已經二十多年未通音訊，怕是卞公公會一無所獲。」

「卞公公確實空手而返。」朱聿恆說道：「說起來尊夫人甚是不易，竟因二十年前的一場火，此生困在家中無法出門。」

卓壽畢竟男人粗心，揮手道：「也沒什麼，那場大火中喪生了那麼多人，好歹內子還能保住一條命，也算是上天垂憐了。」

「各處驛站都有水井火備，怎麼還會起那麼大火？」

「大人有所不知，那場大火，來得相當蹊蹺。」卓壽顯然對於當年之事還記憶猶新，一聽到朱聿恆發話，立時說道：「當日原本是晴空萬里的好天氣，誰知半夜忽然一片悶雷炸響，東南西北皆有雷聲，隨後整個驛站轟然起火，火勢一起便席捲而來，雷聲又引發地動，所有人無處可逃，被悶在其中焚燒，那場景，真是慘絕人寰！」

阿南「咦」了一聲，那原本懶洋洋倚靠在榻上的身軀頓時坐直，連眼睛都變亮了：「卓大人，你詳細講講當日情況？」

卓壽掃了她一眼，還未發話，便聽到朱聿恆道：「聽來確實動魄驚心，不知卓指揮使與夫人當時如何脫險？」

聽皇太孫發話，卓壽便回憶了下當時情形，說道：「卑職是武人，是以第一聲雷時便驚覺了。睡意朦朧之中聽到一聲炸響，尚未分辨出是哪裡來的，便立即起身，以為自己尚在戰場，是敵方來襲。等起來後，便聽到南、西、東各傳來三聲炸雷，才想著之前第一聲應該是從北而來。那雷聲太多太密集，卑職聽得外面驚慌吶喊之聲，立即抓過床頭的刀，跑去看雅兒……咳，便是我當時未過門的妻子了。」

他奔出房門後，忽聽得頭頂一聲驚天動地的響聲，仰頭一看，已經是漫天火起，映得半空都是亮紅色，極為刺目。

正當卓壽下意識閉眼之時，腳下又是一陣巨響，地面劇烈震動。像他一樣反應稍快些、從屋內倉皇逃出來的人，都跌倒在地，一時滿院都是哀呼慘叫聲。

此時院內已是煙火滾滾，卓壽仗著自己在敵陣中拚殺出來的身手，硬是在瀰漫的黑煙中爬起來，撥開面前竄逃的人群，踹開葛稚雅所住的廂房大門。

當時送嫁的婆子已經全身起火死在床下，葛稚雅也被火勢逼到了牆角。

卓壽衝進去，將她一把拉住，帶著她衝了出去。

「只是不曾想，就在我們出門的那一刻，雅兒被門檻絆倒，面朝下撲倒在了正在燃燒的門簾上，唉……」

卓壽說到這兒，依舊是滿懷唏噓，嘆息不已：「可惜雅兒這輩子，再也不肯拿下面紗見人了。」

當日驛站情景，二十年後說來，依舊令人心驚。

卓壽心繫妻子，見過朱聿恆後，便匆匆告辭離去。

阿南等卓壽一走，就從榻上跳起來，說道：「六極雷！肯定是楚家的六極雷！」

朱聿恆用詢問的目光看著她。

「是和你的棋九步、公子的五行決、諸葛家的八陣圖差不多的絕學，聽起來，當年驛館這雷火，絕對是杭州楚家的本事。」阿南抬手壓著案卷，抬起灼灼垂涎的目光看他。「不過你比較厲害，畢竟其他的都可以學，而你這個，全靠驚世駭俗的天賦，沒有就是沒有，一輩子也學不會。」

朱聿恆沒回答，顯然對自己這個能力並不在意，目光盯著窗外，似乎在思索別的事情。

「暴殄天物。」阿南嘟囔著，在屋內轉了一圈，然後跳到朱聿恆面前，說：「查！趕緊去查查楚家如今住在哪兒！咱們就在杭州，去查楚家肯定一找一個準！」

「確實要查一查。」朱聿恆終於回應了她，緩緩點頭道：「畢竟，三大殿起火當天，也是雷電交加，四面八方而來，不曾斷絕。」

「咦？」阿南詫異反問：「六極雷是四面八方加天上天下，六極齊震無處遁形。三大殿起火那天，也有天上和地上一起發動的雷火與震盪？」

朱聿恆抿脣思索著，慎重道：「倒不明顯，但若真的算來，也有可驗證的地方……」

畢竟，十二根盤龍柱中向上噴吐的火，算不算遮蓋的天火？那大殿轟然倒塌時的震盪，或許也可能是因為震盪而倒塌？

兩個月多前的那一夜，陷入昏迷之前的這些事，明明都是深深刻入腦海的東西，現在想來，竟有些恍惚模糊了，就像一場噩夢，越是想直接面對它，卻越是會失去當時可怖的細節。

阿南見他神情不對，忙拍了拍他的肩，阻止他再深入想下去：「別想了阿言，總之，咱們先去找一找楚家，絕對沒錯。」

朱聿恆略一點頭，說：「我吩咐下去。」

在偌大的杭州城找一個人，看似很難，但本朝戶籍管理極為嚴格，其實只是翻找幾本黃冊的工夫。

夕陽在山，天色尚明，杭州城中姓楚的人家已盡數被梳理過一遍，最後呈上來的，是清河坊旁梧桐巷內的一戶。

「楚元知……」阿南捏著那份薄薄的單子，囂張的表情跟馬上要去欺男霸女似的。「就是他沒錯了，走！」

匆匆用了晚膳，兩人騎馬到了梧桐巷。

暮色之中，天氣悶熱，隱約欲雨。

進入巷口後，阿南抬頭看見一道雷電劃過天際，照亮了面前已經昏暗的巷道。

只看見巷道盡頭有一座破落小院，年久失修的門庭，大門緊閉。站在院牆外往裡面看，唯見屋頂的瓦松茂密生長。

看起來是一家祖上闊過，但如今已經落魄的人家。

阿南打量了一圈圍牆，又抬手在上面敲了敲。直敲了四、五尺的距離，她才收回手，抱臂皺眉仰頭看著。

朱聿恆從馬上俯身，問她：「怎麼樣，需要叫人進去嗎？」

「今天不行。」阿南一口否決，指著大門道：「門上有機關，機關連通圍牆的布置。而且，今日正逢雷電天氣，楚家號稱可驅雷策電，天時地利人和你敢動手？忘記上次闖我家的神機營士兵下場啦？」

朱聿恆微皺眉頭，打量這蔽舊門庭，問：「這個楚家，如此厲害？」

「這可是楚家祖宅，雷火世家平生仇敵肯定不在少數，當然要將自家打造成個鐵桶。我估計，擅闖者只有死路一條。」阿南說著，朝著巷子外努努嘴。「你會眼睜睜看著你的手下，進去送死？」

朱聿恆沒說話，只看著院牆，一臉不快。

「總之，楚家又不會跑，我們先來探探路，以後大可從長計議，比如說……」話音未落，耳邊忽聽得一陣敲鑼聲，那人邊敲邊跑，口中大喊：「驛站失火了，快來救火啊！來人啊！」

二人抬頭一看，西北面隱隱有火光微現，正是杭州府驛館的方向。

阿南翻身上馬，說道：「我回去想想怎麼突破楚家比較好。走吧，先去看看驛站！」雙腿一催，已經騎馬向著那邊而去。

杭州府百姓回應極快，因營救及時，他們到達時，驛站火勢已基本控制住了，只剩黑煙尚在瀰漫。

驛站的東側廂房燒塌了三、四間，相連的其他幾間房也是搖搖欲墜。驛站的人正拿了木頭過來撐著斷梁。

「共計燒毀廂房三間，其中兩間無人入住，東首第一間……」驛丞翻著帳本，手指在上面尋找著。

等看清上面登記的住客名單時，他的手一顫，頓時叫了出來：「這……這，你們看到卞公公了嗎？就是入住東首第一間的那位宮裡來的太監！」

阿南正騎馬過來看熱鬧，一聽到這話，頓時和朱聿恆交換了一個錯愕眼神，出聲問：「卞公公出事了？」

驛丞回頭看向馬上的他們，見朱聿恆氣度端嚴，不似普通人，便回答：「卞公公下午回來後，好像一直都在房內沒出來過，如今突發這場大火，也不知他有沒有事……」

話音未落，正在廢墟中潑水壓餘火的人中，有一個失聲喊了出來：「死……死了！有人被燒死了！」

驛丞嚇得幾步跨進尚有餘熱的廢墟中，朝裡面一看，不由得大駭：「卞公公！」

聽到他的慘呼，阿南立即跳下馬，快步穿過院門，躍上臺階，去察看廢墟內的屍身。

一具瘦小的焦屍，趴在倒塌的門窗上，被燒得皮肉焦黑，慘不忍睹。

阿南一看便知，這是在起火的時候，他想要翻窗逃生，誰知門窗連同上面的屋梁一起塌了下來，將他砸暈後壓在火中，活生生燒死了。

「這是卞公公嗎？」阿南端詳著被壓在瓦礫下的焦屍，問驛丞。

「是、是卞公公。他就住的這間房子，這身型也差不多……」京師來的大太監在自己負責的驛站被燒死，驛丞嚇得面無人色，又不敢多看這具被燒焦的屍體，偏轉頭看見了地上一個腰牌，忙道：「妳看，這不是卞公公的嗎？」

阿南用腳尖在潑溼的灰燼中撥了撥，看到一面被熏黑的銅牌，雲紋為首，水紋為底，正中間鑄著字號，隱約是「王恭廠太監」五字。

身後朱聿恆也過來了，阿南便用足尖將銅牌撥了個面，後面寫的是「忠字第一號」。

「他是如今的王恭廠監廠太監，自然是一號腰牌。」朱聿恆確定道。

「真沒想到，卞公公一直與火藥硫磺打交道，如此熟悉火性，居然會死在這樣一場並不大的驛站火中。」

「善泳者溺於水，世事往往難料。」

被水潑溼的火場溼熱骯髒，朱聿恆起身以目光詢問阿南，是否要離開。

阿南卻蹲下身，仔細地去看那具焦屍按在窗板上的右手。

朱聿恆沒想到她連屍體的手都要多看兩眼，不由得皺起眉頭。

阿南卻回頭朝他招手，說道：「阿言，你過來看。」

朱聿恆在她的示意下，看向焦屍的手指。

燒焦的木板上，與當初三大殿的那個千年榫一樣，刻著極淺的痕跡，顯然是卞存安在臨死前，與薊承明一樣，用自己的指甲刻下了訊息。

因為屍體是掛在窗上的，那個字也是反的，阿南側了側頭，才看出來，他是先刻了一個「林」字，下面有一橫一勾。

「林……」阿南若有所思地看向朱聿恆。

「楚。」朱聿恆則說道。

阿南看著那橫勾上的林字，確實比較扁平，應該是楚的上半部分。

「這還真巧，我們剛好要去查楚家的六極雷，怎麼這邊就出現了個楚字了。」阿南說著，抬頭問站在旁邊的驛丞：「老丈，剛剛起火之時，周圍可有什麼異樣情況麼？」

驛丞不安地看看護衛在火場旁邊的韋杭之等人，搖頭道：「沒有，絕對沒有。老頭我正在房中整理文書呢，怎知忽然就起火了，唉，這上頭要是怪罪下來，我也不知怎麼擔責……」

阿南見他說話時，旁邊有一個僕婦撇了撇嘴，一臉不以為然的神情，便問：「大娘，妳可有看見什麼異狀嗎？」

那僕婦身材健壯，頭髮梳得光溜溜的，一看就是俐落人。她指了指天上，說：「什麼異狀我不懂，總之婆子我活了這麼多年，下午第一次看見那種妖風！」

「妖風？」阿南詫異問。

僕婦確定道：「可不就是妖麼？我當時看看暑氣快下去了，便提著水去西廂房廊下灑掃，一抬頭看見卞公公正去關門。你說奇怪不，他身上的衣服不斷往天上飄飛，就像被人扯住了衣角，不住往上斜飛。我再一看，卞公公鬢邊散落的幾綹頭髮，也一直往上飛。」

阿南沉吟問：「往上的妖風？」

「要只是風往上也就罷了，咱也不是沒見過旋風是不是？可我再一看旁邊，草葉樹枝分明一動不動，草尖上的蝴蝶翅膀扇得可快了。姑娘妳說，那風豈不是奇怪麼，竟似只扯著衣服和頭髮往上飛的！」

一直站在旁邊傾聽，沉靜似水的朱聿恆，他的眸中終於顯出了難以掩飾的震驚。

這僕婦的講述，讓三大殿起火的那一夜，又在他面前重現。

一樣的天色，一樣怪異的感受。

明明周圍只有悶雷，沒有一絲風，可他永遠記得三大殿起火前一刻，他的衣服和髮絲被一種古怪的力量牽扯著，斜斜向上飛揚，竟似有一種看不見的力量，將它們托舉起來，要向上而去。

還有那個，本應永久嵌壓在梁柱之上的，千年榫。

是什麼樣令人無法想像的、拔地而起的巨大力量，才能將整個屋簷硬生生拔起，完整脫出那個千年榫。

這詭異的吸力，究竟是什麼可怕力量？

「阿言？」阿南的聲音在他耳邊響起，他才發現自己竟因太出神而沒聽到她的呼喚。

阿南拍拍裙子上的灰，站起身來，說：「仵作來了，咱們先回去吧。反正卞公公不但被燒焦，屍體還被橫梁砸扁了，這慘狀，我也不想看下去了，還是回去等驗屍卷宗吧。」

朱聿恆點了點頭，跟著她走出驛館，翻身上馬。

行到巷口，阿南抬腳踢踢他那匹馬屁股，問：「怎麼啦，神思不屬的？」

朱聿恆沒說話，只抿脣沉默。

阿南才不會輕易放過他，一側身抓過他的馬韁，湊到他面前盯著他，問：「那個妖風，有什麼問題嗎？」

清河坊的街燈早已點亮，投在他們身上，也照得阿南那雙眼睛亮得如同燈籠中跳動的火光。

朱聿恆下意識地勒住韁繩，盯著她燦爛的眸光許久，才垂了眼睫避開她的逼視，說：「我見過那陣妖風……在三大殿起火之前，一模一樣。」

「真的有妖風？而且……還與三大殿起火時的一樣？」一向淡定的阿南，也不由得大為驚奇，一把抓住他的袖子，說：「跟我說說，究竟是怎樣的情景！」

「與那個婆子說的差不多。只是，那力量似乎不僅僅只是能牽扯衣服和頭髮那麼簡單，甚至可能有千鈞之力。」

長街行人稀少，朱聿恆將自己在三大殿起火之前的異狀，及後來發現新月榫的事情，低低地說給她聽。

他們踏著街燈的光前行，阿南沉吟片刻，然後開口問：「所以那種妖風，可以不驚動草葉樹枝，卻可以扯動髮絲和衣襬，更可以摧枯拉朽將整座屋簷拔起？」

朱聿恆點了一下頭：「是。」

「這世上，怎麼會有這麼詭異的力量啊……」阿南靠在馬脖子上，盯著朱聿恆。「要不是那個婆子也這樣說，我真以為你在騙我。」

「事情發生雖近三月，可當日情形一直在我心中，不曾抹去，我不會記錯。」

「但是聽起來，真是難以置信……另外，卞存安寫下的那半個楚字，又是什麼意思呢？難道說驛站這場火、甚至是與此相似的三大殿火災，都與楚家有關係？」阿南正在思忖著，後方忽然傳來一陣騷動，人聲隱隱。

阿南回頭看去，問：「怎麼了？」

朱聿恆一眼看到韋杭之等人似乎在圍捕一個人。他心中有鬼，一看韋杭之盡力將對方逼向另一條街市，心下了然，或許是逃掉的那個司鷲，或是其他的同夥，過來找阿南了。

於是他只瞥了一眼，便撥轉馬頭，說：「沒什麼，大概是發現了形跡可疑的人……前面是不是石榴巷？」

阿南抬頭一看，笑道：「對呀，上次咱們送囡囡回家，就在這裡嘛。你說今天萍娘送我一籃桃子，我是不是該送點回禮給她？」

朱聿恆巴不得她注意力轉移，便指著路邊一家蜜餞糖果鋪道：「那小姑娘似乎愛吃糖。」

阿南是個風風火火的性子，當即跳下馬，把店內的松子糖芝麻糖各買了一份，看見櫃上還擺著幾個染成紅色石榴狀的東西，下面圓圓的，頂上五個尖尖的角，頗為可愛。

「這是什麼？」阿南隨手拿了兩個小的，扯過旁邊的棉紙包上，交給朱聿恆拿著，說：「這個好看，囡囡肯定喜歡。」

守店的老婦人在旁邊看著他們，噗嗤一聲笑了出來。

阿南看看糖石榴，又看看老婦人，詫異問：「怎麼了阿婆？」

「姑娘，這糖石榴是男女結親之時，女方饋贈男方與親友的，意喻多子多孫。」老婦人打量她還是姑娘裝束，便笑咪咪道：「日常是不吃的，等你們成親那日，千萬記得來照顧老婆子生意，我一定替你們把大小一套糖石榴都做得圓圓滿滿、漂漂亮亮。」

阿南一聽這話，再厚的臉皮也忍不住微微發燙，等看看面前手足無措、趕緊把糖石榴放回原處的朱聿恆，她又忍不住笑了出來。

「不要不要，阿婆妳別誤會啊，我外地來的，真不懂這邊風俗。」阿南捂著臉，灰溜溜地付了錢，抱起一堆糖趕緊逃出了店門。

一直快走到水井頭了，阿南覺得自己的臉還在發燒。

她揉揉臉，見朱聿恆的表情也一直不太自然，便翻了塊散糖吃著，沒話找話道：「你說那個阿婆什麼眼神啊，哪有人自己去買這種東西的，肯定都是家裡人置辦嘛……」

話音未落，她拐過巷子，看到了裡面的水井頭，面露詫異。

黃昏時分，本該是家家晚炊的時候，此時巷子內卻有好幾個人拎著水桶，爭先恐後過來打水，又拎著水匆匆奔到巷子內。

略一抬頭，在水井頭的大樹後，她看見了黑煙，正開始瀰漫。

阿南臉色大變，幾步奔到井邊，扯住一個正在打水的男人，問：「大叔，哪裡起火了？」

「不就是巷子最裡頭的雜院嗎？難怪大傢伙都說火神脾氣大，驛站那邊的剛撲滅，這邊又起火了，真是慘！聽說還有一家人被困在裡面，連孩子都沒跑出來！」

阿南把懷中的糖一丟，提起裙角，往巷子內狂奔而去。

巷子最裡面，他們曾經帶著囡囡回的那個家，如今已被火蛇瀰漫侵吞。

濃煙滾滾之中，裡面零星有幾個人逃出，都是與囡囡家一樣租住在這個院子裡的。

而火勢正是從住在院子最裡面角落的囡囡家中衝出，紅焰黑煙迅速席捲了周圍的房屋。

潑水的人也不敢進內，只在周邊灑灑水，一邊咒罵這突如其來的大火。

阿南躍上被煙迅速熏黑的院牆，向裡面看去。

熊熊烈火之中，燃燒的梁柱搖搖欲墜，眼看就要坍塌。而透過肆虐的濃煙，蒸騰的熱氣讓周圍的景物劇烈扭曲，彷彿有一種詭異的力量在扭扯人間，極為恐怖駭人。

而就在這地獄般的情形之中，她透過垮塌下來的窗戶，看到一條渾身是火的軀體，在火中掙扎蠕動，卻趴在一個東西上，始終不肯逃離。

阿南還未看清這一切，腳上忽然感到一陣灼熱。她低頭一看，火苗已經舔舐到了她的裙角。

還沒來得及思索，她只覺耳邊風生，身體往後一傾，朱聿恆已將她拉了下來。

「火都燒過來了，妳還在看什麼？」她回頭看見朱聿恆緊皺的眉頭。

「萍娘，我看見萍娘了！」阿南顧不上多說，撕下一塊裙角蒙住口鼻，搶過旁邊一人手中的水桶，往自己身上一倒，衝進了火場之中。

朱聿恆沒料到她居然就這麼義無反顧地衝進了火中，一時反應不及，竟未能拉住她。

他望著阿南的身影，呆了一瞬。

在他掌握的資料中，阿南與萍娘，不過是三兩次的交集。可是，這個普通的漁娘，卻讓她不顧一切地衝進火海之中，冒險救人。

阿南，可能他還是未能徹底瞭解她。

只這一閃念間，阿南已經衝過了院門，撲開滿院黑煙，在旁觀者的驚呼聲中，抬腳狠狠踹開已經燒朽的房門，一頭扎進了冒出濃煙火光的破窄屋內。

原本就狹窄不堪的屋內，此時充斥著滾滾黑煙，裡面一切根本看不清楚。嗶剝聲中，火勢風聲在她耳邊呼呼作響。

她還想往裡面再踏進一步，可迎面大團熱氣撲來，剛剛倒在身上的那一大桶水，水分在這片刻間被蒸騰完畢，她感覺自己的頭髮一下子就被燎焦捲曲了起來。

在這門口一瞬間遲疑之時，她聽到屋內傳來極低微的一聲哭叫：「姨……姨！」

「囡囡！」阿南剛張開口，就被濃煙嗆到，她下意識別過頭去。蒙臉的布已經乾透，她正在一瞬猶豫之間，後面忽有一桶水潑向她身上，將她澆了個溼透。

阿南回頭瞥見朱聿恆，他將手中一個空水桶丟在地上，接過了侍衛們遞來的第二桶水。

阿南頓時心中大定，抬手指了指正在燃燒的屋子，搖了搖頭，然後回頭就扎進了火勢凶猛的屋內。

後面的人提著水想要澆到火上去，朱聿恆立即抬手止住，大聲道：「等人出來再潑！水火相激，屋子會立即倒塌！」

說著，他靠近了屋子一些，竭力透過濃煙查看阿南的情況。

火勢太大，她剛剛被淋透的身軀上，立即騰起一股熱氣。

萍娘租賃的屋子很小，阿南幾步衝到了牆角。黑煙內，她看到萍娘趴在牆角的水缸之上，頭髮已經燒得所剩無幾，後背的衣服也焦黑一片。

她已經不再動彈了，身軀卻保持著趴在水缸上的姿勢，一動不動。

阿南咬緊牙關，再踏前兩步，抓住萍娘的肩膀，將她的身軀扳了開去。

只剩了一半水的缸內，囡囡正在號啕大哭。

萍娘用身軀幫女兒擋住了外面的火勢，可水缸內的水也已經開始溫熱，再遲來片刻，她的女兒也將活活烤死在這缸內。

萍娘的屍身跌落，囡囡驟然吸到外面的煙火，她一邊大哭，一邊激烈嗆咳，眼淚鼻涕與灰燼混合在一起，滿臉狼藉。

阿南雙手插入囡囡腋下，竭盡全力將她一把抱出水缸，來不及捂住她的口鼻，就帶著她狂奔出屋。

黑煙瀰漫之中，她抱著孩子一腳踢到了門檻，難以平衡身軀，一個趔趄差點撲倒在地。

門檻受力，帶著上頭的門框和屋簷梁柱，在喀喀聲響之中，攜帶著烈烈火苗，迅速向阿南和囡囡壓倒下來。

千鈞一髮之際，一隻手驀地伸過來，將即將倒地的阿南一把拉住，又將她懷中的囡囡接走——正是朱聿恆。

身後韋杭之與眾人阻攔不及，都是一陣驚呼。

千金之子，坐不垂堂，可皇太孫竟在這樣的局勢之中，搶上去救阿南和囡囡。

在驚呼聲中，囡囡被朱聿恆抱走，阿南的手一經得空，右臂立即揮出。流光驟射向面前的柳樹，一拉一絞，機括飛速將她的身子往前拉去。她一把攬住朱聿恆的腰，帶著他往前飛撲，身體在瞬間掠過院落。

他們去勢太急，阿南的臂環又無法承受三人重量，只往前疾奔了幾步，便一起撲倒在了院中。

身後轟然巨響震天動地，烈風中火星四濺，灼得他們肌膚焦痛——那倒塌下來的屋簷，離他們堪堪只有半尺。

若是朱聿恆抓住阿南、抱走囡囡、阿南用流光疾沖、帶上朱聿恆飛撲時，任一行動有半分閃失，或者他們沒有在一瞬間的閃念之中就瞭解對方行動的用意，那麼，三人都將葬身火海，不堪設想。

周圍眾人一湧而上，急忙去扶朱聿恆。阿南則抱著囡囡坐起來，顧不得揉自己摔腫的膝蓋與手肘，捂住她的口鼻，先遠離火場。

囡囡越過她的肩頭看著後方，她的家已經化為坍塌的火海。她也不再哭鬧，嗓子嗚咽乾澀，只喃喃喚著：「娘，娘……」

阿南此時才感覺自己渾身乾焦脫力。她將囡囡交給旁邊鄰居大娘，捧起桶中水大口喝著，緩解喉嚨的灼痛，又把身上潑溼，驅除身上火氣。

扶著牆走到遠離火海的地方，她靠在一戶人家屋簷下，揉著自己剛剛摔傷的膝蓋，疲憊困頓。

一盞朦朧小燈映照過來，一個白瓷小瓶遞到她面前。

那持著瓶子的手極為修長白皙，在燈光下與手中瓷瓶一般瑩光生潤，迷人眼目。

「阿言……」阿南嘆息般地喚了他一聲，煙熏火燎過的嗓子比往常更沙啞了三分，一邊咳嗽一邊問：「這麼快就拿來了……你隨身帶著乾坤袋？」

「咳成這樣了還說笑。」小燈照出她披頭散髮、滿是塵灰的面容，奇怪的是，這麼狼狽的模樣，朱聿恆卻覺得並不難看。

他將小燈擱在臺階前，在她身旁坐下：「妳說楚家擅長雷火時，我讓人準備的。畢竟……和妳在一起，有太多不測的險情了。」

「怎麼，跟著我委屈你啦？」雖然特別疲累，但阿南還是笑了。

他望著她，低聲說：「在我面前，不必強顏歡笑。」

阿南眉一揚，正要反駁，但看到他眼中的了然與感傷，終究只是嘆了口氣。

她撩起焦黑的裙襬，往身後的磚牆上靠著，接過他手中的瓶子，挖出裡面的藥膏，在自己青腫的膝蓋上揉搓按摩。

「好清涼啊，這藥不錯。」

尋常的女子，斷不可能在男人面前露出小腿，但阿南這個行徑荒誕的女人怎麼會在乎這種事。甚至她還因為疲憊虛脫，抹到一半就闔上了眼睛，靠在牆上閉眼打盹。

朱聿恆見她手中的瓶子似要滑落，便抬手接過，碰到了她的手指，軟軟的，虛虛的。

大概剛剛那一場死裡逃生，她迸發出了全身的力量吧。

他看著她疲憊蒙塵的面容，正想著要不要幫她把散亂的頭髮理好時，天空一道閃電劃過，他的臉頰上微微一涼。

這場悶蘊許久的雷雨，終於下了起來。

雨夜的屋簷下，他與她身邊唯有一盞小小的燈，發著幽淡的光。阿南昏昏沉沉地打著盹，橘色的光暈籠罩著她，溫暖又柔軟。

細雨微燈，劫後重生。

阿南醒來時膝蓋沁涼，腫痛感已經基本消失。她那邊緣被燒得焦黑的裙裾，端端正正地被拉好了，遮住她蜷著的小腿。

她抬起眼，看見身旁的朱聿恆，他正望著面前的雨簾出神。

「阿言……想什麼呢？」阿南聲音恍惚如囈語。

雨水沖刷走了煙霧餘燼，空氣清澈透涼。

朱聿恆側頭看著她，低聲說：「我在想，這幾場大火。」

從順天，到杭州，從二十年前，到今夜……這詭異的火災，無常的焦灼與無能為力的感覺，讓他心頭也有一把無名火，充斥在胸臆間，無從捕捉又被時時灼燒，令人焦灼。

阿南抬手將頭枕在手肘上，開口問：「剛剛的火中，你……明明看到房子快燒塌了，為什麼還要來救我？」

朱聿恆沉默著，什麼也沒說。

因為，他自己也不知該如何解釋。就那麼下意識的，心中還沒有考慮任何事情，身體已經自然而然地向撲倒在地的她奔去。

其實他當時真的，什麼都沒想過。

他聽到阿南的聲音在耳邊低低響起：「當時情況那麼危急，你就不怕和我一起被塌下來的房子壓倒嗎？」

「不會。」他聲音低且緩慢，卻無比肯定：「我知道妳不會失手。」

在這般壓抑的時刻，聽到他這句話，阿南終於略略提振起來。給了他一個「算你有眼光」的眼神，她扶牆站起了身：「火該滅了吧？走，去看看情況。」

夜雨細密，阿南雙手虛軟，朱聿恆便替她撐著傘，兩人一起回到火場去。

萍娘的屍身已經被清理出來，火中卻沒有萋萬的痕跡。

阿南恨恨咬牙道：「千萬不要讓我發現，他今晚又去賭錢了！」

朱聿恆吩咐人去找婁萬，阿南看見萍娘的屍身上只蓋著一張油布，任由夜雨擊打。

她蹲下來，把油布往上拉了拉，遮好萍娘露在外面的頭頂。

朱聿恆彎下腰、放低手中傘，幫蹲在地上的阿南遮住大雨。

「她不過是個普通船娘，為何會遭這麼大的災？」阿南看著那張油布，嗓音又乾又冷：「我仔細想來，唯一值得懷疑的，就是她給卞存安洗手時有些怪異。大概，是她當時看到了什麼……只是可惜，卞存安在她之前就死了，已經無從查起。」

朱聿恆「嗯」了一聲，道：「另外，萍娘還說過，她年少時曾伺候過卓夫人，不知道會不會有什麼線索。」

「但願能有。就算是卓晏的娘、應天都指揮夫人，咱們也得去好好查一查。畢竟，萍娘因此而葬身火海了……」阿南想起萍娘那慘不忍睹的屍身，眼圈不由得紅了，啞聲道：「她……她用自己的命，保住了囡囡的命。」

「囡囡會平安順遂長大的。」朱聿恆肯定道。

阿南嘆了口氣，在萍娘屍身前沉默了片刻，終於站起身來。

旁邊穿著蓑衣的幾個差役蹲在廢墟之中，用手中火釬子撥著面前一堆灰燼，面帶詫異地說話。

阿南強打精神，向那邊走去，問：「怎麼了？」

差役見眾人口中的「提督大人」都替她打傘，忙起身點頭哈腰，又用火釺子指了指從櫃子下面掏出來的一疊厚紙灰，說：「姑娘，妳看。」

阿南彎腰撿起一片紙灰看了看。紙是極易燃的東西，但這疊紙剛好被倒下來的櫃子壓住，隔絕了火焰，還殘餘著二指餘寬完整的紙張，未曾徹底燒毀。

阿南藉著旁邊的燈光看了看，上面是一片雲紋欄，依稀還有墨色留存，轉側紙灰之時，可以模糊看到上面似有雷紋。

朱聿恆倒是不認識，問她：「是寶鈔？」

「雷雲紋，這是十兩的銀票。」阿南緊皺眉頭，看了看被掏出來的其他四張銀票殘片，說道：「五十兩，對他家來說，可真不少了。」

「銀票？」

拿火釺子的差役解釋：「確實是近年來市面通行的銀票，是永泰銀莊發出來的。」

朱聿恆不知道永泰銀莊是什麼，略略皺眉。

「其實就是存銀憑證。」阿南簡短解釋：「永泰的鋪號到處都是，銀子跟流水似地從海外進來，因此前兩年由永泰的總掌櫃打頭，各地大商賈們推舉他家建了個銀莊。現在各地行商，再不必帶著大額金銀出行了，就拿著這個——」。

她說著，晃了晃手中的殘片，道：「譬如我在順天的永泰號裡，存十兩銀子，就能拿到一張這種銀票用以證明，然後就可以到各處通兌。無論是應天、大同還是杭州這邊，只要看到永泰號的鋪面，拿出銀票就能拿到錢。」

差役們也點頭道：「是，方便得很，如今江南官場和民間有大額銀錢來往的，都用這個了。北方天子腳下，可能還少見些。」

永泰號。海外貿易發家。

朱聿恆狀似無意地瞥了阿南一眼。

「是呀，永泰號信譽很好的。」阿南卻漫不經心，並未察覺到他的探究，見沒其他要緊東西了，她便起身道：「如今最要緊的，是把婁萬找到，看看這場火、這些銀票，到底是怎麼回事！」

出了巷口，和囡囡家同租一院的鄰居都遭了災，只能躺在街邊屋簷下過夜。有的抱著自己搶出來的僅剩的一點東西滿臉倉皇茫然，有的抱頭痛哭，一時場面慘不忍睹。

囡囡正在鄰居婆子家，被一個不停抹淚的中年婦人抱著坐在門口。看見阿南過來，囡囡低低叫了聲「姨姨」，婦人忙抱著她起身，向阿南和朱聿恆低了低頭。

婆子介紹說：「這是囡囡她二舅媽。她二舅借傘去了，待會兒就把囡囡抱回去。」

阿南見婦人看來頗為敦厚，便向她點了點頭，問囡囡：「妳去過二舅媽家嗎？」

囡囡點點頭，她一夜哭叫驚嚇，神情有些恍惚：「我常去的，以前阿娘說我還小，出去撐船都不帶我，二舅媽就會接我過去，和表哥們一起玩……」

聽她這樣說，阿南點了點頭，看著囡囡的神情欣慰又黯然。

「可是，我、我娘呢……姨姨，我娘呢？」她癟了癟嘴，已哭得紅腫的眼中，又湧滿了淚水。

二舅媽拍著囡囡的背，泣不成聲。

勉強定了定心神，阿南問：「囡囡，妳爹昨晚去哪兒了？」

「我……我不知道。」囡囡哭著說，過了一會兒又搖頭。「我知道、我知道，阿爹肯定是去賭錢了。阿爹回家的時候拿了很多很多錢！」

阿南知道她指的錢，就是那疊銀票了，便問：「那妳爹拿了錢回來，怎麼又不在家了呢？」

囡囡抽泣著，努力回想：「阿爹下午出去了，一直沒回來，阿娘和我一起睡著了。後來我爹回來拍門，我就被吵醒……阿娘去開門，問阿爹，怎麼這麼晚才回來。阿爹沒說話，也沒進門，把東西塞給阿娘，就走了……」

阿南皺起眉頭，又問：「然後呢？」

「然後，阿娘拿著東西說這是什麼呀，她點了燈一看，嚇得叫了一聲，說這麼多錢！我就問阿娘，這是紙，不是銅錢啊，阿娘卻讓我趕緊睡，我就閉上眼睛朝裡面睡了，聽到阿娘還說，怎麼都打溼了呀……」

一個賭鬼，半夜忽然不聲不響給老婆帶來一卷打溼的銀票，這事情，簡直詭異。

阿南與朱聿恆對望一眼，情知這疊銀票肯定有問題，只是囡囡是個小孩子，又在睡夢之中，許多細節也無從得知。

聽得囡囡又說：「然後，我也不知道自己睡了多久，阿娘忽然把我從床上抱起來，要往外跑。我睜開眼睛一看，家裡著火了，我家的床，還有桌子、凳子，還有灶臺邊的柴火，全都燒起來了……阿娘帶著我要跑出去，可是門也燒起來了，阿娘拉不開門閂，抱著我使勁撞門，可怎麼撞都撞不開……阿娘就把我放進了水缸，她趴在水缸上，叫我別出來……」

說到這裡，囡囡又哇哇大哭起來，那地獄般的情形，讓阿南都不忍心再聽下去。

婦人抱著囡囡，懇求地看著阿南流淚。

阿南便也不再問了，嘆了口氣，替囡囡把眼淚擦掉，回頭見二舅拿著把傘回來了。

他們把囡囡抱在懷中，沿著街巷往回走。傘不夠大，又略略前傾護著孩子，兩人的肩膀和後背都溼了一塊。

朱聿恆吩咐韋杭之，叫人跟去二舅家看看，是否要補貼些錢物。打起了傘，他對阿南說：「走吧。」

阿南朝他挑挑眉：「真看不出來，你也懂民間疾苦？之前不是還把我鄰居都趕走了嗎？」

「那不一樣。」他低低說著，手中的小燈照亮了朦朧的雨夜，示意她與自己一起回去。

她看見朱聿恆的左肩，也溼了一片。

兩人並肩走出小巷子時，阿南把傘往他那邊推了推，身子也朝他更靠近了一些。

阿南想，這樣，阿言就能少被雨淋一點了。

第九章　星漢璀璨

火場之中勞累困頓了半夜，阿南和朱聿恆回去後，都是剛洗去了身上的塵煙，倒頭就睡下了。

天矇矇亮之時，朱聿恆聽到門外的腳步聲。他警覺醒來，聽到卓晏低低的聲音：「杭之，殿下醒了嗎？」

「進來吧。」他在裡面出聲道。

卓晏進來向他問安，等朱聿恆梳洗完畢後，屏退了下人，卓晏才悄聲道：「是有椿小事……有人窺探放生池。」

西湖放生池，正是關押公子的地方。

正在屏風後換衣服的朱聿恆，整理衣帶的手略停了停，然後問：「這麼快就洩漏了？」

「是……昨日晚間，杭州府就接到了永泰號的報案，說他們大東家在靈隱寺祈福，忽然莫名失蹤了，要求官府和他們一起派人搜山，尋找下落。」

「永泰號？」朱聿恆微皺眉頭。「海外貿易發家那個？」

他記得，昨晚在萍娘家廢墟中掏出的銀票，正是永泰銀莊的。

卓晏點頭道：「那個被抓的公子，就是永泰的大東家。真沒想到啊，坊間還有人猜測永泰號是海外胡商開的呢，沒想到東家其實是這樣一個神仙人物。」

「你詳細說說吧。」朱聿恆一向主管三大營等軍政要務，後來又忙於遷都之事，與戶部接觸不多，對這些民間商號更是知之甚少。

但卓晏在坊間雖混得如魚得水，卻是不管俗務的，其實瞭解也不深：「這個永泰號好像是近兩年忽然冒出來的，海外貿易較多，在咱們本朝分號倒也不少，聽說從順天到雲南、從應天到烏斯藏，大江南北都有他家店鋪的。再說海上貿易銀子跟水似地流進來，所以一群商人還推舉他家發了個存銀票證，江南這邊各處都愛用這銀票，比寶……」

說到這裡，他吐吐舌頭，趕緊打住了。

但朱聿恆又何嘗不知道他的意思。他家的銀票可以各處通兌，比如今瘋狂貶值的寶鈔可要好用多了。

「拿幾張我看看。」

卓晏隨身正帶著兩張，其中有一張正是十兩銀票，紙張厚實挺括，四面花欄印著雷雲紋，中間是「憑此票至永泰號抵銀十兩」的字樣。

朱聿恆問：「這看起來也尋常，豈不是很好偽造？」

「不不，殿下請看。」卓晏將紙舉起，對著窗外朦朧天色，依稀可以看到這張紙上，出現了「永泰」二個大字印記。

「聽說這是唯有永泰號才能造得出的紙，他們以某種手法控制紙漿密度，可以讓銀票對著光的時候，看到上面的隱記。這紙張，別家造不出來。還有就是據說銀票的花紋也對應暗記，暗記還會按月輪換，所以鋪面的各個掌櫃一看就知道真假的。」

朱聿恆將銀票擱在桌上，又問：「杭州府應允他們，幫助尋人了？」

「是，各地漕運不濟時，常託賴於他們，畢竟他家船隊龐大，貨物輪轉最便利了。是以官府也遣人到靈隱搜山了，不過呢……他們發現當日是神機營在那邊行動，就不敢再認真了，只在那兒虛應了一下故事。」

「也就是說……」朱聿恆緩緩問：「這群海客，企圖給朝廷施壓？」

卓晏忙道：「這……應該不敢吧？只是，對方好像也因此而探到了神機營的行蹤，進而追蹤到了放生池。」

「他們在海外橫行無忌，在我朝的土地上，想自由來去可沒這麼容易。」朱聿恆說著，從屏風後轉出，向外走去。「杭之。」

韋杭之大步跟上，等他示下。

一行人出了桂香閣，便即出了樂賞園。

「昨晚清河坊，你們那場喧譁，可是因為那個司鷲出現了？」

「是，司鷲企圖接近阿南姑娘。屬下按照殿下吩咐，假裝讓他逃脫，跟蹤到了他們的落腳處，還拿到了這個。」說到這兒，韋杭之從懷中取出一個用布包好的小東西，呈到他面前。「這是在逃竄途中，司鷲抽空射入一間舊廟磚縫間的。屬下猜測，這必定是他們傳遞消息的方法，只是，尚不知如何打開。」

布包散開，裡面是一顆表面凹凸不平的鐵彈丸。

朱聿恆以三指捻住這顆彈丸，舉到眼前看了看。

冰涼的觸感，讓他這習慣了拆解岐中易的手指，倒生出一種親切熟悉來：「這彈丸，可以打開？」

「是，拙巧閣的人看過了，說應該是中空的，裡面藏有東西。只是這東西設計精巧，目前誰也不知道如何解鎖，因此束手無策。」

朱聿恆翻身上馬，思忖著將這顆彈丸在指尖上轉了兩圈，從食指上滾過，旋到了掌心中。

然後，他略略怔了一下，低頭看向自己握著彈丸的手——

究竟是什麼時候，他養成了這樣的習慣，與阿南一樣，喜歡將東西掌控在指尖與掌心，像逗弄小獸一般玩弄。

他將手中的彈丸收入袖中，沉默思忖片刻。

神機營蹤跡既已洩漏，海客們也在千方百計聯絡阿南，看來，他不得不去會一會那個公子了。

一夜雷雨初收，晨曦霧靄之中，西湖越顯雲水氤氳，煙波迷濛。

在被禁絕靠近的三潭印月一帶，卻有一葉輕舟劃開琉璃水面，向著放生池飛速駛去。

放生池周邊排列的船依次散開，碼頭臺階上，諸葛嘉正靜待著。

輕舟靠在青石臺階上，船身輕微一震。

諸葛嘉立即上前一步，抬手以備攙扶站在船頭的朱聿恆。

朱聿恆卻早已踏上臺階，只抬手接過他手中的披風，一面沿著石板路向內大步走去，一面問：「那人呢？」

「在天風閣，就是放生池正中間。」諸葛嘉說。

朱聿恆抬眼看去。放生池一圈堤岸不過丈餘寬，裡面圍出一個小湖，便成了「湖中湖」。四條九曲橋從放生池的四個方向往中間延伸，在最中間，二、三十丈方圓的一塊地方，錯落地陳設著亭臺樓閣，小院花圃。

雖在花木掩映中，但依然可以看到，幽微天光下，有不少守衛走動的影跡，影影綽綽。

朱聿恆拉上斗篷的帽子，將自己的面容隱藏在陰影之中。「那人的兩個侍衛，審過了？」

諸葛嘉遞上案卷道：「審過了，他們是杭州坊間拳腳精熟的練家子，只是因為熟悉杭州事務，所以被臨時聘來的，其實並不知道主家是什麼身分。」

朱聿恒接過送上的簽押文頁看著，一面問諸葛嘉：「他交代什麼了？」

「他只說自己是尋常海客，不明白自己為何被捉拿。提督大人可是要親自審問？」

「不必，還是你來吧。」朱聿恒略一沉吟，說道：「你也不用著急，找個由頭細細審訊他，將他過去的一切都磨出來。最重要的，是將他羈押在這裡，越久越好。」

「是，審足三年兩載都沒問題。」身為下屬，諸葛嘉又最喜歡做惡人，自然包攬下來。

朱聿恒點點頭，看向簽押文頁的畫押處。

那裡寫著的，是清拔飄逸的「竺星河」三字。

原來他叫竺星河。

南方之南，星之璨璨。

她是南方，而他是南天璀璨的星河。

朱聿恒盯著「竺星河」看了須臾，緩緩道：「既然對方敢去官府要人，想必是要討一個理由。那麼此次審訊，便著重問一問，他與四月初宮中那一場大火，是否有關吧。」

諸葛嘉心下詫異，一個海客與三大殿的大火，能有什麼關聯，但皇太孫既然這樣說了，他便也恭謹應了。

「諸葛提督，這位是誰？」碼頭邊一個身材魁偉的男人，見諸葛嘉帶著朱聿恆看過來，便出聲詢問。

這男人身材高大，肌肉賁張，幾步跨過來，站在面前跟鐵塔似的。

「這是我們提督大人。」諸葛嘉語焉不詳地介紹道，又指著那大個子。「這是拙巧閣主的左膀右臂，副使畢陽輝。」

拙巧閣。

朱聿恆知道他們與官府多有合作，甚至阿南還與他們一起研製過那柄會炸膛的小火銃，便略一點頭：「勞煩。」

畢陽輝笑道：「應該的。畢竟我也想會會阿南的公子，看看是什麼三頭六臂。」

卓晏最多話，問他：「畢先生也在阿南姑娘那邊吃過虧嗎？」

畢陽輝的臉色彆扭起來：「胡說！我怎麼會在那娘們手上吃虧？」

卓晏忍不住笑了，湊到諸葛嘉耳邊問：「嘉嘉，看他這樣子，是被狠揍過幾頓吧？」

諸葛嘉面無表情地飛他一個眼刀，示意他閉嘴。

畢竟在場所有人，除了卓晏之外，誰沒被阿南揍過呢？

朱聿恆問：「既然對方已知道此處，前來試探，你們是否能守住？」

「如今這水上水下，都是重重機關，請提督大人放心。」諸葛嘉道：「他們要是敢來，正好圍點打援，來一個，抓一個。」

朱聿恆望著面前蒙著晨霧、平靜得完全看不出有什麼機關設置的放生池，問：「要是，阿南來了呢？」

諸葛嘉眸光微斂，那過分柔媚的五官，染上一層狠戾：「屬下定讓她有來無回。」

卓晏嘴角一抽，小心翼翼地觀察朱聿恆的臉色，見他面無表情，才略微放下心來。

「說得好！我們這天羅地網，她一個娘們能幹什麼？」畢陽輝拍手附和：「而且，我們閣主已經接到訊息，定能盡快趕到。傅閣主能廢了她手腳一次，還不能廢第二次？」

西湖的波光，在朱聿恆睫毛上輕微一顫。

原來她手腳的傷，竟是這樣來的。

回想阿南每時每刻都懶洋洋癱在椅子上的模樣，他對這第一次聽到的「傅閣主」，心頭無由掠過一絲不快。

但最終，他只是垂下雙眼，任由晨風將面前波光吹得紊亂。

九曲橋已經到了盡頭，橋頭便是天風閣。

卓晏與竺星河在靈隱打過照面，便機靈地停下了腳步，不再跟去。

朱聿恆看完了卷宗，將它還給諸葛嘉，問：「這個竺星河，既能統御阿南，想必有獨到之處？」

諸葛嘉這兩日顯然也正在研究這個，答：「聽說他在海上勢力烜赫，還掃蕩了婆羅洲附近所有海賊匪盜，但回歸我朝後，似乎處世十分低調，有事也都是手下人出手——比如阿南，就是他手上最鋒利的一把刀。」

「然則，他這次在靈隱祈福，身邊的侍從是臨時在杭州聘請的？」

諸葛嘉也覺得奇怪，正在沉吟，畢陽輝插嘴：「誰知道這老狐狸在想什麼，他一貫詭計多端，其中或許有詐。」

朱聿恆將抓捕公子當日情形略想了想，又問：「竺星河也會機關陣法？」

「不算吧，是那娘們擅長設陣，這男的擅長破陣，什麼時候他們打一架才好看呢。」

畢陽輝這個粗人，在殿下面前一口一個娘們，讓諸葛嘉不由得皺眉，正要開口阻止，卻聽朱聿恆問：「我聽說竺星河有一套『五行決』？」

「對，就是他的那一套什麼演算法，能將天下萬物以五五解析，據說無往不勝。」

「若拿五行決來分析山川地勢，是否可行？」

畢陽輝道：「應該吧，不然他怎麼打下那麼大一片海域？」

見他也是一知半解，朱聿恆便也不再問。

九曲橋邊，荷葉挨挨擠擠，柳風暗送清涼。臨水欄杆邊有人在晨光中盤膝靜坐，面對著滿眼湖光山色，整個人便如入畫般，雅致深遠。

「竺星河，到閣中問話。」見朱聿恆一行人到來，守衛官差遠遠喊道。

在粼粼波光之前，竺星河抬起頭來，遠遠望了斗篷遮掩下的朱聿恆一眼，輕抿雙脣。

朱聿恆不言不語，此時尚未大亮的黎明與斗篷的帽子將他遮得嚴嚴實實，無從窺探。

竺星河動作緩慢地站起身，他們才看見他是赤腳的。他還穿著那套在靈隱的素服，衣襬垂下遮住了他的腳踝，卻未遮住繫在他腳上的銀絲。而他的一雙手腕在轉側之間，也偶爾有銀白的光線在燈光下閃爍，像蛛絲一樣纏繫著他的四肢與頸項。

朱聿恆瞥了身旁的諸葛嘉一眼，以示詢問。

諸葛嘉解釋：「這是拙巧閣主親自製作的『牽絲』，用精鋼製成，刀斧難斷，細韌無比。他小心遲緩行動的話，自地下延伸出的牽絲亦能隨之緩慢延展，不傷及肌膚。若是稍有激烈動作，輕則被刮去一層皮肉，重則直接削掉整條手足和頭顱。」

韋杭之聽得有些不適，低聲問：「他都已是階下囚了，有這必要嗎？」

「你又不是沒見識過抓捕他的場面。」諸葛嘉冷笑道：「別被他現在的樣子騙了，老虎趴著休息的時候，也像一隻貓。」

竺星河在牽絲的制約下，動作克制輕緩，倒另有一種優雅從容。他緩緩步入天風閣，站在簷下看著他們，目光平靜，就像一個主人在庭前迎接自己的客人。

朱聿恆不願與他打照面，只在屏風後坐下，示意諸葛嘉。

諸葛嘉在屏風側面的案前坐下，將卷宗重重按在桌上，問：「竺星河，你從何處來，為何要在我朝疆域盤桓？」

竺星河的目光，在屏風後朱聿恆的身影上停了片刻，才緩緩道：「我本是華夏後裔，先祖在宋亡之後漂泊海外。直到三寶太監下西洋，我們聽到了故鄉的消息，才循訊回歸故國。我等通過廣東市舶司進入的，有檔案有文書，在各地行商也是遵章守紀，不知犯了何罪，竟將我囚困於此？」

諸葛嘉問：「你既是大宋末裔，那麼先祖在海外哪個異邦居住，共有多少人？」

「先祖共有數百人，移居忽魯謨斯，至今有一百五十餘年了。」

諸葛嘉駁斥：「忽魯謨斯與天方相接，距我朝十分遙遠。本朝太祖重開日月新天之後，宋朝遺民有陸續自爪哇、蘇祿、蘇門答臘歸國的，但來自忽魯謨斯的，卻少之又少。你們百來人海渡而去，又不足以在那邊割地為王，如何能在彼方地域上繁衍生息一百五十年，六、七代人，卻維持如此純正的血脈與文化，連口音都與千萬里之外的故土一樣發展變化，完全聽不出任何差異？」

竺星河身形未動，只雙眉輕揚問：「閣下是神機營提督諸葛嘉吧？如此威勢，卻只能俯首聽命於屏風後之人，不知那位又是什麼來歷？」

諸葛嘉冷冷道：「候審之人，有何資格臆測貴人身分？」

「你又焉知我在海外不是貴人？婆羅洲一帶海商眾多，我往來於其間，為出海的華夏子民蕩平萬頃海域，三寶太監船隊亦曾託賴我手下船隊護航。我既非荒鄙海民，在海外時便學習如今的華夏文化與口音，有何稀奇？」

這番話無懈可擊，諸葛嘉一時語塞。

朱聿恆隱在屏風之後，輕咳一聲。

諸葛嘉會意，喝道：「竺星河，你為何要潛入宮中縱火？」

竺星河雙眉微揚，說道：「不知諸葛提督此話從何說起，我一介布衣，如何潛入宮中，還能縱火？」

「四月初，你到順天所為何事？」

「與我同歸的一個海客手足有傷，我送她北上求醫。」

「你在順天待了多久，初八那日，你身在何處？」

竺星河不疾不徐，說道：「三月底去，四月初五我便因急事離開了順天去往濟南。」

「留在順天醫治的那個海客，是你什麼人？」

竺星河沉吟片刻，終究沒能給他們的關係找到一個最準確的形容，只說：「她是幫我管事的。」

「管什麼事？」

「船隊事務繁忙，我一人分身乏術，而她自小在海上長大，熟稔海上事務，因此也算是我的幫手。」

諸葛嘉將廣東市舶司的卷宗拋在桌上，道：「據我所知，與你同去應天的這個司南，是個女人。她幫你做事，如何服眾？」

見他已經調查過阿南的底細，竺星河也不再遮掩，自若道：「在本朝疆域可能罕見，但在海上早有女船王，甚至有些小國便由女王統治，何奇之有？」

朱聿恆在屏風後聽著，眼前似出現了阿南駕領船隊在浩瀚大洋之上前行的場景。

海天一色的碧藍之中，她衣衫如火，黑髮如瀑，必定又是一種動人心魄的情形。

正在此時，外面忽然傳來一陣騷動，有急奔而來的腳步聲，打破了此時屋內的審訊。

諸葛嘉微皺眉頭，向外看去，只見韋杭之大步走近，逕自向著屏風後的朱聿恆而去。

韋杭之附在朱聿恆耳邊，低低說道：「窺探此間的刺客，來了。」

朱聿恆掃了竺星河一眼，站起身向外走去。

諸葛嘉情知有事，立即也跟了出去。

此時放生池外的堤岸上，畢陽輝正抱臂笑嘻嘻看著水底。

朱聿恆踏上青石砌成的堤岸一看，下面那清澈的水中，正翻滾著沸騰也似的血水，隨即，破碎的水草和髮絲一縷縷浮起，血水中冒出一串水泡和泥漿來。

「唷呵，就這還不冒頭，我敬你是條漢子。」畢陽輝蹲在岸上，衝著下面打了個呼哨，笑道：「出來吧，再不出來就把你絞得稀碎！」

卓晏看著那些翻湧的血水，腳都軟了，扒著諸葛嘉的手臂問：「嘉嘉，這……這是什麼？剛剛這水下不是還什麼都沒有嗎？」

「誰說什麼也沒有？」諸葛嘉拍開他的手，冷冷道：「這是拙巧閣設下的鎖網陣，已經鎖死了放生池周圍這一圈水域。別說是人了，就算是一條魚、一隻螃蟹，也不可能鑽得進來！」

卓晏咂舌：「什麼陣啊，殺人連看都看不見？」

「你沒見過的多著呢。」畢陽輝盯著水面，眼看水下那人堅持不住了，他得意一笑，伸出手指勾了勾。「來了來了，出來呀……」

只見水下冒出一條身影，一出水便嚇得卓晏跳了起來。那人遍身血水淋漓，身上衣服已被絞成碎布，破衣下的肌膚也是遍體鱗傷，徹底看不出面目。
朱聿恆盯著那遭過魚鱗剮般的肌體，心中忽然想，要是阿南侵入這裡，是不是也會遭遇這般慘狀？
但那人雖然傷重，卻是強悍無比，一手搭上堤岸的條石，便要縱身從那水陣中躍出。
「他……他上來了！」卓晏指著那人的手，失聲叫出來。
話音未落，旁邊拿著勾鐮的士兵已經湧上前，勾住他的鎖骨與腰身，就要將他從水中提出。
誰知那人力氣極大，全身鮮血似激發了他的狂性，反手抓住勾鐮一揮一拍，震怒大吼，彷彿全未感覺到自己身上肌肉被撕裂的疼痛。
幾個持勾鐮的士兵，全都被震飛出去，摔入了內湖之中。
這放生池上堤岸細長狹小，諸葛嘉無法布陣，見對方如此悍勇，只能搶在朱聿恆面前，拔出腰間佩刀，斜指對手。
韋杭之則比他更快了一步，早已警覺地護住朱聿恆。
但很快他們就發現自己並不需要。因為畢陽輝已經出手。
他身材異常高大壯碩，膂力自然驚人，抓過旁邊一支鉤鐮槍，擦著水面狠狠擲去，直穿對方的肩胛而過。
這一擲力度威猛異常，射進對方的肩膀之後，勢道不減，竟帶著他的身體往後拖去，連人帶箭釘在了四丈開外的一艘船上。

四丈，已經在水陣距離之外。

諸葛嘉心中暗叫不好，立即向船上人示意，抓住那個被釘在船頭上的刺客。鉤鐮槍頭早已擊碎了對方的肩胛骨，加上他在水陣中所受的傷，若是正常人，就算在水陣之外，也應當沒有逃脫的餘力了。

可惜，對方並不正常。

在船上士兵爬下甲板，要去抓他之時，他右手抓住鉤鐮槍，雙腳在船頭上一蹬，硬生生掙脫了這條船，連人帶槍，一起扎進了水中。

在吶喊聲中，周圍船上亂箭齊發，射向水下。

血花再次在水中翻湧起來，但終究還是消失了。

諸葛嘉盯著湖面上越來越淡的血色，臉色難看至極。

畢陽輝冷哼道：「逃個屁啊，這麼重的傷，回去也是死人一條。」

「就怕他回去後，把這邊的布置告訴同夥，到時候，難免會想出破解之法。」

「誰能破解？阿南嗎？」畢陽輝「哈」了一聲，指著面前的西湖。「水上有船日夜巡邏，水底遍布鎖網陣，他們長個翅膀飛進來救人？」

「或許……」朱聿恆想到阿南那只可以在空中飛翔的蜻蜓，淡淡出聲問：「對方要是真的長了翅膀呢？」

「長翅膀？長翅膀飛進來又怎麼樣？」畢陽輝咧嘴一笑，抬頭看向天空。

卓晏順著他的目光看去，卻只看見青藍的天際，和遍布鎖網陣的湖中一樣，看起來，一無所有。

眾人去水邊觀戰，竺星河被帶到了偏廳之中。

他亦平靜如常，在小廳的茶几前緩緩坐下，甚至還藉著旁邊的小爐，給自己煮了一壺茶。

等茶香四溢之時，旁邊忽然有幾個士卒過來，將偏廳三面的門都推上，光線立時朦朧下來。

竺星河抬頭看去，身罩斗篷的那人出現在光線之前，逆光將他的面容遮掩得更加徹底。

他毫不驚訝，緩緩抬手向對方做了個「請」的手勢，示意他可以與自己在几案兩邊對坐。

但朱聿恆並未理會他，只在窗前坐下，將一條被切了一半的染血腰帶丟到他面前，冷冷道：「你的同夥企圖劫人，已被誅殺。」

竺星河瞥了一眼，說道：「是我家奴，但非同夥。我一生行事光明磊落，何須夥同他人？」

「你行跡早已敗露，遮掩也是無用。」朱聿恆略略提高聲音，問：「我問你，四月初八，你為何要潛入紫禁城，在三大殿縱火？」

「此事我早已辯明，四月初五我已離開順天。」

「若你果真離開，三大殿起火之前，為何會躲在奉天殿簷角之下，當日的火中，為何又會出現你隨身攜帶的東西？」

竺星河並未開口應對，只面露疑惑之色。

朱聿恆見他貌似無辜，便從袖中取出兩只幽藍的絹緞蜻蜓，按在自己身邊的高几之上。

兩只蜻蜓，一只完好無損栩栩如生，另一只則已經殘破，被他拍在几上時，細小的機括隨之散落。

竺星河的神情，終於帶上了一絲詫異：「這東西，是他人所贈，我在應天時丟失，正不知如何與對方解釋，怎麼竟會在這裡？」

「這麼重要的東西，你一句話，說丟便丟了？」朱聿恆盯著他的面容，一字一頓道：「如今你的同夥，早已向我們招供，甚至連與你這蜻蜓相同的一只，也已作為罪證上交，你矢口抵賴又有何用？」

竺星河的目光，落在那只完好的蜻蜓上，語調更為疑惑：「罪證？這種消遣的小玩意，丟了便丟了，再做一只不就行了，如何能作為罪證？又是誰拿出來誣陷我的？」

他這滴水不漏的神情，對這雙蜻蜓漫不在意的情緒，都讓朱聿恆的心中隱約泛起不快。

但他自小喜怒不形於色，此時也只冷冷道：「這你不必管，總之，你身邊的人、你所有的事，我們都有所掌握，不然，也不會出動那麼大的陣仗，將你擒拿歸案。」

竺星河笑了笑，只輕輕轉了轉拇指上那個扳指。

這個銀白色的扳指，不知是什麼材質所製，刻著古怪的花紋，發著素淡的微光。

那扳指的光線與纏繞他周身的牽絲光芒混在一起，都是似有若無、飄渺虛無的光線，讓他看來倒像是一隻穩坐八卦陣的雪蛛，正編織著晶瑩明淨又致人死命的陷阱。

他問：「這麼說，出賣我的人，是司南？」

朱聿恆並不承認，也不否認，只以平靜任由他去猜測。

竺星河端詳著他的面容——雖然僅只能看見他微抿的薄唇與略帶倨傲微揚的下巴，但亦可洩漏出他不俗的樣貌。

竺星河忽然笑了，問：「我認識阿南十四年，與她並肩出航九年。這世上，大概沒有人比我更瞭解她。可我卻看不出，閣下何德何能，居然能得阿南青眼，甚至值得她拋棄自己十幾年的兄弟與戰友，投到你那一邊？」

「為何不理解？」朱聿恆平淡道：「每個人做事，自有他自己的道理。」

「我想不出她這樣做的道理。」

「那麼我給你一個道理，她與我營宋提督，如今是主僕關係。」朱聿恆沉靜端坐，口吻很淡地說道：「有賣身契在手。」

竺星河一直淡定自若的表情，終於變了。甚至因為手腕顫動的動作超過了「牽絲」的允許範圍，他的衣袖之上，一道淺淡的血痕迅速滲了出來，染在素衣上，頗為醒目。

他卻彷彿不覺，只問：「哪個營，哪位宋提督？」

「這你不必知道。」

朱聿恆毫不心虛，任憑他誤認為是阿南賣身給別人。

「她這是，要找一個新靠山嗎？」竺星河垂下手，將手指輕扣在那個扳指上，問：「這回居然是，當今朝廷？」

朱聿恆心念急轉間，想到阿南上一次與拙巧閣的合作，便模稜兩可地答：「至少，朝廷比拙巧閣，可要待她好多了。」

竺星河輕嘆了一口氣：「能歸順朝廷也是好事，大概她是厭倦了海上漂泊流浪的日子了。」

「若你們能安心回歸我朝，不再興風作浪，朝廷自然也會善待撫恤，何至於身陷囹圄，生死由人？」朱聿恆回歸正題，一字一頓道：「說吧，寧遠侯世子已在靈隱看到你所寫的祭文了，幽州雷火，黃河弱水，都是什麼意思，你與三大殿起火究竟是何關係？」

「這不過是我耳聞最近兩椿天災，因此在祭文上隨手一寫，不知觸犯何種律法？若閣下不信，大可讓阿南來與我一辯，即可知曉我摯愛故土之心，絕不可能，也做不到為禍人間。」

朱聿恆自然不可能讓阿南前來，未加理會。

「怎麼，阿南的新主人驅使不動她，無法讓她前來指認我嗎？」竺星河的臉上，顯出關切詢問的神情。

朱聿恆冷笑一聲，從袖中取出那顆鐵彈丸，放在兩只蜻蜓之前，說道：「她如今另有要事在身，你們傳遞的消息已無暇查看，何況來見你。」

「這樣啊，我們這群在海上生死與共的兄弟給她傳遞消息，她都不理會了嗎？」竺星河語氣傷感中又帶著一絲痛惜：「她為何明知我清白無辜，卻不替我辯白？難道我做過什麼對不住她的事情嗎？」

他條條樁樁推得一乾二淨，這滴水不漏的模樣，將所有話題又推回了原來的出發點。

窗外的日光已經明晃晃升起，這一時半會絕不可能結束的審訊，朱聿恆不準備再從頭開始，重新再探尋一次。

畢竟，阿南也該睡醒了。

「你既不肯說清事實真相，那就在這裡多待幾日，等你的同夥們一個個自投羅網、等我們查清你一路行程，再做定奪吧。」

朱聿恆站起身，表示自己即將離去，言盡於此：「阿南與你都是身懷絕藝之人。她如今得朝廷庇佑，自然過得很好。我聽說你的五行決也是天下絕學。我朝向來賞罰分明，只要你立下功績，以你的藝業幫我朝子民消災滅難，未嘗不能成為上賓。」

他的意思已很明顯，竺星河卻無動於衷，只盤膝坐在几案前，目光若有所思地落在他的手上。

朱聿恆便不再理會他，收好高几上的東西，抬手推門而出。

就在他一步跨出之時，他聽到竺星河在後面出聲：「你的手……」

朱聿恆的手頓了頓，聽到他緩緩說：「你這雙手，阿南肯定喜歡。」

朱聿恆神情漠然，彷彿沒聽到般，用那隻手將門一把拉開，大步走入了外面明燦的日光之中。

日頭高升，一片雲也沒有的天空，瓦藍刺眼。

諸葛嘉與卓晏等人正候在外面，見朱聿恆出來，他們隨之跟出。

見朱聿恆似是一無所獲，諸葛嘉便問：「提督大人，不如咱們嚴訊逼供，讓他嘗試嘗試雷霆天威，或有效果？」

朱聿恆沒回答，一直走到堂前，才聽他開了口，問：「諸葛提督，我記得，你以前養過一隻鷹？」

諸葛嘉不知他為何忽然提起這個，回答：「是，牠叫阿戾，後來為保護我而折損在戰場上。」

「我聽說，剛抓到牠的時候，有七、八個馴鷹好手都折在上面了，就是馴不出來？」

「是，阿戾特別倔強，被斷水斷糧至奄奄一息都不肯聽從命令。到後來眾人都覺得這是一隻死鷹，不可能馴得出來，於是將牠綁了翅膀，丟給了一群細犬當口糧。」

諸葛嘉對自己這隻鷹感情深厚，說來自然如數家珍。

「當時屬下正從旁邊經過，見那隻鷹翅膀被綁，依舊用利爪和惡犬相搏，不肯屈服，便打散了狗群，將牠救出，又給牠解了翅膀放牠離去。」

卓晏最愛聽這些故事，忙問：「後來呢？」

「我放了牠，牠沒有飛走，卻學會了馴鷹人教的第一個姿勢，撲扇翅膀保持平衡，站在了我的護腕上。」諸葛嘉說著，抬起右手，那一向狠厲的眉眼，也染上了一絲柔和。「後來，牠就一直在這裡，站到了死亡那天。」

「是一頭好鷹。」朱聿恆說著，腳步頓了片刻，才說：「找個人，好好照顧那個竺星河。」

諸葛嘉張了張嘴，有些不解，但隨即便明白了過來。

竺星河這種難馴的鷹，若遇上森森犬牙之中，伸向他的一雙手，或許，也會有所不同。

所以他只頓了片刻，便恭謹道：「是。」

卓晏在旁邊不解地撓撓頭，不知道他們一個話題跳到另一個話題，是什麼意思。

前方是雲光樓，從應天送來待處置的公文正堆積在那裡，等待朱聿恆的批示。他沒有理會那些軍政要事，只在案前坐下，將那兩只絹緞蜻蜓讓諸葛嘉過目。蜻蜓的機括太過細小，幾乎無法用手指捏住。

諸葛嘉俯身仔細一一查看零件，他畢竟對這一行有所涉獵，一眼便斷定道：「這似乎是一個小玩意，以蜻蜓體內的機括驅動外面的翅膀，大概可以令蜻蜓在空中飛一會兒。」

「不止一會兒，只需一點氣流驅動，便能飛很久。」朱聿恆說著，取過那只完好的蜻蜓，一扯它尾後的金線。

輕微的「嗡」一聲，蜻蜓自朱聿恆掌中盤旋而起，振翅低飛在室內，輕舞迷幻。諸葛嘉和他當時一樣，一瞬不瞬緊盯著它，根本無法從這只奇妙的蜻蜓上移開目光。直到它勢頭微弱，越飛越低，朱聿恆才抬起手，讓蜻蜓輕輕停在自己掌心之中。

他掌心傾斜，讓蜻蜓輕滑入盒中，抬眼看諸葛嘉：「這是我自阿南處得來。依你看來，這世上是否有人的手藝能與她比肩，或者說……將她擊敗？」

「擊敗一個人很簡單，屬下憑藉家傳陣法，足以將她擒住。」在公子那邊取得勝績的諸葛嘉頗有信心道：「只是要在這些精巧物事上超越她，怕是很難。」

「我聽說你的先祖是蜀相諸葛亮，諸葛家一千多年來人才輩出，難道也沒有辦法？」

諸葛嘉搖頭道：「我先祖流傳下來的，共有兩樁絕藝。一是陣法，屬下這一脈便是習得了八陣圖，賴此在軍中建功立業，受聖上青眼，忝居神機營提督之位；二是機括，如損益連弩、木牛流馬便是；只是這一門絕藝已經不在我諸葛家了。先祖當年製作連弩與木牛流馬等，頗得妻子黃氏幫助，因此這門技藝也大多傳予女兒。後來我族中出了位驚才絕豔的女子，嫁入蜀中唐門後，將此技發揚光大。唐門子弟也都爭氣，代代推陳出新，如今機括已成為唐家絕學。」

「那麼，這東西，蜀中唐門能弄得出來？」

「可以仿製，但怕是做不了這麼小，也飛不了這麼久、這麼穩。畢竟這些零件的精巧程度，至少在九階以上，普通匠人無從下手。」

「九階？」朱聿恆並不清楚他這個說法的意思。

「是，匠人的手藝，在行當內共分十階。三階以下僅為普通工匠；四、五階開始登堂入室；六、七階已屬萬里挑一；到八、九階便是大師泰斗了。至於第十階，臣平生只有耳聞，未曾見過。」

諸葛嘉看著那只蜻蜓旁的細小機括，娓娓述來。

「唐門這一輩有個天才，十餘歲時便到了八階匠人的手藝，但屬下見過他當時做出來的東西，與這蜻蜓還是有差距。」

朱聿恆輕按著那片殘破翅膀，又問：「十階便是登峰造極，沒有再高的等階了？」

「按等階來說是沒有了。不過屬下曾聽傳言說，天下工匠分七脈，公輸魯班一脈近年出了一位震古鑠今的傳人，機括陣法之妙獨步天下，遠超十階。但因為上面已經沒有其他等級了，是以給他獨設了另一個等階。」

「十一階？」朱聿恆隨口問。

諸葛嘉搖頭：「三千階。」

朱聿恆緊盯著那兩只蜻蜓，看了許久，才緩緩問：「超凡脫俗，遙不可及？」

「是。」

朱聿恆沉吟片刻，又問：「那個人，叫什麼名字，能找到嗎？」

「這……請殿下恕罪，屬下久在朝廷，對江湖民間之事，所知亦不甚多。我神機營研製火器時，與拙巧閣多有合作，他們在江湖中久負盛名，手下能工巧匠遍布九州，相信定能找到超越阿南姑娘的天才人物。」

「盡量，還是尋一尋吧。」朱聿恆看著窗外那些暗藏殺機的波光水色，淡淡道：「畢竟在阿南過來之前，我們誰也不知道，這世上什麼東西能擋住她。」

迅捷地處理完公務，朱聿恆手中無意識解著岐中易放鬆手指，走出雲光樓。順著九曲橋走到碼頭，在明亮日光之下，畢陽輝正站在水邊，抬頭看天空。

卓晏最好事，也跟著抬頭，看向空中。

四下除了水風掠過湖面，其餘什麼也沒有。

卓晏疑惑地問：「畢先生，你在看什麼？」話音未落，只聽得畢陽輝撮口一呼，向著空中遙遙地發出兩長兩短四聲呼哨。

長空中有隱約的鳴叫聲傳來，隨即，渾然一色的墨藍中忽然光彩閃耀——一隻羽色輝煌的孔雀，側身從天際呈現，在空中繞著他們盤旋。

隨著角度的轉側，朱聿恆等人才看出來，原來這隻孔雀在飛翔的時候，尾羽縮了起來，肚腹又是深青色的，是以飛在高空中時，他們竟一時都看不出來牠在頭頂上。

「這裡怎麼會有孔雀飛來？」卓晏又驚又喜，見孔雀向畢陽輝飛去，便大聲問：「畢先生，原來孔雀在空中飛的時候，尾巴會收起來？」

「年紀不大，眼神這麼差？」畢陽輝邊說邊抬手攬過落下的孔雀，讓它停在他的肩頭，大笑著對卓晏道：「這是我們閣主的『吉祥天』，他一時半會兒趕不到，先送來了阿南最忧的東西。這下就算那娘們從天而降，也要死得很難看了。」

卓晏見孔雀停在他肩頭一動不動，便試探著抬手摸了摸，才發現孔雀的身體堅硬空洞，竟然是皮革做的，外面植上羽毛而已。

卓晏震驚不已：「這是你們閣主所製？它從何處飛來，又怎麼找到這邊的？」

諸葛嘉見朱聿恆也在看這孔雀，似是想起了阿南的蜻蜓，便介紹道：「這是傅閣主所製的吉祥天，據說當初是阿南姑娘借用風力，研製出足以在空中飛行的機括，傅閣主改進了尋找方位的手法，同時藉助拙巧閣沿途一站站的接力，這只『吉祥天』方可飛渡州府，順利到達此處。」

畢陽輝拍了拍孔雀，打開它的腹部看了看。

卓晏還想探頭去看看孔雀腹中有什麼，畢陽輝卻啪的一聲闔上了，只朝他們哈哈一笑：「放心，戲臺擺好了，就等那娘們過來尋死了。」

聽到他句句針對阿南，卓晏有些心驚，偷偷打量朱聿恆的神色。

可他的神情隱藏在熹微的晨光之中，並未透露任何可供他人揣測的內容。

只是看著畢陽輝肩上的孔雀，朱聿恆忽然開口問：「楚家六極雷、竺星河五行決，那麼，阿南是什麼？」

「她的名號特別囂張，不過還不是敗在我們閣主手下？」畢陽輝扛著孔雀，捋了捋它的尾羽，冷笑道：「三千階。」

一貫冷面狠絕的諸葛嘉，神情頓時扭曲了。

朱聿恆的手微微一頓，阿南送給他的岐中易在他的指尖發出輕微的碰撞聲響，在寂靜的西湖煙水中，顯得格外空茫。

司南神機卷（上）

作　　者／側側輕寒
執 行 長／陳君平
榮譽發行人／黃鎮隆
協　　理／洪琇菁
總 編 輯／呂尚燁
執行編輯／陳昭燕
美術監製／沙雲佩
美術編輯／陳聖義
國際版權／黃令歡、梁名儀
企劃宣傳／陳品萱
內文校對／施亞蒨
內文排版／謝青秀

國家圖書館出版品預行編目資料

司南．神機卷 / 側側輕寒作 . -- 1 版 . -- 臺北市：城邦文化事業股份有限公司尖端出版：英屬蓋曼群島商家庭傳媒股份有限公司城邦分公司尖端出版發行，2023.05
冊；　公分
ISBN 978-626-356-320-9（上冊：平裝）

857.7　　112000725

出版／城邦文化事業股份有限公司　尖端出版
台北市 104 中山區民生東路二段 141 號 10 樓
電話：（02）2500-7600　傳真：（02）2500-2683
讀者服務信箱：7novels@mail2.spp.com.tw
發行／英屬蓋曼群島商家庭傳媒股份有限公司城邦分公司　尖端出版
台北市 104 中山區民生東路二段 141 號 10 樓
電話：（02）2500-7600　傳真：（02）2500-1979
劃撥專線：（03）312-4212
戶名：英屬蓋曼群島商家庭傳媒（股）公司城邦分公司
劃撥帳號：50003021
※ 劃撥金額未滿 500 元，請加付掛號郵資 50 元
法律顧問／王子文律師　元禾法律事務所　台北市羅斯福路三段 37 號 15 樓

台灣地區總經銷／中彰投以北（含宜花東）　楨彥有限公司
電話：（02）8919-3369　傳真：（02）8914-5524
雲嘉以南　威信圖書有限公司
（嘉義公司）電話：（05）233-3852　傳真：（05）233-3863
（高雄公司）電話：（07）373-0079　傳真：（07）373-0087
馬新地區總經銷／城邦（馬新）出版集團 Cite（M）Sdn Bhd
電話：603-9057-8822　傳真：603-9057-6622
E-mail：cite@cite.com.my
香港地區總經銷／城邦（香港）出版集團 Cite（H.K.）Publishing Group Limited
電話：852-2508-6231　傳真：852-2578-9337
E-mail：hkcite@biznetvigator.com

版　次／ 2023 年 5 月 1 版 1 刷